Une île sous le vent

Du même auteur
chez le même éditeur

L'Arbre aux haricots
Les Cochons au paradis
Les Yeux dans les arbres
Une rivière sur la lune
Un été prodigue
Petit Miracle et autres essais

Barbara Kingsolver

Une île sous le vent

Nouvelles traduites de l'anglais (États-Unis)
par Michèle Lévy-Bram

Rivages

Retrouvez l'ensemble des parutions
des Éditions Payot & Rivages sur

www.payot-rivages.fr

Titre original : *Homeland and Other Stories*
Harper & Row Publishers, New York, 1989

ISBN : 2-7436-1467-6
ISSN : 1160-0977

À ma famille

Retour à Hiwassee Valley

Mon arrière-grand-mère appartenait au clan Oiseau. Elle faisait partie de ces Cherokees qui avaient pris la fuite, l'année où le général Winfield Scott entreprit de tirer de leur lit les gens de la forêt pour les déplacer vers l'ouest. Les rares d'entre eux qui échappèrent à son attention se mouvaient comme une bande de chats sauvages à travers les montagnes de Caroline, prenant grand soin de ne pas écraser les fougères sous leurs pas, se nourrissant de baies et de châtaignes, buvant quand ils trouvaient des ruisseaux. Ceux qui ne pouvaient pas suivre – les vieux, les invalides et les très jeunes –, on les cachait dans les joncs épais où ils resteraient introuvables jusqu'à n'être plus que des os. Quand, au fond de leur cœur, les gens de la forêt ne pouvaient en supporter davantage, ils posaient leurs havresacs en peau de daim et s'installaient de nouveau.

Le général Scott, engagé dans de nouvelles aventures, les laissa libres de prospérer ou de périr. Ils construisirent des maisons d'argile aux flancs courbes renforcés par des branches flexibles et, en automne, descendirent vers les torrents, aussi bruns que du thé infusé, dans lesquels les sycomores s'étaient défait du poids végétal de toute une année. Là, ils se lavaient des péchés commis au temps des os éparpillés. Ils appelaient leurs années d'errance Le Temps Où Nous N'Étions Pas, et ils étaient pardonnés car ils avaient porté leur vérité au plus profond de leur chair, comme un fruit blet porte en lui, intact, le dur noyau de son avenir.

Je m'appelle Gloria St. Clair mais, comme beaucoup de gens, j'ai porté bien d'autres noms. Mon nom de jeune fille est Murray. Mes enfants, en grandissant, m'ont, à un moment ou à un autre, affublée de tous les sobriquets qu'ils pouvaient prononcer. Quand j'étais moi-même une enfant, mon arrière-grand-mère m'appelait Punaise d'Eau. Je lui demandais sans cesse d'où elle tirait ce nom bizarre. « Je te raconterai », me dit-elle un jour pour me faire taire.

C'était l'été. Nous étions assises dans le noir sur la balancelle de la véranda. Elle tirait sur sa pipe et recrachait la fumée, et moi, j'attendais. « Alors ? » finis-je par lui dire.

La clarté de la lune accrocha les verres de ses lunettes cerclées de métal, et je sentis qu'elle me regardait. « Je t'ai dit que je te raconterai, je ne t'ai pas dit que je le ferai tout de suite. »

Nous vivions à Morning Glory, une ville minière arrachée à coups de serpe à une forêt qui menaçait constamment de la reprendre. Des noyers blancs empiétaient sur la ville, surgissant, sans y avoir été invités, au milieu des enclos à chiens, des cours privées et du cimetière. Les belles-de-jour, d'où la ville tenait son nom, escaladaient les treillis pour venir s'accrocher aux angles des maisons avec l'obstination des personnes déplacées. J'avais entendu dire que, à Morning Glory, si un homme restait debout un certain temps sans bouger, il finirait ligoté par les plantes grimpantes et ne serait retrouvé qu'aux premières gelées. Même la terre sous nos pieds bougeait parfois pour reprendre possession de ce qu'elle avait perdu : les longues et profondes saignées que les hommes creusaient pour voler le charbon se refermaient d'elles-mêmes, aussi discrètement que la chair sur une blessure.

Mon arrière-grand-mère vécut avec nous durant ses deux dernières années. Avant son arrivée, on nous avait ordonné de l'appeler « Bisaïeule », ce qui, bien sûr, nous fut tout à fait impossible. Nous l'avons donc surnommée « Bisy ». Le peu que je sais d'elle, de sa vie, répond à un schéma obscur évoquant une route de montagne dont la vue est obstruée par des lauriers. Personne n'a planté ces lauriers en question, mais personne non plus n'a pensé à les couper.

Je sais, en revanche, que la branche maternelle était distinguée. On dit que le père de la mère de sa mère s'était rendu en Angleterre, où il avait dîné avec le roi George et contracté la petite vérole. À son retour en Amérique, sa famille le plongea dans l'eau glacée d'un torrent, ce qui le tua. La mère de Bisy faisait partie de ces femmes du clan Oiseau qu'on appelait les Bien-Aimées. Je demandai à Bisy ce qu'elle avait fait pour mériter ce nom. « Elle avait la mémoire des choses », me répondit-elle.

De ce qu'elle-même a vécu avant de venir chez nous, je n'en sais pourtant pas lourd. Elle abordait rarement les sujets personnels, leur préférant la légende et l'histoire. Ce que je découvris d'elle me vient de ma mère, qui exerçait sur tous les faits une sorte de censure à rebours : intarissable sur ceux qu'elle désapprouvait, elle évoquait au compte-gouttes ceux qui auraient pu être rédempteurs, ou tout simplement ordinaires. Elle nous raconta par exemple qu'arrière-grand-père Murray avait arraché arrière-grand-mère à sa tribu de Hiwassee Valley pour l'emmener vivre dans le Kentucky – en concubinage, passant outre le consentement de la religion chrétienne. Une prouesse accomplie de surcroît sur un cheval volé. À dater de ce jour, Bisy fut connue sous le prénom de Ruth.

Ma mère pensait que notre arrière-grand-père Murray était inapte au travail respectable. Il mourut après avoir embrassé l'honnête vocation de mineur, laquelle tua également leurs quatre fils, tous le même jour, dans le puits qui s'était écroulé sur eux. Leur fille périt des fièvres, après avoir produit un unique et illégitime enfant : mon père, John Murray. Bisy connut alors de nouveau la condition de réfugiée, élevant seule son petit-fils, dans des conditions difficiles, allant de place en place demander un peu de travail. Quand elle vint chez nous, elle était déjà extraordinairement vieille.

Je sais aussi qu'elle s'appelait en réalité Feuille Verte, un nom qui ne figure toutefois sur aucun document officiel. Sur sa tombe, c'est le prénom de Ruth qui est inscrit. Ma mère trouvait que nous devions l'enterrer sous son prénom chrétien dans l'espoir que Dieu, dans Son infinie miséricorde, daignant oublier l'union païenne et le cheval volé, la rappelât à Lui. Il est cependant probable qu'en la cherchant, il ait manqué sa pierre tombale, puisque toutes les informations qui y figurent sont fausses. Même sa date de naissance, qui nous était inconnue, nous avons dû l'inventer. Aux yeux de mes frères et aux miens, cette ignorance semblait incroyable, car comme tous les enfants, nous pensions que le calendrier commençait et finissait avec nos anniversaires respectifs.

À la voir, on ne l'aurait pas dite indienne. Elle portait des robes fleuries bleu lavande au col orné de dentelle faite main, des bottines lacées à hauts talons solides, et, si elle fumait la pipe, celle-ci était d'un modèle courant. Elle était grande, avec des jambes arquées, et elle se tenait légèrement penchée en avant, la colonne vertébrale très droite, les coudes écartés et les paumes offertes, comme si elle s'apprêtait en permanence à se baisser pour ramasser quelque fardeau pesant ou volumineux. Elle parlait avec le doux accent des montagnes, et elle parlait comme il faut. Mon arrière-grand-père était un homme instruit, plus enclin aux erreurs de jugement qu'aux erreurs de grammaire.

Mon arrière-grand-mère fumait sa pipe en général le soir, et toujours sur la véranda, car ma mère ne supportait pas la fumée, croyais-je. Bisy me détrompa : « Une pipe se fume dehors, pour que la fumée retourne aux Pères Bien-Aimés qui nous ont donné le tabac. » Je voulus savoir ce qu'elle entendait exactement par là. « Rien de plus que la politesse la plus élémentaire. C'est comme envoyer un mot de remerciement à qui vous a nourri », me dit-elle.

Le soir, sur la véranda, je m'asseyais souvent à côté de Bisy sur la balancelle suspendue par quatre fines chaînes grinçantes. L'air de la nuit sentait l'huile et la poussière mêlées à un léger relent de bétail, car l'homme qui habitait au bout de notre ruelle élevait des porcs. Bisy grattait une allumette et tirait fort sur sa pipe pour amener jusqu'au fourneau la flamme dont les brefs jaillissements orangés éclairaient son visage plissé.

« Les Petites Personnes ne brillent pas beaucoup ce soir », me disait-elle, en parlant des étoiles. Elle avait des croyances surprenantes, telles que la présence des Petites Personnes parmi nous le jour. Cela, je ne pouvais même pas commencer à l'imaginer.

« Tu veux dire partout sur la terre, ou ici, à Morning Glory ? » demandai-je maintes fois. « Est-ce qu'elles marchent à côté de Jack, Nathan et moi quand on va à l'école ?

– Absolument, opina-t-elle.

– Mais pourquoi viendraient-elles ici ?

– Et pourquoi pas ? »

Je réfléchis un instant, pas du tout convaincue.

« Tu n'as pas à te sentir seule puisque tu ne l'es pas. Jamais, reprit-elle.

– Mais je ne risque pas d'en écraser une si elle se trouve sous mes pieds sans que je la voie ?

– Non. Elles ne sont pas petites à ce point », répondit Bisy.

Elle avait sa façon à elle de nommer les choses, par exemple les mois. Février, elle l'appelait le Mois de la Faim. Elle évoquait certains animaux comme s'ils étaient des membres de la famille dont nos parents auraient négligé de nous parler. Le chien blanc tremblant qui mendiait à la porte de notre cuisine, elle l'appelait le Petit Cousin triste. Ces soirs-là, quand l'envie l'en prenait, elle me racontait des histoires sur les animaux, leur personnalité, leur gentillesse ou leur ruse, et aussi sur la marque physique indélébile que leur avait laissé quelque acte qu'ils n'auraient pas dû commettre. « Rappelle-toi cette histoire », m'enjoignait-elle à la fin. Je me sentais alors terriblement coupable car j'avais laissé mon esprit vagabonder à propos de crickets, de gommes chapardées ou de Black Beauty, la petite jument de mon livre préféré.

« Je risque d'oublier, disais-je. Tout ça, c'est trop dur à retenir.

– Tu *crois* l'oublier, admettait-elle. Mais en fait, tu le gardes quelque part en toi, bien rangé. Si c'est important, ton cœur s'en souviendra. »

Je savais que le cœur pouvait se briser, et parfois flancher – et là, on mourait –, mais je n'avais jamais entendu dire qu'un organe pouvait se souvenir. J'avais onze ans, et absolument rien au-dedans de mon corps ne me semblait apte à le faire.

Au changement de saison, il ne nous vint pas à l'esprit que ce serait le dernier printemps de Bisy, ses dernières pommes de juin, son dernier épi de maïs récolté dans le jardin. Elle nous évoquait un très vieux pin dont on se demandait quand il avait été planté, et non quand il tomberait. Tous, sauf papa. Je crois que papa était le seul à savoir qu'elle était mortelle. C'est pourquoi il organisa le voyage dans le Tennessee. Nous autres, les enfants, n'y avons vu qu'une bonne occasion de rigolade.

Nous étions fin juin. Le printemps avait été mauvais : une cascade de grèves sauvages avait déferlé sur la chaîne sud des Appalaches. Papa, qui avait fini par reprendre le travail, cessait d'occuper en permanence la cuisine, mais maman se plaignait tout autant : il lui fallait faire la soupe avec des cous de poulet et découper nos souliers pour laisser dépasser nos orteils ; nous étions un scandale ambulant aux yeux de toute la fichue ville. Papa rétorquait que toute la fichue ville n'était que piquets de grève, et qu'elle ne désavouerait pas les enfants Murray même s'ils descendaient cul nu la rue principale. Il ajoutait que ce n'était pas sa faute si John L. Lewis l'avait trahi.

Mes frères et moi tentions de nous imaginer passant en courant, tout nus, devant la poste et le Ritchie Market, sous les yeux des ménagères en train de faire leurs courses. Mais cela ne nous fit pas rire. Nous ne savions pas encore que John L. Lewis était le président de l'United Mine Workers of America, ni de quelle trahison parlait papa. Nous savions par contre qu'il ne nous fallait pas trop rêver. En conséquence, ce voyage était la dernière chose à laquelle nous nous attendions.

Mon frère Jack, que sa nature et sa position intermédiaire dans la fratrie rendaient soupçonneux, flaira immédiatement quelque chose. Pendant que papa nous exposait ses plans, il poussait ses haricots de Lima tout autour de son assiette pour exprimer son ennui. Nous étions en 1955. Patti Page et Elvis passaient en boucle à la radio, et les lycéens arborant la banane tenaient tête à leurs mères qui voulaient les envoyer chez le coiffeur. Jack avait encore une année d'école élémentaire à faire avant d'entrer au lycée, mais son avenir était déjà tout tracé.

Il demanda à quel endroit du Tennessee nous irions, si jamais nous y allions. Aucun de nous trois n'avait jamais passé la frontière du comté.

« Dans la Hiwassee Valley, là où est née Bisy », répondit papa.

Mon frère Nathan commença à manifester son intérêt quand il vit Jack poser sa fourchette. Nathan n'avait que huit ans, mais il observait attentivement les adultes. Quand il n'y avait pas d'homme dans les parages, il observait Jack.

« Mange tes haricots, Jack, lui ordonna maman. Je ne les ai pas plantés l'automne dernier pour que tu les tortures.

– Je mange pas des haricots avec de la tripaille au milieu », déclara Jack.

Maman lui secoua le bras.

« Surveille ton langage, jeune homme. C'est de l'intérieur de cochon, un animal respectable et parfaitement comestible. »

Nathan se mit à glousser. Je me retins pour ne pas faire de grimaces.

Bisy dit à maman qu'elle aurait pu nous servir les haricots sans la viande. « L'homme peut vivre de tendres épis de maïs et de haricots, Florence Anne. Il n'y a aucune honte à ne manger qu'une légumineuse. »

Sachant ce qui ne manquerait pas de se passer, nous étions tout yeux et tout ouïe. Maman était devenue rouge comme une betterave.

« J'irai plutôt tuer moi-même un oiseau chanteur à coups de pierres plutôt que de priver ma famille de viande », lança-t-elle.

Maman était une toute petite femme qui, même pour sarcler le jardin, portait des bas et une robe chemisier. Ses cheveux jaunes étaient serrés en un chignon, avec une frange bouclée sur le front. Le menton dans la main, nous attendions que papa se prononce sur l'improbable soupe au rouge-gorge mentionnée par sa femme, au lieu de quoi, il se leva et farfouilla dans le tiroir du bureau pour en sortir un plan Texaco. Bisy mangeait ses haricots avec respect, comme si chacun avait sa propre, sa mystérieuse importance.

« On va voir des Indiens » ? demanda Nathan. Personne ne lui répondit. Maman faisait beaucoup de bruit à la cuisine. Nous l'entendions empiler les assiettes et commencer à récurer furieusement les marmites.

Papa déplia le plan Texaco sur la table et localisa l'endroit où le Tennessee, la Caroline du Nord et la Georgie, figurés par différentes couleurs pastel, se rejoignaient. Tout en ajustant ses lunettes, Bisy se pencha en louchant sur les lignes colorées.

« C'est la Hiwassee River ? demanda-t-elle.

– Non. Ces traits-là sont les routes nationales. Ceux-ci sont les autoroutes entre États. Le bleu, c'est le fleuve.

– Et ça, qu'est-ce que c'est ?

– Les frontières entre États.

– Pourquoi les indique-t-on, puisqu'on ne les voit pas ? »

Papa lissa les plis de la carte de ses paumes larges qui évoquaient, elles aussi, un plan. Même propres, elles étaient sillonnées par les fines lignes entrecroisées que formait la poussière de charbon incrustée. « Maintenant, il y a une ville dans la Hewassee Valley. Cherokee, elle s'appelle. Regarde. Elle est là.

– Toutes ces lignes me font mal aux yeux, dit Bisy. Je ne veux plus les regarder. »

Les garçons ne purent retenir un hennissement. Papa, nous jetant un regard noir, nous envoya nous coucher avant que cela dégénère.

« Bisy est bigleuse, dit Jack, comme nous nous mettions au lit. Elle confond une route et une rivière.

– Elle confondrait un haricot et une patate, renchérit Nathan.

– Taisez-vous, les garçons, je suis fatiguée », dis-je. Jack et Nathan dormaient en long dans le lit, et moi, en travers, côté tête, enroulée dans ma propre couverture.

« Regardez moi : je suis Bisy », dit Nathan. Il se mordit les joues, loucha affreusement et chavira en arrière en nous faisant tous rebondir sur le sommier. Jack lui bourra les côtes, ce qui le fit crier plus que de raison. Je me levai et j'allai m'asseoir devant la porte de la chambre, les genoux serrés entre mes bras, pour écouter mes parents qui se parlaient à la cuisine.

« Comme si je n'en avais pas assez subi comme ça, John, disait maman. Avec ces Murray qui ont peuplé de bâtards la terre du Bon Dieu… » Cela, c'était son point de départ habituel. Elle était légalement mariée à mon père, et ils s'étaient unis dans une église baptiste – un fait qu'elle ne manquait jamais de rappeler. « De plus, je ne vois pas pourquoi nous y irions. Nous n'avons jamais eu d'argent pour emmener les gosses quelque part », ajouta-t-elle.

Papa parlait moins fort, et je ne pus entendre sa réponse.

« C'est son idée, ou la tienne ? » reprit maman.

Quand Nathan et Jack furent endormis, j'enjambai l'appui de la fenêtre et je me laissai glisser au-dehors. Mes pieds touchèrent la boue humide à l'endroit habituel : la plantation de glaïeuls de maman. Bisy était contre la culture des fleurs. Pourquoi prendre une houe et aller tuer tout ce qui vivait dans un carré de terre pour y planter ensuite ce qui a été arraché ailleurs ? C'était à moi qu'elle le demandait. Elle trouvait que maman passait beaucoup trop de temps à ôter une chose d'ici pour la mettre là.

« Je te vois, Punaise d'Eau », me dit-elle dans l'obscurité. Elle voulait probablement dire qu'elle m'entendait. Tout ce que je pouvais voir, moi, c'était le fourneau incandescent de sa pipe monter et descendre au gré des mouvements de la balancelle de la véranda.

« Raconte-moi l'histoire de la Punaise d'Eau », dis-je en me nichant contre elle. Le clignotement des lucioles trouait par moment l'air obscur de la cour.

« Non, pas ce soir. Une autre fois », répondit-elle. La lueur orange descendit en direction de son giron, puis s'éteignit.

La balancelle grinçait sa chanson nostalgique et je pensais au Tennessee. Il ne m'était jamais venu à l'idée que l'endroit où Bisy était née pût exister encore quelque part sur terre. « Pourquoi es-tu partie de chez toi ? lui demandai-je.

– Il faut se marier en dehors du clan. C'est la loi. Tous les gens que je connaissais faisaient partie du clan Oiseau, et tous les autres étaient partis. Alors, quand Stewart Murray est arrivé et m'a fait les yeux doux, je me suis sentie obligée de le suivre. » Elle rit. « J'aimais son cheval. »

Je me les imaginai tous deux, sur le dos d'une bête fringante et vigoureuse, franchissant les montagnes du Kentucky, les longs cheveux de Bisy flottant au vent. « Tu n'avais pas peur ? demandai-je.

– Oh, ça oui. Peur qu'on se perde, car les joncs étaient aussi hauts que des maisons. »

Nous devions partir le samedi, quand papa rentrerait du travail. À cette époque, il travaillait le jour après avoir fait partie de l'équipe de nuit. Pendant des années, nous l'avons rarement vu autrement qu'endormi, passant ses après-midi à ronfler, puis se réveiller, puis se rendormir. Maman passait son temps à nous faire taire ; c'était si facile d'oublier que quelqu'un dormait quand le soleil brillait. Mon père était un homme à la voix douce, et s'il buvait parfois, cela ne le rendait jamais mauvais. Il avait d'épais cheveux noirs, mais il était imberbe, avec une poitrine vierge de tout poil, et un nez qu'il appelait « mon nez de Cherokee ». Ma mère disait qu'elle remerciait le Seigneur de ne pas avoir jugé bon de mettre ce nez sur le visage des enfants. Elle proclamait que papa portait les cheveux longs pour la contrarier. Nous, nous ne les trouvions pas spécialement longs. À la mine, on l'avait surnommé John l'Indien.

Le voyage ne nécessitait pas de grands préparatifs. Tout ce que nous avions à faire le matin, c'était d'attendre l'après-midi. Maman, elle, nettoyait la maison à fond pour que nous la trouvions propre au retour. L'activité première de notre mère, c'était le récurage, et elle semblait s'appliquer ce traitement à elle-même car sa peau était blanche comme de la patate bouillie. Nous prenions bien soin de ne pas nous mettre en travers de son chemin.

Mes frères, dans la cour de derrière, jouaient avec férocité aux cow-boys et aux Indiens, et je les avais tôt abandonnés pour m'amuser seule. Dans les plates-bandes envahies par la mauvaise herbe, je cueillais des belles-de-jour en prétendant être une mariée de juin. Je me fatiguai vite de tresser les fleurs dans mes cheveux rebelles au peigne, décidant de les offrir plutôt à Bisy. Je contournai la maison et j'avalai d'un seul bond les trois marches de la véranda – ce que ne ferait pas une jeune fille bien élevée, selon ma mère.

« Une surprise pour toi, annonçai-je à Bisy, en lui tendant les fleurs déjà flétries.

– Tu n'aurais pas dû les cueillir, me dit-elle.

– Mais c'était un cadeau pour toi... » Je m'assis, vexée.

« Il ne m'appartient pas de le recevoir, pas plus qu'il ne t'appartient de me l'offrir. » Elle me fixait d'un regard non pas sévère, mais scrutateur. Ses pupilles étaient aussi noires que les puits de charbon. « La fleur, tout comme toi, est vivante. La fleur est ta cousine. Tu l'ignorais ?

– Oui, m'dame.

– Eh bien, je te le dis. Maintenant tu le sais. On est parfois obligé de prendre une vie, comme celle d'un poulet ou d'un cochon, quand on en a besoin. Si tu as faim, ces bêtes sont contentes de t'offrir leur chair car elles ont un lien de parenté avec toi. Mais personne n'a jamais faim au point de tuer une fleur. »

Je me taisais.

« On doit les laisser où elles sont, Punaise d'Eau, poursuivit-elle. Pour que les Petites Personnes puissent les voir. Quand elles mourront, elle tomberont là où elles sont et produiront une graine pour l'année suivante.

– Oui, mais de la mauvaise graine. Personne n'aime ces fleurs-là, objectai-je.

– Ce qu'elles sont n'a pas d'importance. C'est tout simplement mal de prendre pour toi quelque chose qui appartient à tous et que quelqu'un d'autre que toi pourrait trouver beau. C'est un péché. Tu comprends ? »

Je ne comprenais pas, et, en même temps, je comprenais. Je sentais le gâchis qu'étaient ces feuilles poisseuses, translucides d'étiolement, ces pétales déjà froissés et flétris. Une fois, j'avais rapporté de chez les Ritchie, où l'on fêtait l'anniversaire d'un des enfants, un ballon qui s'était pareillement ratatiné et ramolli dans sa lente agonie bleue.

« Pardonne-moi, dis-je.

– Ça va. » Elle me tapota la main. « Jette-les par-dessus la balustrade de la véranda, pour les rendre à la terre. Les Petites Personnes descendront les reprendre. »

Ce que je fis. Puis je revins en frottant sur ma robe mes mains tachées de rouge et de vert. Aux yeux de ma mère, mon premier péché de l'après-midi, ç'aurait été ça. Je comprenais la différence existant entre les règles de maman et celles du catéchisme, mais je savais aussi qu'on pouvait feuilleter toute la Bible de ma mère sans jamais trouver un seul passage disant que c'était péché de cueillir les fleurs car elles sont nos cousines.

« J'essaierai de m'en souvenir, ajoutai-je.

– Je le souhaite. Je souhaite aussi que tu l'enseignes à tes enfants.

– Je n'aurai pas d'enfants. Aucun garçon ne voudra m'épouser parce que je suis trop grande et que j'ai les genoux cagneux.

– Ne dis jamais que tu détestes ce que tu es. » Elle coinça une mèche de mes cheveux bruns derrière mon oreille. « Ce n'est pas gentil pour ceux qui t'ont faite. C'est comme une fleur rouge qui se plaindrait d'être trop rouge. Tu vois ce que je veux dire ?

– Je crois, oui.

– Tu auras des enfants. Et tu te souviendras, pour les fleurs. »

Je sentis le poids de ces promesses tomber entre mes omoplates comme un havresac en peau de daim.

À cinq heures, notre impatience était si grande qu'elle aiguisait nos sens. Nous entendîmes le gravier crisser sous les roues du camion de papa ; un Ford couleur de rouille dont les coins du pare-brise étaient émaillés de craquelures compliquées semblables à des toiles d'araignées. D'un bond de ses longues jambes moulées dans un jean, il sauta du véhicule, dont il vint caresser le flanc arrondi.

« Vieille Ferraille a eu son avoine. Elle brûle de galoper. »

C'était un jeu entre Bisy et lui. Elle lui disait parfois : « John Murray, tu ne serais pas capable de monter à cru ne serait-ce qu'une mule. » Elle riait, et nous pouvions alors voir la femme qui avait élevé papa. Son incrédulité et son plaisir devant l'adulte aux larges épaules qu'il était devenu.

Ce jour-là, elle ne dit rien. Papa entra dans la maison pour aller chercher maman. Dans la cabine, il n'y avait de place que pour trois. Jack et Nathan grimpèrent donc à l'arrière, avec la vieille couverture piquée que leur tendit maman, et une bâche en cas de pluie.

« Qu'est-ce qu'elle attend ? Qu'on l'enterre ? » me demanda Jack.

Je regardai Bisy, toujours assise, telle une étrange vieille poupée, dans la véranda. Celle-ci s'affaissait, comme la totalité de cette maison de guingois, et l'une de ses extrémités était maintenant quasiment au niveau du sol. Bisy y était assise aussi droite que la règle d'un maître d'école. En la voyant ainsi, j'avais envie de défendre bec et ongles ma certitude de la connaître mieux qu'eux.

« Elle ne veut pas venir », dis-je. À peine avais-je parlé, que je sus que c'était vrai.

« Mais c'est stupide. C'est pour elle qu'on y va. Pourquoi ne voudrait-elle pas aller voir son propre peuple ?

– Je ne sais pas, Jack », dis-je.

Nos parents finirent par nous rejoindre. Papa avait mis une chemise propre déjà tachée de transpiration sous les bras. Mère portait son sac blanc du dimanche soigneusement ciré pour dissimuler les éraflures du cuir. Elle descendait les trois marches le haut du corps projeté en avant, sa démarche habituelle quand elle portait de hauts talons. Papa soutint le coude de Bisy pour l'aider à monter dans le camion, ce qu'elle fit en silence.

Quand il revint vers la portière du conducteur, je lui demandai : « Tu es sûr que Bisy veut venir ?

– Naturellement. Elle tient à revoir le lieu de son enfance. Toi aussi, plus tard, tu auras envie de revoir Morning Glory.

– Quand je serai grand, je ne reviendrai jamais à Morning Glory, affirma Jack.

– Moi non plus », dit Nathan. Il cracha sur le côté du camion, comme il avait vu les hommes le faire.

« On ne crache pas, Nathan, lui dit papa.

– La ferme », dit Nathan après que papa, déjà monté dans la cabine, en eut claqué la portière.

Nous passions des maisons semblables à la nôtre – peinture écaillée et vérandas affaissées –, pareillement tapissées de belles-de-jour dont la texture délicieusement douillette évoquait la fourrure. Nous nous signalions mutuellement les pimpantes maisons blanches des cadres de la société minière, fraîchement repeintes et, disait-on, dotées de salles de bains intérieures. Les fossés profonds bordant la route, emplis de mûriers-ronce et de renoncules précoces, couraient sous nos yeux comme des rivières. En allant à l'école, nous faisions nos travaux pratiques dans ces fossés en appliquant à la lettre la consigne : « Plongez et cachez-vous » chère à nos professeurs, sûrs que les communistes allaient lâcher sur nous la bombe H.

« Dans le Tennessee, on va voir des Indiens, affirma Jack. Je sais qu'il y en a. C'est Bisy qui me l'a dit.

– Ouais, mais Bisy, elle ressemble pas à une Indienne, nota Nathan.

– La ferme, Nathan. Comment tu peux le savoir ? Tu as jamais vu d'Indiens.

– Elle ressemble à une Indienne, intervins-je. Elle l'est. »

D'après papa, nous ressemblions tous trois à des petits Indiens – moi surtout. Ma mère me harcelait pour que je ne m'expose pas au soleil, mais, à la fin de chaque été, ma peau était si foncée que, pour me taquiner, mes camarades de classe me disaient qu'on devrait m'envoyer à l'école pour Nègres.

« Quand on grandira, on sera encore des Indiens ? s'enquit Nathan.

– Mais non, crétin. On sera exactement comme on est maintenant. »

Les activités créatives commençaient à s'épuiser. Nous avions joué et rejoué à « Pigeon vole » jusqu'à ce que Nathan gagne, puis essayé de jouer à l'alphabet en classant par lettre tout ce que nous voyions écrit, mais il n'y avait pas suffisamment de panneaux sur la route. Dans cette partie du pays, le seul signe public d'alphabétisation était le panneau du Beach Nut Tobacco placé sur les toits des granges ; ou parfois, cloué sur un tronc d'arbre, le bardeau sur lequel quelqu'un avait peint les mots : « Préparez-vous à rencontrer Dieu. »

Le vieux camion de papa n'était pas aussi rapide que les autres véhicules. Dans chaque côte, Jack et Nathan en frappaient les flancs comme les jockeys aiguillonnent leurs chevaux, mais ces encouragements restaient sans effet. La nuit était tombée quand on atteignit enfin les montagnes de Jellico.

Comme nous passions le col, un ciel immense scintillait au-dessus de nos têtes et, bien qu'on fût en juin, nous avions froid, Nathan s'étant endormi entortillé dans l'unique couverture. Jack songeait à lui mettre une beigne pour lui apprendre la gentillesse, mais, franchement, rien au monde n'aurait pu inciter notre petit frère au partage. Serrés l'un contre l'autre au fond du camion, là où le moteur émettait une faible chaleur à travers la tôle, Jack et moi déployâmes sur nous la bâche qui puait le charbon.

« Jack ? dis-je.

– Quoi ?

– Tu crois que Bisy s'est endormie ? »

Il se retourna, les mains en coupe autour de son visage, pour scruter l'intérieur de la cabine.

« Non, dit-il. Elle est assise entre eux, raide comme un balai.

– Je m'inquiète pour elle.

– Pourquoi ? Si on était à la maison, elle serait assise exactement pareil, mais dans la véranda.

– Je sais.

– Glorie, tu sais quoi ?

– Quoi ? »

Un semi-remorque nous talonnait, décoré de plusieurs rangées de petites lumières rouges et jaunes qui lui donnaient des airs d'arbre de Noël. Nous pouvions voir le chauffeur. Dans la faible lueur bleutée de la cabine, il semblait terriblement solitaire, avec quelque chose de fantomatique sur le visage. Il nous dépassa en regardant droit devant lui, comme si les fantômes, c'étaient nous. Je frissonnai, et sentis un frisson identique parcourir les épaules de Jack.

« Quoi ? répétai-je.

– Quoi “quoi” ?

– Qu'est-ce que tu allais me dire ?

– Oh, ça ? J'ai oublié.

– Bisy répète que la seule façon de se rappeler quelque chose qu'on a oublié, c'est de cesser de s'en soucier. Il suffit de dire : “Les Petites Personnes sont venues danser dans les bois, aujourd'hui.” Pendant qu'on est occupé à se raconter ce qu'elles font d'autre, on se souvient soudain de ce qu'on avait oublié car elles vous l'ont rapporté.

– C'est idiot. Encore les sornettes de Bisy. »

Pendant un moment, on joua à « Devine qui va s'endormir le premier », un jeu qu'on savait fort bien ne pouvoir être gagné consciemment. Jack ne se souvint jamais de ce qu'il voulait me dire.

Le lendemain matin, quand papa nous réveilla, nous étions sur l'aire de Knoxville. Il fit un somme, les pieds dépassant de la cabine, pendant que nous prenions le petit déjeuner au restoroute. Le lieu était constitué d'un long comptoir en verre abritant des paquets de Kool et des barres Mars disposés sur un luxe de cotonnade, comme des objets de grande valeur qu'il fallait protéger de la poussière et des mains des enfants. La serveuse qui nous apporta nos œufs avait une perruque rouge perchée sur sa tête tel un nid d'oiseau, et deux accents circonflexes sanglants dessinés sur ses vrais sourcils.

Le temps venu de regagner le camion, nous traînions en arrière ou nous accrochions aux bras de maman, pendants et mous comme de la pâte à pain, en lui demandant comme des bébés si c'était encore loin.

« Oh, non. Nous serons à Cherokee à l'heure du déjeuner, je crois », dit-elle. À son sourire figé, je compris qu'elle était aussi fatiguée que nous.

Il était déjà midi quand nous vîmes un panneau indiquant que nous approchions de Cherokee. Jack tambourina contre la vitre de la cabine pour vérifier s'ils l'avaient vu, mais papa et maman étaient absorbés par ce qui semblait une dispute. Après cela, il y eut d'autres panneaux, en forme de tipis ou de cabanes en rondins, sur lesquels des petits Indiens de bande dessinée nous exhortaient à acheter des souvenirs, ou à descendre dans tel ou tel motel. Puis nous vîmes un vrai tipi. Construit en aluminium et plus haut qu'une maison, c'était un magasin de souvenirs.

En roulant dans les rues de Cherokee, force était de constater qu'elles étaient toutes pareilles. Dans la ville entière, l'offre était à peu près aussi diversifiée que celle d'un champ de blé, ou d'un verger. Qu'on s'arrêtât ici ou là ne faisait aucune différence. Papa gara la voiture devant *Sitting Bull*, une boutique tenant à préciser qu'elle ne vendait que des souvenirs authentiques. Maman traversa la rue pour aller acheter des provisions pour notre déjeuner. J'avais l'impression que quelque chose n'allait pas, comme si un gros mensonge me rattrapait.

Un homme, une coiffe à plumes sur la tête, s'agitait à l'autre bout du parking. Il portait un costume orange orné de franges blanches qui frémissaient tout le long des coutures de son pantalon et de ses manches. Une femme pareillement vêtue, assise en tailleur sur le trottoir, lui fournissait le rythme en tapant sur un tam-tam. Des gens armés d'appareils étaient rassemblés devant eux, s'effaçant ou s'interposant tour à tour pour prendre une photo. La femme leur dit qu'elle et son mari, le Chef Aux Nombreuses Plumes, étaient de vrais Indiens Cherokee, et que la danse à laquelle ils assistaient était un rituel de bienvenue. Papa, les mains figées sur le volant, resta un long moment à regarder. Soudain, sans dire un mot, il descendit du camion et nous emmena, Jack, Nathan et moi, au Sitting Bull. Nathan voulait un tomahawk.

Les étagères du magasin regorgeaient d'articles si violemment colorés qu'ils me faisaient mal aux yeux. Je restai donc en retrait par rapport aux garçons. Il y avait des poupées indiennes avec des plumes rouges et vertes sur la tête. J'aurais aimé toucher cette matière duveteuse, mais elles étaient sous cellophane. Devant toutes ces choses aux couleurs éclatantes, je finissais par ne plus savoir ce que j'étais censée vouloir. Revenant au camion, je trouvai Bisy toujours assise dans la cabine.

« Tu ne veux pas descendre ? » lui demandai-je.

L'homme du parking dansait de nouveau, et elle le regardait. « Je me demande bien ce qu'ils fabriquent. Les Indiens Cherokees ne portent pas de plumes », dit-elle.

Pour moi, ces deux personnes étaient bel et bien indiennes. Je ne pouvais m'imaginer des Indiens sans plumes. Je montai à bord et fermai la portière. On resta un moment sans parler. Je me sentais triste, gênée, comme si c'était moi qui l'avais obligée à venir. Je tentai de dissimuler ce sentiment sous une sotte gaieté forcée.

« Où sont les tentes où ils vivent ? En dehors de la ville, tu crois ? »

Elle ne répondit pas. Le Chef aux Nombreuses Plumes sautait à cloche-pied sur le pourtour de son cercle, en avant sur une jambe, et en arrière sur l'autre. La femme au tam-tam retourna son instrument et le passa à la ronde pour la collecte.

« J'imagine que les choses ont bien changé depuis ton départ, hein, Bisy ? demandai-je.

– Cet endroit m'est inconnu », répondit-elle.

Maman nous a fait des sandwichs à la saucisse et au fromage que nous avons mangés dans un endroit nommé Cherokee Park. C'était un coin ombragé le long du fleuve dont les berges n'étaient plus herbeuses du tout. Des sycomores poussaient tout au bord et les remous rassemblaient des ordures qui flottaient en cercle autour de leurs racines immergées. L'attraction principale était un vieux buffle parqué dans un enclos, identifié par une pancarte. « Dernier buffle survivant à l'est du Mississipi », disait-elle. J'avais pitié de la bête, pensant qu'elle devait se sentir seule sans la femme ou le mari qu'il lui aurait fallu. Elle était borgne. J'essayai de lui passer de l'herbe jaunie à travers les barreaux de la cage, pendant que Nathan la bombardait de gravier. Il voulait, disait-il, la voir se fâcher et charger la clôture. Mais naturellement, elle ne le fit pas. Elle se contenta de rester plantée là, en clignant de son bon œil et en donnant des petits coups de queue. Elle était environnée de milliers de mouches et, sur son dos pelé par endroits, on voyait des zones de peau luisante. Papa nous dit qu'elle avait la gale. Maman nous conseilla de nous en éloigner pour ne pas l'attraper. Bisy, assise les genoux serrés à la table de pique-nique, ne regardait que son sandwich.

Nous devions rentrer le soir même. Cela nous semblait ridicule d'avoir fait tout ce chemin pour repartir aussitôt, mais maman nous rappela que la demi-journée de congé qu'avait prise papa ne lui serait pas payée. Quand il était question d'argent, nous ne discutions jamais. Nous avons fait le voyage de retour en silence, sauf Nathan qui prétendait me scalper avec son tomahawk jusqu'à ce que la tête de caoutchouc de celui-ci se désolidarisât de son manche de bois peint pour tomber dans le camion avec un bruit mou.

Avant qu'il y ait le monde, il n'y avait que la mer, et une grande voûte de ciel brillant qui la coiffait comme un bol retourné.

Il y a longtemps, si longtemps qu'on peut à peine l'imaginer, les habitants des étoiles se penchaient pour regarder la surface miroitante de l'océan sans se demander ce qu'il était, ni s'il y avait quelque chose en dessous. Ils avaient leurs propres soucis. Mais, avec le temps, ils commencèrent à devenir curieux. Finalement, ce fut la punaise d'eau qui se porta volontaire pour aller explorer. Elle prit son envol et vint se poser sur la surface miroitante, qui était belle mais pas aussi ferme qu'il ne le semblait d'en haut. Elle glissa dans toutes les directions sans trouver un endroit où s'arrêter pour se reposer, aussi plongea-t-elle.

Elle resta absente des jours et des jours, et les habitants des étoiles la crurent noyée. Elle ne l'était pas. Quand elle reparut à la surface, elle connaissait la réponse : au fond de l'océan, il y avait de la boue. Elle avait rapporté un petit morceau de preuve mouillé, qu'elle tint à la lumière pour le leur montrer.

Là, devant les yeux sceptiques des étoiles, le petit grain de boue commença à grossir, à sécher, et à grossir encore. En sortit soudain tout le fracas de la vie qui peuple cette île qu'on appelle la terre. Pour ne pas la perdre, les habitants des étoiles l'attachèrent au ciel avec quatre vrilles de vigne.

« À l'école, rapportai-je à Bisy, ils disent tous que la terre est ronde.

– Je n'ai jamais dit qu'elle ne l'était pas. Elle a exactement la forme qu'ils affirment qu'elle a. Moi, c'est du début, dont je te parle. Ne l'oublie jamais. »

Ces mots me terrifiaient : le poids de ce que je ne devais pas oublier était de plus en plus lourd. Je rêvais souvent que j'essayais de tenir une montagne d'eau dans mes bras.

« Qu'est-ce qu'il se passera si j'oublie ? demandai-je.

– On en a déjà parlé. Je t'ai dit comment faire pour te souvenir.

– Oui, d'accord, mais si le monde a commencé comme tu le dis, que fais-tu d'Adam et Ève ? »

Elle réfléchit un instant à ma question.

« Ils étaient les enfants de Punaise d'Eau, dit-elle. Eux, Adam, Ève et tous ceux qui sont venus après.

– Mais c'est avec eux que les ennuis ont commencé. Avec Adam et Ève, parce qu'ils ont péché.

– Cela arrive parfois. Les enfants peuvent être un crève-cœur. Mais que cela ne t'empêche pas d'en avoir. Cela finit toujours bien. »

Au retour, Morning Glory ne me sembla pas différente de ce qu'elle était avant que nous ayons vu le monde. L'été s'installait, avec sa touffeur et les vignes saupoudrées de poussière de charbon. Presque tous les nuits, je me glissais hors de ma chambre pour venir m'asseoir avec Bisy dans cette véranda où l'on pouvait espérer trouver un soupçon d'air frais. J'étais heureuse d'avoir échappé à la moiteur du matelas sur lequel mes frères se retournaient dans leur sommeil, chauffant l'air de leur haleine. Durant ces heures secrètes, Bisy et moi vivions dans notre propre monde, loin, très loin des disputes et des ampoules électriques à bout de course, allumées à l'intérieur, dont la lumière jaune faiblissante se coulait jusqu'à nous. La voix de maman dans la cuisine était aussi lointaine qu'un éclair de chaleur, et tout aussi inoffensive. Toutefois nous pouvions capter quelques mots, et, un soir, j'eus un choc en comprenant qu'ils discutaient de l'enterrement de Bisy.

« Enfin, John, pour l'amour du ciel, disait maman, quel mal ça pourrait lui faire puisqu'elle sera morte ? »

Nous n'entendîmes pas la réponse de papa.

« Autrefois, me dit Bisy sans paraître le moins du monde troublée, celui qui parlait le moins fort sortait vainqueur de la discussion. »

Elle mourut en octobre, le mois des moissons. Ma mère organisa les obsèques, choisit dans la Bible les versets à réciter, et même le nom qui figurerait sur la pierre tombale. Mais Bisy triompha en secret sur le chapitre des fleurs. Très peu d'entre elles devaient perdre leur beauté sur sa tombe. Une seule fois, pendant l'office des morts et plus jamais après, mère ne se soucia d'en apporter. La première et seule fois où elle le fit, c'étaient six glaïeuls blancs hâtivement coupés dans son jardin avec un couteau à pain, qu'elle porta au cimetière dans une cruche d'eau pour tenter de leur faire croire qu'ils étaient toujours vivants.

Mon père semblait ne pas tenir en place. Ses souliers piétinaient l'herbe et les jeunes noyers blancs plantés autour du cimetière. Maman, en robe bleu marine et bas nylon, s'agenouilla et, de ses mains gantées de blanc, enfonça impatiemment les tiges des glaïeuls dans la cruche pour les faire tenir droits. Leurs pétales assoiffés commençaient déjà à se flétrir.

Dès qu'on tournerait le dos, les Petites Personnes viendraient en dansant ramasser les fleurs. Elles renverseraient la cruche d'un coup de pied et courraient à travers la forêt en brandissant les tiges creuses au-dessus de leurs têtes avant de les éparpiller, tels des os.

Histoire naturelle

Les bols heurtent violemment l'évier. Au lieu de s'inquiéter des conséquences, Lydia se demande quel effet ça fait de casser exprès quelque chose de valeur. Ce service à vaisselle ferait parfaitement l'affaire car il est complet : les bols, une grande soupière et une louche de forme allongée en forme de poule d'eau, le tout fait à la main par une femme de Sacramento prénommée Earth qui l'a offert à Whitman pour célébrer le solstice. Non que Lydia déteste ce service. Ce n'est pas le problème.

« Tu n'as qu'à coucher dans la baignoire, dit-elle à Whitman. Je suis désolée que la lumière t'empêche de dormir, mais je ne vais pas préparer mes cours dans la salle de bains. »

C'est pourtant l'unique pièce indépendante dans cette cabane en rondins, la seule dotée d'une porte. Lydia est devant l'évier, et Whitman, assis à la table de la cuisine. Ils ne sont pas très loin l'un de l'autre.

« La nuit dernière, tu étais encore debout à minuit moins le quart, note-t-il.

– Dors avec la couverture sur la tête, lui dit-elle d'un ton qui se veut raisonnable. Bon sang, Whitman, laisse-moi souffler. Ce n'est pas comme si tu devais te lever aux aurores pour traire les vaches.

– Je n'ai pas à me lever du tout, c'est ça alors que toi, oui.

– Ce n'est pas ce que je voulais dire. »

À deux doigts de répondre : « Je respecte ton travail », elle s'était ravisée. La meilleure solution, c'est de ne pas discuter, se dit-elle. C'est ce que font les hommes en général, et les hommes mènent le monde.

L'été précédent, quand ils ont quitté Sacramento pour Blind Gap, ils se sont dit qu'une cabane en rondins serait romantique. La mère de Lydia lui a fait remarquer qu'il était difficile de quitter un lieu spacieux pour un autre plus petit. Hank et elle l'avaient fait, au début de leur mariage, et le manque d'espaces de rangement l'avait rendue folle. Lydia, la tête baissée sur la vaisselle, sourit à l'idée de sa mère, les cheveux en bataille et les yeux exorbités, rôdant dans la maison en cherchant où ranger le bol à punch. La multiplication des espaces de rangement comme solution aux mariages qui battent de l'aile, c'est quand même un peu gros. D'espace, leur maison de Sacramento n'en manquait pas – la plupart des placards étaient inutilisés, et les chambres, assez nombreuses pour y loger une tribu d'Indiens. Cela dit, Whitman et Lydia, pour avoir vécu neuf ans sous le même toit, avaient de bonnes raisons de croire que, placards ou non, ils étaient tout à fait compatibles.

Compatibles, ils ne le sont plus. Le couple qu'ils formaient auparavant semble maintenant inimaginable à Lydia. Une sorte de Barbie et Ken hippies se partageant les tâches ménagères dans une grande maison déglinguée. Ses souvenirs de Sacramento sentent le pain chaud – à l'époque, ils passaient un temps fou à se nourrir sainement –, Whitman, les manches retroussées, sociable comme elle ne pourra jamais l'être, pétrissant la pâte au levain tout en distribuant des conseils avisés, tant sur le choix de leur tuyauterie que sur leurs peines de cœur, aux gens qui traînaient sans cesse dans leur cuisine. Malheureusement, la poupée Ken-Whitman, une fois soustraite à son habitat chaleureux et bondé, est devenue dure comme un bloc de pierre. Lydia donnerait tout au monde pour savoir pourquoi. Elle se sèche les mains et étale ses papiers pour préparer ses cours du lendemain. Whitman n'a pas abandonné son coin de table. Accoudé, il joue avec une cuillère comme s'il s'apprêtait à la tordre, ce dont il serait fort capable. C'est un grand costaud barbu, avec un faible pour les vestes de bûcheron, que les gens disent habile de ses mains. La table de la cuisine, c'est lui qui l'a fabriquée. Il construit des meubles sans aucun outil électrique, en utilisant des chevilles plutôt que des clous. À Sacramento, les gens étaient fous de ses meubles, et Lydia pensait qu'il les vendrait aussi bien ici, mais elle se trompait. À Blind Gape, on adore la veloutine et le Formica. Les gens font une heure de voiture pour aller jusqu'à Sacramento acheter ce qu'il leur faut dans des entrepôts à prix cassés du genre Bargain Heaven Direct-2-U. Whitman doit donc empiler ses meubles dans son camion et faire le même trajet qu'eux afin de les mettre en dépôt vente à la Country Home Gallery.

David, le chien d'arrêt, trottine du coin cuisine au lit. Le raclement de ses griffes sur le plancher cesse quand il traverse le tapis tressé.

« Office », lui ordonne Whitman. David s'affale dans le coin situé derrière le poêle à bois avec un bruit de sac d'os heurtant le sol. David répond à onze ordres différents s'agissant des endroits où se coucher. La maison de Sacramento avait onze pièces, et le chien allait dans chacune en fonction de l'ordre donné. Le déménagement l'a rendu nerveux, et il passait son temps à tourner en rond et à renifler les murs jusqu'à ce que Whitman et Lydia aient l'idée de subdiviser leur nouveau logis en onze sections dotées des mêmes noms qu'avant. Maintenant, il est heureux. Les chiens aiment savoir exactement où ils en sont.

Whitman fait tourner la cuillère sur la table, ce que Lydia interprète comme un dérivé inconscient du jeu idiot consistant à faire tournoyer le plus longtemps possible une bouteille, ou comme un signe d'agacement. « On pourrait tout simplement jouer à ne pas se parler, dit Lydia. C'est toujours une bonne idée. Tu connais l'histoire de ces deux mecs vivant dans la même cabane, avec une ligne tracée au milieu, qui ne se sont pas adressé la parole pendant cinquante ans ?

– Soixante-trois ans, rectifie Whitman. Soixante-trois ans sans se parler. Et ils étaient frères. Tu as lu ça dans le *Guiness Book of Records*. »

Whitman a une mémoire ahurissante pour les détails. Souvent, il dessine les plans de quelque objet qu'il veut construire puis exécute la pièce de bout en bout sans jamais se référer au projet initial. Au début, ce talent rendait Lydia béate d'admiration, mais plus maintenant. Elle lève les yeux de *L'Apprentissage sans peine*, un manuel pour enseigner les sciences naturelles aux jeunes enfants.

« J'ai parfois l'impression que tu n'entends pas ce que je te dis », remarque-t-elle.

Whitman se lève et sort après avoir fait tournoyer une dernière fois la cuillère sur la table. Elle s'arrête, pointée vers Lydia.

La meilleure partie de la journée est le trajet à pied après les cours. En quittant l'école, elle prend le chemin non asphalté qui traverse Blind Gape, puis serpente sous un tunnel de sapins du Canada pour longer ensuite Blind Creek jusqu'à la montagne où se situent leurs douze hectares de terrain. À Sacramento, elle aurait été bien contente de disposer de ce temps précieux qui lave l'esprit des frustrations de la journée.

Même en plein milieu de Blind Gap, là où se trouve le seul feu rouge, on entend les oiseaux. Lydia inspire à pleins poumons. Ce genre de promenade quotidienne serait également un bon tonique pour certains de ses élèves, obligés de passer deux heures par jour dans le car de ramassage où ils se conduisent comme des fauves en cage. La zone desservie est étendue ; il n'y a probablement pas plus de dix gosses de Blind Gap même. En fait de gloire, la ville ne peut se prévaloir que d'une station-service Shell et d'une épicerie au perron surmonté d'un auvent.

Une fois passé la ville, Lydia atteint la forêt de sapins, heureuse de humer la mousse et de côtoyer les scarabées. « Les insectes sont nos amis », lui dit Whitman pour se moquer d'elle, mais Lydia conçoit cette amitié en des termes plus sérieux qu'il ne se l'imagine. Les insectes, et aussi les plantes, lui sont apparentés. Ils figurent sur un arbre généalogique compliqué qu'elle est capable de commenter avec un luxe de détails tout à fait convaincant. Quand elle était à l'université, à la cafétéria, ses camarades, qui se sentaient très concernés par le « dilemme existentiel », demandaient tout en en enfournant leurs pommes de terre au four-petits pois : « Pourquoi sommes-nous sur terre ? – Parce que nous sommes programmés pour la survie », leur répondait Lydia. Elle leur expliquait que les plus lestes et les plus adroits de nos ancêtres vivaient plus longtemps et se reproduisaient davantage ; que chaque nouvelle génération était de plus en plus semblable à nous, et ce, jusqu'à la nôtre. « Et ça continue, soulignait-elle. Nous ne sommes pas au bout de la chaîne, vous savez. Tout a commencé avec les cyanophycées, et si les humains, en se faisant eux-mêmes exploser, disparaissaient de la surface de la terre, tout recommencerait à zéro. On a trouvé des algues poussant dans les réacteurs nucléaires de San Onofre. »

Quand elle dit cela à ses élèves de troisième, ils se contentent de la fixer d'un regard vide. Aucun d'entre eux n'est jamais allé à San Onofre. Ce qu'ils attendent avec impatience, c'est l'épisode du singe devenu homme. Là, obéissant aux instructions données par leurs parents, ils cessent d'écouter. Lydia pense que c'est dommage. L'évolution est une façon de comprendre le monde, ce dont la majorité de ses élèves a cruellement besoin.

Elle a décidé que, si on lui interdisait d'enseigner l'évolution, elle le ferait quand même, en lui donnant un autre nom. Sûre que personne ne s'en apercevra, elle fera alors l'impasse sur la partie singe homme, qui, finalement, est la moins importante, songe-t-elle.

Avant de gravir la dernière colline, Lydia s'arrête chez Verna Delmar, une femme robuste d'âge indéterminé qui possède la ferme voisine de la leur. Elle élève des volailles et fait à Lydia un bon prix sur les œufs car, dit-elle, elle avait un arrangement semblable avec le couple qui a vendu ses douze hectares à Lydia et Whitman. Lydia est curieuse de savoir comment ces gens s'entendaient dans cette cabane. Elle est tentée de le demander à Verna mais ne le fait pas par peur de réveiller les fantômes.

Aujourd'hui, Verna lui expose en détail les problèmes que lui cause le parasite du poulet, puis demande à Lydia comment marche le jardinage, ainsi que l'affaire de meubles de son *mari*. Lydia a le tact de ne pas la corriger, mais elle s'attend à ce que les voisins finissent par découvrir que Whitman et elle vivent en concubinage. Elle entretient cette ambiguïté depuis leur première conversation. Verna lui avait demandé depuis combien de temps elle était mariée, et Lydia, craignant la réprobation de sa première relation à Blind Gap, n'avait pas vraiment menti en lui répondant qu'ils « étaient ensemble » depuis presque dix ans, ce qui était la stricte vérité.

« Nous aurons tous deux trente ans cette année, avait-elle ajouté.

– Beaucoup de jeunes se sont mariés, puis ont divorcé deux ou trois fois avant même d'avoir cet âge », avait commenté Verna. Lydia avait admis que la plupart des gens qu'elle connaissait ne restaient pas dix ans ensemble. À Sacramento, leurs amis considéraient Lydia et Whitman comme une institution. Aujourd'hui, tout ce que ce mot évoque à Lydia, c'est une grande bâtisse en brique rouge pleine de fenêtres où des gens pressent leurs visages d'aliénés contre la vitre.

Whitman construit un pont au-dessus de Blind Creek, et elle s'arrête pour le regarder travailler. Leur maison est tout près de la route, mais le banc de la rivière forme un dénivelé abrupt avec l'accotement, empêchant ainsi d'accéder aux terres situées de l'autre côté. Un pont devant la ferme de Verna permet d'y accéder directement, ce qui n'est pas le cas pour la leur. Il leur faut faire plus de quatre cents mètres pour rejoindre la route qui passe sur un vieux pont en béton, puis faire une longue boucle pour revenir traverser le verger relié par un chemin de terre à l'arrière de leur propriété. Le nouveau pont leur permettra, à eux aussi, d'accéder directement à leur ferme. Whitman, entièrement à sa tâche, ne voit pas Lydia. Son projet de pont est inhabituel en ce qu'il intègre un vieux sycomore. Elle aime cet arbre, avec ses racines blanches noueuses qui s'agrippent à l'accotement de la rivière comme une main arthritique de géant. Il a ménagé un trou dans la structure pour y faire passer le tronc, ce qui laisse tout juste la place au passage d'un camion. En regardant ses bras et ses mains en action, elle se dit qu'elle n'a jamais parlé ni fait l'amour à cet homme. Elle ne s'explique pas comment ils en sont arrivés là.

Whitman lève la tête. Il s'est peut-être aperçu qu'elle l'observait. « Ton amie Verna Delmar, Miss Mouche du coche, est montée me voir plus tôt dans la journée, dit-il.

– Je sais. Elle me l'a dit. Elle pense que ce n'est pas une bonne idée de construire le pont de cette façon, car le vieil arbre tombera un jour ou l'autre. »

Whitman plante un clou trop près du bord d'une planche et jure quand celle-ci se fend. Contrairement à ses meubles, ce projet-ci nécessite des clous et une scie à essence.

« Tu lui diras que j'admire son expertise en matière de génie civil. Dis-lui aussi que j'apprécierais qu'elle vienne m'apprendre à construire une table basse. »

Lydia sent soudain ses jambes molles, comme si ses os s'étaient dissous dans l'acide.

« C'est un très beau pont, Whitman. J'aime ton projet », l'assure-t-elle.

Le reste de l'après-midi, elle prépare ses cours pour ne pas obliger Whitman à veiller, mais ne peut se concentrer sur les familles du règne animal. Elle finit la vaisselle abandonnée la veille au soir. Whitman a peu à peu cessé toute contribution aux tâches ménagères, et elle ne se sent plus l'énergie de s'en plaindre. Pour quelque raison, elle pense à la mère de Whitman. Elle ne l'a jamais rencontrée – elle est morte depuis longtemps –, mais elle voudrait pouvoir lui demander quel genre de petit garçon était son fils. Avant, elle se l'imaginait comme le chouchou de sa maman, un gosse ouvert, aux boucles châtain clair ; maintenant, elle le voit comme un enfant renfermé qui attend sans rien dire que maman devine où il a mal et dépose un baiser sur son bobo. Whitman présente sa mère comme une femme maltraitée par son père, un garde-côte qui a fini par cesser de rentrer à la maison. L'épouse martyre, le père absent. La propre mère de Lydia vit encore, et elle est en bonne santé, mais elle est aussi une martyre dans son genre : celui des femmes trop efficaces qui font tout chez elles et supportent le pire sans se plaindre. Jadis, quand tout allait bien entre Lydia et Whitman, quand les gens admiraient celui-ci, en qui ils voyaient un spécimen mâle extrêmement évolué, ce cliché qu'était la vie de leurs parents respectifs leur semblait une vieille photo sépia de gens d'un autre âge accrochée au mur. Maintenant, ce n'est plus si attendrissant. Aujourd'hui, leur couple lui semble l'un de ces grotesques décors de studio où chacun passe la tête dans un trou pour se faire photographier. Elle le comprend soudain, et cela lui fait l'effet d'une décharge électrique. Ça leur est arrivé ! Ils faisaient une si bonne équipe quand ils canotaient hardiment ensemble, et voilà qu'ils perdent le nord au moment même où ils touchent la terre ferme. Terrifiant de constater qu'au moindre orage, on reproduit les horreurs avec lesquelles on a grandi, se dit-elle.

Au courrier, il y a l'assortiment habituel de catalogues : l'un offre des gadgets qui facilitent la vie domestique, l'autre, intitulé *Le Bûcheron modèle*, des tronçonneuses, des scies égoïnes, des haches faites main aussi coûteuses que des rivières de diamant. Lydia déteste les précédents propriétaires, Betty Crocker et Paul Bunyan, qu'elle appelle « le Cocker » et « Bug Bunny ». Pour elle, il y a aussi un catalogue spécialisé dans les produits biologiques, et, pour Whitman, quelques imprimés juridiques, car – c'est le bouquet – il est en train de changer de nom. Il s'appelle Walter Whitman Smith, et il veut laisser tomber son premier prénom, Walter, qu'il n'utilise jamais, au profit exclusif du second.

Lydia ne voit pas pourquoi. Elle, son patronyme est Bogtree[1], que les gens tendent à trouver ridicule. Pourtant, grandir avec lui a fait germer dans son imagination un arbre ami de l'ombre qui, au matin du monde, déploie son feuillage au-dessus d'un étang. Peut-être a-t-elle

1. Arbre ombrotrophe, qui pousse dans les marais.

emprunté cette image à un poème de James Weldon Johnson : *Blacker than a hundred midnight down... the swamp...* « J'ai toujours été une Bogtree et je tiens à le rester. Ne me le reproche pas », déclarait-elle à sa mère quand celle-ci insinuait que, peut-être, Lydia et Whitman devraient se marier. Elle sait qu'elle aurait pu garder son nom de jeune fille mais soupçonne que, tôt ou tard, le mariage ferait d'elle une quelconque Mrs Smith.

De vieux amis de Sacramento ont enduré l'authentique malédiction de s'appeler Kleenex. En revanche, une femme, qu'elle considère au premier chef comme l'amie de Whitman, s'est fait prénommer Tofu et a baptisé ses filles Maïs, Amarante et Fève. Lydia, trouvant cela un peu excessif, a demandé à la Tofu en question. « Tu ne crois pas que tu projettes tes propres attentes sur elles ? Suppose qu'en grandissant elles ne soient plus végétariennes. Suppose aussi que ta propre mère t'ait prénommée "Bidoche...". »

Lydia se rappelle cette conversation avec une amertume particulière. « Tofu » vivait ce qu'on nommait un « mariage ouvert » qui le devint tellement qu'il perdit son fermoir. Bernard, son mari, pour autant qu'on le sût, était toujours dans l'État de Washington en train de cueillir des pommes. Tofu eut de nombreuses aventures, dont l'une avec Whitman, quand Lydia et lui voulurent tenter l'expérience de la non-monogamie. En ce temps-là, on parlait beaucoup de la complexité de la nature humaine et de la nécessité de satisfaire des besoins multiples, mais, en fin de compte, Lydia se mit au lit avec une bouteille entière de schnaps peppermint. Quand Whitman entra, elle tituba jusqu'à la porte pour lui demander comment il pouvait coucher avec une personne qui portait un nom de légume. Chaque fois qu'elle y repense, Lydia juge cette période comme la plus désastreuse de leur couple – jusqu'à aujourd'hui, s'entend.

Au cours du dîner, ils se disputent à propos de Sacramento. Whitman veut y aller passer le week-end car il se plaint de ne jamais voir ses amis. Lydia préfère rester ici car il leur faut renouveler leur provision de bois.

« Qui aurait pu imaginer qu'on survivrait sans les copains ? » lance Lydia, tout à la fois sarcastique et honteuse de cette querelle de cour de récréation. Terrible, après tant d'années passées ensemble, de recourir à un langage d'une telle pauvreté, se dit-elle. Elle a l'impression qu'ils ont usé les mots telle une vaisselle en carton qu'on est obligé de réutiliser car on a omis de la renouveler.

« Si tu n'aimes pas mes amis, tu n'as qu'à le dire. Et d'ailleurs, pourquoi n'as-tu pas les tiens ? » demande Whitman en avalant sans commentaires une sorte de *chili* végétarien de l'invention de Lydia, à base de pois chiches, qui n'est pas une franche réussite.

« Je ne sais pas. » Elle hésite. « Je ne crois pas que tu comprennes à quel point ça été dur pour moi de fréquenter tous ces gens persuadés de posséder la vérité.

– C'est une interprétation qui n'engage que toi. »

Elle essaie de saler le *chili* en pensant le rendre mangeable. Une fois, elle s'est fait sermonner au sujet du sel par un ami invité à dîner. Le poison le plus insidieux qui soit, a-t-il déclaré, ajoutant : autant mettre carrément du débouche-chiottes. « Servez-vous, il y en a sous l'évier », faillit-elle lui répondre.

« Whitman, j'essaie simplement de t'expliquer ce que je ressens.

– Tu aurais mieux fait de le dire avant. Ç'aurait été plus judicieux, tu ne crois pas ?

– Et toi, tu aurais mieux fait de me dire que tu n'avais pas envie de venir vivre ici. Et surtout, avant que j'aie trouvé mon emploi. Tu me semblais pourtant très excité à l'idée d'emménager à Blind Gap.

– On n'est qu'à une heure de Sacramento. J'étais loin de me douter qu'on vivrait dans l'isolement le plus total », dit-il en raclant le fond de son bol.

Lydia se lève pour prendre des carottes cueillies le matin même au potager.

« Ce n'est pas moi qui édicte les règles, dit-elle. Ne trouves-tu pas intéressant que tes copains, qui n'arrêtent pas de prôner la vie au grand air, ne soient pas venus te voir une seule fois ? »

Il prend une carotte par ses fanes flétries et en mord le bout. On dirait Bugs Bunny, et elle prie le ciel pour qu'il lui demande : « Kesskispasse Doc ? », au lieu de quoi il se contente de dire : « On n'a pas de place pour les loger. Simple courtoisie de leur part. »

Lydia rit. Si vaste fût-elle, leur ancienne maison en ville ne l'était jamais assez pour tous les gens qui ne cessaient d'y passer. Une fois, ils avaient logé pendant trois mois un homme, qui se faisait appeler Father Jones, avec toute sa famille – c'est-à-dire quatre femmes et sept enfants. Ils avaient garé dans leur arrière-cour le car scolaire dans lequel ils vivaient d'habitude. Sauf conduire l'autobus, ses femmes faisaient tout pour Father Jones : porter ses enfants, lui laver ses vêtements, lui préparer ses repas sur un poêle à bois, décoré d'un mandala bleu, installé dans le véhicule. Chez Whitman et Lydia, ils continuaient à cuisiner sur ce poêle, car leurs hôtes, étant des carnivores repentis, ne pouvaient garantir la pureté de leur cuisine. Whitman ne s'en formalisait pas car ces gens étaient des amis d'amis, et il n'avait pas le cœur de les jeter dehors tant que leur autobus n'était pas réparé, autant dire jamais. Lydia, qui avait pitié de ces femmes débraillées, tenta de les entraîner dans des conversations amicales où elle prenait soin de noter, comme en passant, qu'elle trouvait merveilleux de partager les tâches ménagères avec Whitman. Un soir, au dîner, elle raconta à tout le monde qu'elle était tombée amoureuse de Whitman à cause de son bœuf à la mongole. Plusieurs membres de la famille de Father John, indisposés, s'excusèrent de devoir quitter la table.

De fait, c'était vrai. Dans leur cercle, Whitman était une rareté – le joyau de la couronne. Lydia comprend maintenant que maintes de leurs amies étaient tombées amoureuses de lui plus ou moins pour la même raison qu'elle. J'aimerais qu'elles voient ce qu'il est devenu, se dit-elle. Elle avait laissé dans l'évier le service à vaisselle « poule d'eau » fait par Earth, pendant des jours, pour voir si Whitman ferait la vaisselle. Comme il fallait s'y attendre, il avait loupé le test. Sans public, faire son numéro n'a pas d'intérêt.

Le samedi, Lydia va voir Verna. Elle apporte deux cartons vides qu'elle ramènera plein d'œufs. Les poules de Verna pondent des œufs superbes : bruns, avec un point rouge sur le jaune. « La mâle signature du coq », affirme-t-elle. La coopérative de Sacramento vendait des œufs identiques à 2,50 $ la douzaine, un prix que Lydia trouvait exorbitant. Elle s'est un jour disputée avec une de leurs amies, prénommée Randy, pour qui les œufs fertiles étaient une quasi-cure contre le cancer. « La seule différence entre une douzaine d'œufs fertiles et une douzaine d'œufs normaux, c'est douze gouttes de sperme, lui a-t-elle expliqué. C'est la seule raison pour laquelle tu paies un dollar et demi de plus. Douze *cents* la goutte de sperme, ça fait cher. »

Le même soir, Randy était dans la cuisine en train d'aider Whitman à faire des spaghettis, et Lydia l'entendit se plaindre que Lydia manquait d'imagination. Whitman prit sa « défense » : « Que veux-tu, elle est prof de sciences nat. Elle sait probablement de quoi elle parle, répondit-il.

– Ça, je sais. Même sa façon de s'habiller est celle d'une institutrice. »

Le lendemain, Lydia alla à l'Armée du Salut s'acheter des vêtements « mode » au décrochez-moi-ça.

Elle se surprend à confier à sa voisine ses problèmes avec Whitman. La cuisine de Verna est dotée d'un réfrigérateur supplémentaire destiné exclusivement aux œufs, soigneusement emballés dans de la paille. Elle écoute Lydia tout en garnissant délicatement les deux cartons que son amie lui a apportés.

« J'imagine que nous nous tapons sur les nerfs, dit Lydia. La maison que nous avions avant était beaucoup plus grande. »

Verna hoche la tête. Toutes deux savent que ce n'est pas là le problème.

« Quand on a eu plus, c'est difficile de s'accommoder de moins », approuve-t-elle.

Une remarque placide de femme placide – qu'il faut être pour manipuler tous ces œufs sans les casser.

Au retour, Lydia s'arrête devant la remise où Whitman stocke et travaille ses meubles. Une chance que la charpente en bois ajouré rende l'électricité inutile – encore que, si elle était éclairée, elle pourrait y lire la nuit sans le déranger. Une bonne idée, qu'elle se promet de lui exposer quand il sera de meilleure humeur.

Plantée devant lui, quoique à une certaine distance, elle le regarde raboter une planche en noyer. Elle adore voir la surface sombre et veinée prendre forme sous ses mains. Il est en train de fabriquer une table basse qui est la réplique d'un banc de cordonnier américain de jadis. Dans les niches où les artisans rangeaient leurs outils et leur cuir, les gens pourront placer des revues et des cendriers. Ces tables sont populaires en ville, et Whitman en a déjà vendu six ou sept. En règle générale, ses pièces ne sont pas toutes semblables, mais, vu le succès qu'elles remportent, il juge désormais inutile de se donner la peine de les personnaliser.

« J'ai discuté avec Verna, ce matin, dit Lydia. Elle pense que nos difficultés sont normales pour un couple qui vit dans un espace si restreint. » Whitman ne répond pas. « Elle dit que nous devrions oublier le passé et faire comme si nous recommencions à zéro, poursuit-elle.

– Parce qu'elle est psychologue, en sus d'ingénieur des Ponts ?

– Elle est mon amie, Whitman ; la seule que j'aie pour le moment.

– Ces gens de la campagne sont incroyables : tous des experts dans la condition humaine. » Il tourne le dos à Lydia et, alors qu'il pousse le rabot sur la planche en des gestes amples et réguliers, elle voit ses muscles se dessiner sous son T-shirt humide. Ils semblent glisser sous la peau, d'un compartiment à l'autre.

« Ils ne se lardent pas de coups de couteau en salle d'étude, ni ne prennent leurs voisins en otage, répond-elle calmement.

– Pas difficile de s'entendre quand on a ce luxe d'espace entre soi. Nous devrions le savoir. » Il prononce ces mots de façon entrecoupée, alors que son corps avance et recule au rythme de la tâche.

« Ce n'est pas tout, objecte Lydia. Ils savent à quoi s'attendre les uns des autres. Notre génération n'est pas comme ça, et c'est bien le problème. Repartons à zéro, Whitman. »

Le rabot continue à mordre le bois en y découpant des petites boucles brunes. Whitman se tait.

« Je sais que ce n'est pas facile pour toi, poursuit-elle. Ici, tu n'es pas aimé comme tu l'étais à Sacramento, mais... » Elle allait dire : « Mais moi, je t'aime encore » quand elle comprend que ce ne sont pas même des mots. Tout juste des sons qu'elle a émis au moins trois cents fois durant ces années passées ensemble. Elle les voit maintenant flotter dans l'air avant même de les avoir complètement pensés. Il en faudra plus que ça, se dit-elle – plus que des discours. Mais quoi, elle l'ignore. « Pourtant, c'est ici que nous sommes, reprend-elle. C'est simple. Nous sommes prisonniers de ce lieu. Alors autant essayer de trouver une solution pour aller de l'avant.

– Parfait, Lydia. Trouve-la. C'est facile pour toi : tu sais toujours exactement où tu vas. » Chaque fois qu'il pousse le rabot, un copeau de bois s'allonge, frise et tombe sur le sol. Elle se demande s'il ne va pas raboter la planche jusqu'à ce qu'il n'en reste rien.

La pluie, survenue le dimanche soir, tombe sans discontinuer pendant sept jours. Les vieux de Blind Gap imputent le changement de temps aux essais atomiques. Il fait trop chaud pour la saison. Ce n'est pas la pluie, mais la neige qu'il devrait y avoir. Toute cette pluie fait des dégâts.

Le mardi soir, les autorités déclarent que l'école sera fermée pour le reste de la semaine. Tant de ponts sont impraticables que les autobus ne peuvent rouler. L'un des ponts emportés par les flots est celui que Whitman a construit sur leur ferme. Lydia se rend compte que Verna avait raison. Le projet était erroné. Le déluge ayant ameubli la terre sous ses racines, le sycomore est tombé en emportant l'ouvrage avec lui. Whitman accuse l'arbre en prétendant que s'il avait été plus petit, ou plus flexible, il n'aurait pas tout arraché. Son amour-propre est méchamment blessé. Enfermé dans la maison, il est aussi déprimé qu'un prisonnier qui a oublié ce qu'est l'air pur. Le bruit lancinant que fait la pluie en tambourinant sur le toit tue tous les autres bruits.

Elle se demande si s'insulter un bon coup ne leur ferait pas du bien. Ou pleurer. La première fois qu'elle a vu

Whitman pleurer, c'est quand David, un chiot à l'époque, a attrapé un virus fulgurant, presque toujours fatal. Whitman a passé la nuit assis par terre dans la cuisine à côté de sa corbeille, et, quand elle l'a retrouvé le lendemain matin, il dormait, appuyé contre le montant de la porte. Elle s'est alors dit que, quel que fût le sort de David, elle vieillirait avec cet homme. Quarante ans à tirer jusqu'à soixante-dix ans, s'exclame-t-elle tout haut – des mots qui vibrent dans l'air étrangement ouaté. Elle ne peut même pas commencer à s'imaginer un bail pareil. Maintenant, Whitman ne se préoccupe même plus de vérifier que David a à boire et à manger.

Tout en allant et venant à pas feutrés, en chaussettes de laine, jupe longue et gilet matelassé, Lydia se prend de l'étrange fantaisie que Whitman et elle appartiennent à un ordre monastique ayant fait vœu de silence, et qu'ils pleurent la mort de quelqu'un. Industrieuse par désespoir, elle congèle ou met en conserve les derniers produits du potager en se demandant par quel hasard cette tâche lui échoit exclusivement. Durant leur première semaine ici, ils ont bêché et planté ensemble le petit carré de terre situé derrière leur cabane, travaillant joyeusement au coude à coude, chacun se tenant à l'épaule de l'autre pour enfoncer la pelle dans les endroits durs. Le temps de la récolte venu, elle est seule. Whitman n'entre plus dans la cuisine que pour venir prendre une bière, et il bloque le passage en restant des minutes entières, la porte du frigo ouverte, à regarder les clayettes d'un air absent qui l'exaspère. Elle n'a jamais mis de tomates en conserve jusqu'alors, et elle doit se concentrer pour lire les instructions écrites de Verna.

« Il fait assez froid comme ça. Nous n'avons pas à réfrigérer tout l'État de Californie », lui crie-t-elle pour se faire entendre dans le boucan que fait la pluie. Il referme la porte du Frigidaire sans un mot, et elle a aussitôt pitié de lui. Avec une gaieté forcée, elle lui dit : « La prochaine fois que nous irons en ville, on pourrait rapporter la télé. Si Randy veut bien nous la rendre. Elle est peut-être devenue accro aux mélos.

– On ne captera sans doute rien du tout, ici, dans nos montagnes », dit-il en marchant de long en large devant la fenêtre, comme David.

« Chambre », ordonne-t-elle au chien, en espérant que Whitman, lui aussi, ira se coucher.

Le lundi, ils sont tous deux soulagés que l'école rouvre. La salle de classe pue les vêtements mouillés et le moisi. Après presque une semaine de vacances forcées, les gosses sont désorientés et infernaux. Ils ont oublié tout ce qu'ils ont appris. Lydia tente de fixer leur attention en leur racontant des histoires sur le comportement animal, non parce que celui-ci est au programme, mais parce que c'était son sujet de troisième cycle, et que, en l'occurrence, tous les expédients sont bons. Elle leur explique la notion d'empreinte chez les canards.

« C'est comme un photocalque à vie, leur explique-t-elle. Un zoologiste nommé Konrad Lorenz a découvert que, dès que l'œuf est éclos, les petits s'identifient à un être vivant, quel qu'il soit, et le suivent partout. D'autres chercheurs ont fait l'expérience sur des chats, en utilisant des objets tels que les ballons de plage ou des trucs en plastique, et ça marche toujours. Pour revenir aux canards de Lorenz, ils voulaient tous, en grandissant, s'accoupler avec ces êtres, ou ces objets, auxquels ils s'étaient identifiés. »

Les enfants sont intéressés. « Ça alors, c'est vraiment bizarre », dit l'un d'eux. Et tous les autres veulent savoir pourquoi.

« Pourquoi, je n'en sais rien. Personne n'a jamais compris ce qui se passe au juste quand ce phénomène se produit, mais on sait à quoi il sert. Le cerveau animal est organisé pour recevoir telle ou telle information particulière destinée à lui servir plus tard. Normalement, la première chose que voit un caneton, c'est un canard adulte, d'accord ? Tout naturellement, c'est donc un autre canard qu'il va rechercher en grandissant. À un niveau moins extrême, on sait que ce type de comportement se produit dans certaines espèces animales plus évoluées. » Elle sait qu'en s'éloignant des canards, elle va perdre son audience, mais elle est étrangement, irrésistiblement attirée par son sujet. « La plupart des animaux, quand ils sont désorientés ou stressés, reviennent à des schémas de comportement plus familiers. » Tout en parlant, Lydia a une vision soudaine et puissante de toute la famille Father John, les épouses opprimées avec leur poêle au mandala, les enfants aux cheveux en queue de rat, et le sublime Father John lui-même. Debout, derrière lui, la génération entière de femmes opprimées dont il est issu.

Dans le fond de la classe, une fille demande : « Comment font les zoologistes pour ramener les canards à leur condition, euh, normale ?

– Je suis désolée de vous apprendre qu'ils ne l'ont pas fait. Il leur aurait fallu toute une vie pour y arriver. » Lydia se sent authentiquement désolée pour les canards expérimentaux. Elle s'était elle-même posé la question.

« Alors ils se trimbalent partout en cherchant à le faire avec des ballons de plage ? » demande un garçon. D'autres garçons rient.

« Eh oui, dit Lydia en haussant les épaules. C'est pour le bien de la science. »

Elle se réveille furieuse, les femmes de Father John et les canards toujours à l'esprit. Au lieu de faire bouillir l'eau pour le café et le porridge, elle ramasse dans l'évier la soupière faite main, qu'elle apporte dans la chambre. « Tu aimes cet objet ? » demande-t-elle à Whitman qui, debout près du lit, boutonne sa chemise.

Il la regarde, ahuri. Voilà longtemps qu'ils ne se demandent plus ce que l'autre aime ou non. « Je ne sais pas, dit-il.

– Tu ne sais pas ? Eh bien moi non plus. Je suis ambivalente, c'est ça mon problème. » Elle tient la soupière à bout de bras pour l'examiner. Puis elle la hausse au niveau de son menton, ferme les yeux, et la lâche sur le foyer en pierre de la cheminée. Elle se fracasse avec un bruit phénoménal qui semble sans rapport aucun avec la centaine de minuscules morceaux qui gisent à ses pieds, creux comme des paumes offertes, leurs bords aussi blanc et poreux qu'un os. Lydia, qui de sa vie n'a jamais rien cassé intentionnellement, a soudain l'impression d'avoir trouvé sa vocation. Elle va vers le placard, trouve la louche « poule d'eau » assortie, lève le bras et la lance contre le mur opposé. Contrairement à ce qu'elle a espéré, elle n'explose pas mais craque comme un fémur et se brise en deux morceaux. David se lève, mais reste là où il est, le poil hérissé et la tête tournée vers elle. Whitman s'assied sur le lit et la regarde fixement, muet de stupéfaction.

« Je n'ai jamais postulé pour le boulot que je fais ici. Je ne sais pas comment je l'ai eu, mais je sais comment le quitter », dit-elle. Les mains tremblantes, elle range ses papiers en plusieurs piles impeccables, ferme sa serviette et part travailler.

Elle fait sans plaisir le trajet de retour de l'école. La boue qui colle à ses bottes lui alourdit les pieds et lui fatigue les jambes. Ce soir, elle aura un désordre insensé à nettoyer, puis il lui faudra parler à Whitman. Sauf que l'apathie silencieuse de celui-ci l'a gagnée, et elle commence à suspecter que même les cris ne résoudront pas leur problème. Pas de conversation et pas de cris. Que reste-t-il hormis partir ? Elle comprend pourquoi les gens sont prêts à tout pour acheter des manuels qui leur prescrivent comment s'aider eux-mêmes. Ils sont comme le chien, pense-t-elle : ils ramperaient volontiers en signe d'obéissance. Tout est tellement plus facile quand l'autre prend tout en charge.

Elle décide qu'elle est la proie rêvée pour un livre virtuel intitulé *Comment éviter le fiasco habituel dans vos histoires d'amour*. Il se vendrait à des millions d'exemplaires, songe-t-elle. Ou *Comment vivre avec un homme qui a cessé de parler*.

David dégringole la colline pour lui faire la fête alors qu'elle a passé la clôture séparant la ferme de Verna de la leur. « Allez, David, viens, mon vieux », l'encourage-t-elle. La rivière est entre eux, et le chien court frénétiquement le long de la rive. La tête levée, il se souvient soudain : pour rejoindre sa maîtresse, il lui faut gravir la colline et refaire le trajet en contournant le verger. Ce qu'il fait.

Plus haut, sur l'autre rive, elle voit la scie de table que Whitman a installée près du pont écroulé. Il compte sauver ce qu'il peut des planches qu'il a montées pour réaliser l'ouvrage, et les débiter pour en faire du bois de chauffage. Pour l'instant, il n'est pas à son poste. Elle finit par le voir, un peu plus bas sur la rive où est placée la scie. Il est couché par terre, roulé sur lui-même, dans une position si insolite qu'elle ne le reconnaît que grâce à sa chemise. Une torpeur semblable à celle que provoque l'anesthésie chez le dentiste paralyse les propres membres de Lydia ; elle essaie de grimper le talus argileux de la rive située en face, sans succès car elle glisse. L'eau qui les sépare, profonde et tumultueuse sous l'effet du déluge, rend l'approche impossible.

« Whitman », hurle-t-elle, entre autres mots dont elle ne se souvient plus car elle s'entend à peine dans le fracas de l'eau. Il lève la tête et elle constate qu'il est sain et sauf. Il lui crie quelque chose qu'elle n'entend pas.

Il faut un certain temps à Lydia pour se rendre compte qu'il pleure. Whitman n'est pas mort, il pleure.

« Bon Dieu, tu m'as fait peur. Je te croyais mort », lui crie-t-elle après avoir repris son souffle, les mains jointes sur la poitrine.

Whitman, en partie par gestes, lui dit quelque chose qu'elle ne comprend pas mais qui lui rappelle l'attitude de ses petits élèves qui ne savent pas répondre quand elle les interroge. Elle voudrait le réconforter, mais il y a une rivière entre eux.

« Tiens bon, j'arrive », lui crie-t-elle. Elle tente de nouveau d'escalader le talus, mais Whitman lui crie en retour quelque chose dont elle ne perçoit que quelques mots : « Ne me quitte jamais. »

Allongée sur la rive mousseuse, elle se dit : « Il faut que j'aille le rejoindre. »

« Il faut que j'aille te rejoindre », lui crie-t-elle en séparant les mots et en les illustrant par une série de gestes outrés. Tout en sachant qu'il n'entendra pas cette phrase, elle ajoute : « Ou alors, c'est toi qui viens. Autrement, on va finir en hyperventilation, et on va tomber tous les deux dans la rivière.

– Ne te jette pas à l'eau car je n'irai pas te chercher », crie-t-il. Ou quelque chose dans ce goût-là. Il illustre ses propos par le mouvement du cygne qui plonge, puis secoue vigoureusement la tête en signe de dénégation. Il trace ensuite dans l'air un cercle indiquant que c'est lui qui viendra à elle. Que, surtout, elle ne bouge pas. Visiblement confus, il tend les mains vers elle puis les pose à plat sur sa poitrine, comme s'il disait : « C'est ma faute. »

Ils utilisent maintenant un langage des signes inconnu des humains. Un langage qu'ils inventent, poussés par la nécessité. Comprenant que le dernier signe est important, elle le lui rend.

David, qui avait un handicap sur eux, a déjà gagné la route. Bravant tous les dangers, sans la moindre hésitation, il dévale la pente glissante du talus de la rivière côté Lydia. Elle ne pense qu'à Whitman, mais elle prend le temps de caresser le flanc du chien, et elle sent son cœur battre très vite sous ses côtes. C'est un immense réconfort pour elle de partager l'affection qui unit les gens et leurs animaux domestiques depuis des milliers d'années.

Toxique

L'été dernier, tous nos amis ont divorcé ou fait un enfant, comme s'il n'y avait qu'une seule alternative. C'est stupide, je le sais, mais cela nous a donné à réfléchir. À partir de là, nos pensées se sont mises à filer comme un autobus fou qui respecterait tous les arrêts sans jamais parvenir au terminus.

« Dans le second cas, combien alors ? » me demande ma femme. Elle est dans la chambre, et moi, en train de me brosser les dents. « C'est toute la question. Quand on en a un, on est presque obligé d'en avoir un second. Quand on a un enfant unique, les gens vous regardent comme si vous étiez des criminels. »

Ce sujet s'est faufilé dans notre vie pour s'y accrocher comme la vigne vierge s'enroule aux branches d'un arbre. S'il n'y a pas d'introduction explicite telle que : « Au travail, aujourd'hui… » ou : « Tu sais, je me disais que… », je sais quel genre de conversation nous allons avoir.

Je rince ma brosse à dents et la pose dans l'anneau de cuivre voisin de celui de Lena. « Tu ne trouves pas que c'est mettre la charrue avant les bœufs, lui demandé-je.

– C'est possible. »

J'entre dans la chambre. Elle est assise dans le lit, un livre à la main. Elle ôte ses lunettes. Lena a trente-sept ans et elle est renversante. Tout homme amoureux trouve sa femme belle, je sais, mais je sais aussi que quand on voit Lena, on ne se contente jamais d'un seul regard. Elle a de longs cheveux noirs très raides avec une mèche blanche qui ruisselle de son front haut tel le sillage laiteux d'une étoile filante. Tous les membres de sa famille ont cette mèche, produite par un unique gène dominant, mais, chez Lena, ce gène a trouvé son havre idéal

« Il y a sans doute bien des choses à prendre en compte, dit-elle. Mais il faut que nous soyons bien d'accord avant de nous lancer. Chacun de nous a un droit de veto. »

Je décrypte cette phrase : « Moi, je suis plutôt pour me lancer, toi, tu es plutôt contre, mais alors il faut que tu le dises clairement », voilà ce qu'elle veut dire. Pour la plupart des hommes de ma connaissance, les enfants sont quelque chose que leur épouse a produit, nourri et offert au monde comme des tomates mûres pour le marché. Avec Lena, ça ne peut pas être ainsi.

« Je ne sais pas ce que j'en pense, dis-je. Je crois seulement que si tu veux vraiment des enfants, je n'ai pas le droit de m'y opposer. »

Elle semble surprise.

« Quel intérêt d'être mariée si c'est pour faire un gosse en solo ? demande-t-elle. Autant alors utiliser la seringue à arroser la dinde. » C'est exactement ce qu'a fait une amie célibataire de Lena.

« Je sais, dis-je. Mais il m'est très difficile de te confier ce que je pense vraiment. »

Les yeux de Lena sont gravement bleus, d'un ton océanique.

« Que penses-tu vraiment ? me demande-t-elle.

– Eh bien, je dois admettre que l'idée de faire un enfant m'accable un peu. Toute cette perturbation juste au moment où je commence à me dire que j'ai enfin trouvé le bon équilibre dans ma vie… (Je réfléchis à ce que je viens de dire.) Pour autant que je sache, ce n'est pas une simple perturbation, c'est un naufrage. C'est comme couler le bateau et être obligé de nager pendant dix-huit ans. »

Elle va dire quelque chose mais se ravise.

« Toutefois, je n'en suis pas sûr, ajouté-je. Je dois réfléchir encore.

– Bien. »

Elle m'embrasse et éteint la lumière.

Il me semble bizarre de devoir me poser ce genre de question aujourd'hui quand des hommes de mon âge commencent à se plaindre du coût astronomique des études supérieures de leur progéniture. La mienne, de progéniture, je ne me rappelle pas un seul moment de ma vie où j'ai pu l'envisager un tant soit peu clairement. Lena et moi nous sommes rencontrés relativement tard, quand fonder une famille n'était plus dans l'ordre des choses. Nous avons acheté une maison de deux étages à l'ombre des érables de Convocation Street, nous y avons groupé nos possessions respectives, mais chacun de nous avait déjà une vie derrière soi. J'ai presque quarante ans et je suis professeur de botanique. Avant de rencontrer Lena, il y a trois ans, je me consacrais entièrement à initier de jeunes esprits aux mystères du xylène et du liber. J'enseigne, en quelque sorte, l'autre moitié de l'histoire de l'œuf et de la poule, le miracle de la vie qui commence avec le pollen et finit avec la stupéfiante, la concrète réalité du fruit.

Je suis aussi un très bon jardinier. Certains peuvent penser que c'est une activité pépère, mais moi, j'y vois une communion avec la nature, dans la tradition des grands penseurs : Thoreau, Whitman et Aristote, par exemple. Ma communion est plus triviale, c'est tout. Ce sont les choux-fleurs qui m'inspirent. J'ai des camarades parmi mes collègues, mais je n'ai jamais eu d'ami intime. Avant Lena, je me complaisais dans une image d'ermite aimable en jean et Nike, une version moderne d'un Mendel hybridant ses petits pois.

Lena est toxicologue. Elle est en charge du centre antipoison de l'hôpital du comté, dont la ligne téléphonique est ouverte vingt-quatre heures sur vingt-quatre. Des gens de tout l'État l'appellent, désespérés, quand leurs enfants ont ingéré de l'aspirine pour bébé, quelque feuille des plantes d'appartement ou autres substances « toxiques ». Cela peut sembler morbide, mais personne n'est aussi plein de joie de vivre que Lena, même dans l'exercice de ses fonctions. Elle est tout simplement géniale dans les dîners. Sa meilleure histoire est celle d'un grand lézard venimeux femelle prénommé Hilda. Hilda, donc, un cadeau illégal d'un oncle de Tucson, a traversé les frontières de notre pays dans un conteneur en fibre de verre du genre panier à chats. Ce lézard, totalement exogène à notre région de l'Indiana, tout en étant extrêmement dangereux, est jugé par les experts trop paresseux pour représenter une menace contre la santé publique. L'incident qui a provoqué le recours téléphonique à ma femme eut lieu le 4 juillet, lors d'un pique-nique de célébration de l'Independance Day. Hilda, soumise au supplice de Tantale sous la forme d'un morceau de poulet frit tendu par un enfant infernal, ne put en supporter davantage et mordit le doigt de son petit tourmenteur.

Évidemment, l'histoire finit bien. Pour avoir personnelement connu la souffrance, Lena n'aurait jamais [illegible]né en dérision le désespoir de quelqu'un. Avec la m[illegible]e blanche, sa famille offre une seconde particularité gén[illegible]que : l'allergie aux piqûres d'abeilles et de guêpes. Étan[illegible]fant, elle a vu sa sœur mourir sous ses yeux, d'un choc [illegible]phylactique, alors qu'elles étaient toutes deux dans l[illegible]din en train de faire des colliers en feuilles de trèfle. [illegible] pourrait mourir de la même façon. Théoriquemen[illegible]te sortie en plein air avec elle est susceptible de se tra[illegible]ner en drame.

C'est cette fragilité congénitale qui l'a conduite l'étude des réactions toxiques, et c'est grâce à la ligne téléphonique antipoison que nous sommes entrés en contact pour la première fois. Je l'avais appelée car j'avais reçu de la diatomite dans les yeux. Je ne sais plus comment cela s'était produit, si je m'étais frotté les yeux en la manipulant ou si le vent l'avait projetée – la poudre d'algues brunes unicellulaires est volatile. Ce dont je me souviens parfaitement, c'est de la voix de Lena, inquiète et grave, qui laissait supposer que rien au monde n'était plus important que de lutter contre l'irritation de ma cornée.

Si les choses avaient tourné autrement, si je n'avais pas eu le courage de la rappeler la semaine suivante sans l'excuse d'un empoisonnement, je ferais aujourd'hui les frais d'une de ses anecdotes amusantes. Je m'en suis bien tiré puisque je suis devenu son mari. De fait, comme cela devait lui paraître curieux, je l'ai rappelée pour lui expliquer ce que je faisais avec de la diatomite. Le nom est joli, mais la chose – un insecticide – est létale. J'en saupoudrais les feuilles de mes aubergines, victimes d'une attaque de pucerons, qui semblaient avoir reçu une décharge de chevrotine. J'aime les aubergines, tant pour des raisons esthétiques que gustatives. « Vraiment, peut-on rêver légume à la beauté plus parfaite ? » demandai-je à ma future femme. Elle rit, d'un rire sensuel aussi agréable qu'une pluie tiède.

Notre aventure commença sous des auspices végétaux. Pour la remercier de sa sollicitude, je l'invitai à visiter mon potager. Elle n'avait jamais cultivé de légumes, et, assura-t-elle, n'avait jamais vu d'aliments aussi familiers que des choux encore enracinés dans la terre ; je lui montrai comment poussent les choux de Bruxelles, accrochés à leur épaisse tige massive comme autant de porcelets en train de téter. Manifestement, elle était quelqu'un de tactile : elle effleurait de la main les pétales veloutés, et, d'un air absent, alla jusqu'à tâter entre le pouce et l'index le tissu de la manche de ma chemise. Peut-être voulait-elle vérifier de quelle étoffe est fait un botaniste. Je lui promis de lui faire manger des roulés d'aubergine au fromage blanc avant le solstice d'été. Toutefois, c'est avant la nuit la plus courte de l'année que, couché auprès de Lena, je lui confessai en tremblant que, jusqu'alors, je n'avais rien tenu entre mes bras d'aussi précieux qu'elle.

Lena m'assura que j'étais la première victime d'un empoisonnement qui l'eût jamais rappelée, à l'exception d'une poignée de délinquants récidivistes. Je frémis à l'idée que j'avais failli ne pas le faire. Quelqu'un peut passer la moitié de sa vie à se morfondre en pensant à toutes les choses qu'il a failli ne pas faire.

La diatomite est une substance remarquable formée du squelette déchiqueté et siliceux de milliers de micro-organismes marins. Pour les humains, elle a la consistance du talc, mais pour les insectes, c'est à peu près comme passer sur des tessons de bouteille. Elle leur lacère la peau et ils se vident de leur substance vitale. Une mort horrible, je n'en doute pas. Cependant, je ne pensais pas aux insectes ce jour-là en traitant les feuilles ; je ne pensais qu'à mes aubergines, lourdes et violacées, luisant au soleil d'été. Je crois profondément que, malgré tous nos efforts pour prouver le contraire, la vie se réduit à des choix de ce genre. Il y a toujours un prix à payer. Mon vieux voisin, debout devant sa boîte en train de feuilleter une liasse d'imprimés publicitaires aux couleurs criardes, se plaît d'ailleurs à répéter : « S'il existe sur cette terre quelque chose de vraiment gratuit, je suis prêt à payer une fortune pour savoir quoi. »

Lena pense que, au lieu de spéculer sans fin, nous ferions mieux de prendre un bébé à l'essai pour le week-end. Plus j'y pense, plus cette idée me semble raisonnable. Je crois même l'expérience indispensable. Nos amis les MacElroy sont heureux de nous rendre ce service en nous prêtant leur fille Melinda. Ils se proposent de la déposer chez nous le vendredi soir avant de partir en toute hâte pour Chicago.

MacElroy, qui enseigne la zoologie, a son bureau à côté du mien. Notre faculté est petite : nous formons à nous deux le département de biologie, où l'un est l'ambassadeur du règne animal et l'autre celui du règne végétal. Transfuge d'une université d'État, il trouve très amusant de travailler au sein d'une structure si réduite. Parfois, aux toilettes, dans l'urinoir à côté du mien, il me demande : « Cher collègue, que penses-tu d'une réunion intradépartementale ? »

Ce qui l'amuse moins, tout comme sa femme d'ailleurs, c'est que Melinda, à l'âge de vingt mois, ne marche toujours pas. Au début, tous deux restaient évasifs – « elle a peur de se lancer », disaient-ils –, avant de se montrer carrément défensifs, puis d'entamer ce triste périple qu'est la tournée des spécialistes. Ils ont tout essayé : consulter de multiples pédiatres orthopédistes, et même écrire à la rubrique « Santé » du célèbre docteur Gott. Tous les examens les plus onéreux, ils les ont faits. Les médecins sont unanimes : Melinda est normale, ses os sont parfaits, mais chaque enfant a son propre calendrier en matière de développement. Ce qui n'empêche pas les MacElroy de caresser la vision effarante d'une Melissa de dix-huit ans, sa valise bouclée, s'apprêtant à ramper jusqu'à l'université.

Le vendredi, au début de l'après-midi, Lena me téléphone de son bureau du HQG Poisons. « Quels sont tes projets pour le reste de la journée ? me demande-t-elle.

– Permanence pédagogique, dis-je.

– Quelles sont les chances pour qu'un étudiant passe te voir ?

– Comme d'habitude – imprévisibilité totale. »

Je jette un coup d'œil circulaire sur la pièce pour évaluer les chances en question. Dans mon bureau, je fais pousser des fougères et des broméliacées, un *Darlingtonia* paisiblement carnivore, et j'ai un terrarium rempli de mousses aux exhalaisons humides. Je passe pas mal de temps avec eux tous.

« Un météorite pourrait aussi percuter le bâtiment des sciences, ajouté-je.

– Je me suis arrangée pour permuter avec Ursula. Toi et moi pouvons faire l'école buissonnière le reste de l'après-midi. (Lena me semble un peu émue.) Autant profiter de nos dernières heures de liberté avant d'assumer la terrible responsabilité d'un enfant. »

Dix minutes plus tard, elle me klaxonne, et nous nous mettons en route pour la fête des ponts couverts.

Je me sens tenu de préciser que ce n'est pas une fête à proprement parler, mais un week-end au cours duquel les habitants du sud de l'Indiana partent célébrer les nombreux ponts couverts du voisinage. On peut tous les faire, dans n'importe quel ordre. Mon préféré est celui de Little Patoka, sur l'Eel.

« L'un des avantages en faveur d'un enfant, me dit Lena, qui conduit les sourcils froncés par l'attention, c'est la flexibilité de nos emplois du temps. Je pourrai toujours arranger mes permanences téléphoniques en fonction de tes propres horaires.

– En admettant que tous les membres de ton personnel ne traversent pas une crise en même temps.

– Ursula, au moins, ne me fera jamais faux bond. » Ursula, une excellente amie de Lena, est une femme de soixante ans, le seul membre de l'équipe du centre antipoison qui n'ait ni procréé, ni divorcé au cours de l'année précédente.

« Réfléchis, dit Lena. C'est parfait. Quand tu donnes tes cours le soir, je peux travailler le jour. Le reste du temps, je peux travailler la nuit.

– Et quand se parlera-t-on ?

– Le week-end. Et chaque fois que tu t'empoisonneras. »

La ville de Little Pakota est située à environ huit cents mètres de la rivière Eel. Nous y garons la voiture. Un petit marché festif, dont le rappel est battu par plusieurs panneaux, se tient sur la route menant du bourg au pont. Sur fond de champs moissonnés, de talus envahis par le sumac vénéneux et les gerbes d'or, on a installé des tables sur lesquelles s'amoncellent les produits locaux : paniers tressés, poupées de paille, pots de miel de trèfle, pyramides géantes de citrouilles. Pour mon plus grand plaisir, nombre des légumes régionaux exposés sont des curiosités à part entière. L'un d'eux, étiqueté « poivron Yolo Wonder à deux têtes », est un monstre authentique.

Comme on s'éloigne de la ville, les tables, plus espacées, présentent des marchandises moins convenues qui sont manifestement le fruit des efforts artisanaux de gens étrangers à la ville. Un jeune couple vendeur de bijoux s'est déplacé en bus VW pour tirer parti de l'occasion. À l'évidence ils devaient escompter de la fête des Ponts couverts un meilleur chiffre d'affaires que ce qu'elle leur offre. Ils semblent venir de loin, tant en termes de lieu que d'époque. La femme, très blonde, porte une jupe longue et quantité de chaînes tintinnabulantes. L'homme, qui semble vouloir se démarquer de l'événement, est assis plus loin sur une chaise pliante occupé à réparer le fermoir en argent d'un collier.

« Je m'appelle Earth, dit la jeune femme. Et voici Jacob. Nous venons de Sacramento. Votre région est magnifique. » Elle semble avoir envie de faire la conversation.

« Elle l'est, approuve Lena.

– Nous voyons quantité de lieux, mais celui-ci est particulier. Je lis les auras, voyez-vous. Ici, les gens sont sereins. »

Elle s'interrompt, apparemment attirée par le visage de ma femme, pendant que je me demande ce que sont les auras.

« Vos yeux sont de la couleur exacte du lapis-lazuli », poursuit-elle. Pour preuve, elle porte à la hauteur de la tempe de Lena une pierre ovale d'un bleu si exactement assorti qu'elle semble un troisième œil.

Je prends le collier que la jeune femme me tend. La pierre, enfilée sur un cordon, est douce au toucher. Je ne peux m'empêcher de penser à un œil de verre. J'ai longtemps cru que les prothèses oculaires étaient sphériques, tel le globe lui-même, mais je me trompais. Elles sont ovales. Je retourne la pierre pour connaître son prix. L'étiquette collée derrière n'indique qu'un code. Je m'enquiers du prix qui me semble ridiculement élevé. Quelque part au fond de moi, je suis toujours étonné que les produits de la nature ne vous soient pas offerts gracieusement.

« C'est très beau, dit Lena, mais nous sommes ici seulement pour nous promener, pas pour acheter. »

Le jeune homme, de sa chaise pliante, nous lance un regard hostile.

« Nous n'avons pas pris notre carnet de chèques, renchéris-je.

– Ce petit couplet sur mes yeux n'était qu'une ruse commerciale, me dit Lena, alors que nous nous éloignons. Je suis désolée que ces gens soient obligés de vivre de cette façon, mais on ne peut pas acheter pour cette seule raison. Et ces foutaises sur les auras ! La sérénité des gens du cru, parlons-en : ils font sans cesse des drames à propos de tout et de rien.

– L'ami Jacob me semblait pressé de reprendre la route vers la civilisation, dis-je.

– Ce que je déteste avant tout, c'est la manipulation. Tu as remarqué que c'est à toi qu'elle a tendu le collier ? »

Si Lena ne m'avait pas coupé l'herbe sous les pieds, je l'aurais peut-être acheté, et pas par obligation. « Elle avait raison à propos de tes yeux, dis-je. Ils sont exactement de la couleur de la pierre. Sur ce point, elle n'a pas menti.

– Bleu, c'est bleu, et c'est marre », dit Lena.

Nous nous taisons un moment puis je demande :

« *Azul* veut dire bleu. Mais que veut dire "lapis" ? »

Ma femme fait les mots croisés du *New York Times* sans une seule erreur. Elle connaît mieux la racine des mots. Plus jeune, elle hésitait entre une carrière dans les poisons ou une carrière plus littéraire.

« "Pierre" en latin, dit-elle.

– Bien sûr. Comme dans "lapidaire". »

Nous passons devant un rempart de citrouilles.

« Et "dilapider", ajoute-t-elle.

– Tu veux sans doute dire dépenser prodigalement ce qui a été amassé pierre par pierre ?

– En quelque sorte, sourit-elle. Se priver de la protection d'un mur d'argent. On commence par retirer une "brique", puis deux, et tout s'écroule. Comme les anciens murets qui étaient légion dans les champs du sud de l'Indiana. De là où nous sommes, nous pouvons, si tu le souhaites, en trouver encore une demi-douzaine. À propos d'écroulement, sais-tu que Ron Emerson et Gracie se séparent ? » ajoute-t-elle. Ron est un de ses collègues à l'hôpital, et Gracie a été la secrétaire de notre département jusqu'à son congé de maternité.

« Voilà du nouveau, dis-je. Un bébé *et* une séparation.

– Je sais. C'est comme si le divorce était un virus qui se propage sans qu'on ne trouve le vaccin. Pendant un certain temps, on a cru que les bébés seraient l'antidote. Mais je sais bien que ce n'est pas vrai. »

Nous arrivons maintenant en vue du pont couvert et de la longue rangée d'arbres qui jalonnent le cours de la rivière Eel.

« Beaucoup de gens sont dans la situation de Ron et Gracie, poursuit Lena. S'ils sont déjà en difficulté avant le bébé, il y a fort à parier qu'ils le seront encore plus après. Ils ne trouveront tout simplement pas le temps nécessaire à un replâtrage. »

N'ayant pas d'opinion sur le sujet, je me contente de marcher auprès de Lena en lui tenant la main et en la laissant explorer ledit sujet. Mes pensées sont très loin des siennes. Je me dis que j'appartiens à ce lieu, à ces champs, à ces ponts couverts. J'ai passé toute ma jeunesse dans les petites villes d'Indiana. J'ai grandi dans l'une, j'ai été éduqué dans une autre et me suis fixé dans une troisième. Mes sœurs habitent respectivement Seattle, Atlanta et Cleveland, des villes dotées d'orchestres philharmoniques et de restaurants gastronomiques. Quand elles viennent me voir, elles se demandent comment elles ont pu vivre dans un comté dépourvu de ces agréments.

J'accepte ces limitations sans me poser de questions. D'autant plus qu'il y a toujours des surprises. J'ai grandi dans une famille où la religion était austère, les enfants plus nombreux qu'ils n'auraient dû, et l'affection, rarement prodiguée. Je n'aurais jamais imaginé jouir un jour de celle d'une Lena. Pour moi, une vie passée dans des champs émaillés de bourgeons n'est pas nécessairement une vie de frustrations.

« D'un autre côté, dit Lena, ça fait peur de penser qu'on vieillit, qu'on a laissé passer sa chance. J'imagine qu'il est raisonnable de vouloir se perpétuer. C'est la meilleure approximation de l'immortalité.

– Génétiquement parlant, oui, dis-je.

– Je suis sûre que mes parents pensaient que trois enfants suffiraient à assurer leur pérennité, et pourtant, ça n'a pas tourné comme ils le souhaitaient. »

Pour sa famille, Lena est la seule chance restante de transmission d'ADN. Sa sœur est morte et son (beaucoup) plus jeune frère est devenu stérile à l'adolescence du fait d'une complication liée aux oreillons. Lui et sa femme ont récemment adopté des jumeaux coréens. Mes beaux-parents, je dois leur payer ce tribut, n'ont jamais exercé de pression sur Lena. Ce sont des gens hors du commun qui aiment leurs enfants sans possessivité ni intrusion. Ils ne cessent de m'étonner, alors que Lena, elle, ne semble pas apprécier ce qu'elle a. Comme tout un chacun, elle lit des ouvrages censés vous aider à surmonter les effets néfastes du dysfonctionnement familial et dit des choses du genre : « Vous savez, mon grand-père Butler buvait. » Je crois comprendre que, pour elle, c'est comme être trop belle : quand toutes les femmes du monde passent leur temps à se lamenter sur tel ou tel défaut physique, elle doit trouver difficile le fait d'admettre qu'elle n'en a aucun. Pourtant, ce qui me gêne parfois, c'est qu'elle considère l'amour que ses parents lui portent comme un dû. Comme si tout le monde avait des géniteurs qui, le jour de votre anniversaire, vous appellent quand vous êtes sortis et vous chantent dans le répondeur *Happy Birthday to you* à trois voix, en comptant celle du chien.

Comme ceux de Lena, mes propres parents vivent toujours, mais ils sont peu expansifs. Autrefois, ils avaient quelques échanges verbaux à propos des enfants, puis de la chaîne de télévision qu'ils souhaitaient regarder. Maintenant, ils ont acheté un second téléviseur, plus petit, et, assis sur deux fauteuils placés côte à côte, ils regardent chacun leur poste – pour mon père, ce sont les programmes sportifs… sans le son.

Nous arrivons au pont. Lena ôte sa main de la mienne et me précède sans un mot. Quand un ouvrage d'art atteint cet âge vénérable, il convient, quand on le traverse, d'écouter ce qu'il a à dire. Sous nos pieds, la rivière émet un soupir mélancolique ininterrompu et le bruit de nos pas évoque des chuchotements. Le bois du pont, poli par le temps, dégage cette odeur de poussière que j'associe avec nostalgie aux granges de ma jeunesse. Quand nous sortons à l'autre bout, la lumière du jour semble plus vive. Le soleil rehausse la couleur des arbres plantés sur la rive opposée.

« Regarde-moi ça, dit Lena. La belle et la bête tout en un. » Elle me montre une étonnante chenille de la taille et du vert vif d'un concombre russe à l'aneth, avec des ventouses bleues et des anneaux jaunes. Elle rampe le long d'un madrier du pont, et Lena, fascinée, la regarde monter.

« Quel papillon deviendra-t-elle ? » me demande ma femme. Les insectes ne sont pas mon rayon, mais Lena a une confiance absolue en ma connaissance de la nature, ce qui me pousse à me documenter énormément.

« Un cecropia, peut-être – un papillon de nuit. Je ne vois rien d'autre s'agissant d'une chenille aussi grosse. »

Elle lève la tête. Au-dessus de nous, les avant-toits non peints sont abrités par la couverture d'étain du pont, et on y voit les vestiges quasi archéologiques que forment les anciens nids des hirondelles rustiques.

« Tu crois qu'elle va faire son cocon là-haut ? » me demande-t-elle. J'évalue la vitesse de déplacement de la chenille.

« Quand elle l'atteindra. Demain après-midi, avec un peu de chance », dis-je.

Elle continue à observer, avec une extrême concentration.

« J'aimerais pouvoir tisser un cocon autour de moi et me changer en quelque chose de beau », me dit-elle enfin.

Incrédule, je regarde son profil, encadré par le halo doré des acacias et le feuillage auburn des chênes rouges d'Amérique, puis je regarde l'Eel, engagée en contrebas dans une fuite sans fin.

« Peut-on savoir en quoi tu aimerais te transformer ? lui demandé-je.

– En une personne mieux définie. Le genre de personne qui, au fond d'elle-même, sait vraiment qui elle veut être. »

Au retour, comme nous marchons vers la ville, elle retrouve toute sa bonne humeur. Un chien court vers nous, sorti de nulle part, et Lena lui parle d'un ton si encourageant que je suis sûr qu'il va nous suivre jusqu'à la maison. Il nous suit bel et bien, jusqu'à ce que lui plaise davantage une famille avec de jeunes enfants, en route vers le pont, que nous croisons. L'animal est adulte, et il a même un peu de gris autour du museau, mais il trébuche et halète comme un chiot, dont il semble d'ailleurs avoir l'intelligence.

« Est-ce que les chiens peuvent être des retardés mentaux ? » me demande Lena en riant. Elle se rembrunit, songeuse, pour me demander : « Et Melinda, crois-tu qu'elle l'est ?

– Non, je ne le pense pas. L'inquiétude qu'expriment ses parents est bien naturelle. Tous les parents craignent que leurs enfants soient anormaux. » MacElroy m'a confié qu'au cours de sa grossesse, sa femme a oublié, une nuit, de débrancher la couverture électrique et qu'elle a passé les trois mois suivants à se torturer à propos d'une éventuelle souffrance cérébrale chez le fœtus.

« Je crois que si ça m'arrivait, je pourrais faire face. Et toi ? » De son pied botté, elle shoote dans une pomme tombée sur la route. Le fruit décrit une grande courbe avant d'atterrir dans les ronces du bas-côté. « Ce que nous considérons, c'est la perspective de quelqu'un qui viendra vivre avec nous, n'est-ce pas ? Et si nous placions une annonce proposant une chambre à louer chez nous, nous ne préciserions pas "handicapé physique et/ou mental s'abstenir".

– Je n'ai jamais envisagé les choses sous cet angle, dis-je.

– Le plus dur, pourtant, serait le surcroît d'efforts que je ne serais pas forcément prête à fournir. Des efforts à long terme, beaucoup plus intenses que pour un enfant normal. L'un d'entre nous serait probablement obligé de renoncer à sa carrière. Moi, je suppose.

– Pourquoi toi ?

– Tu serais prêt à le faire ? »

Je réfléchis.

« Oui, dis-je. Si nous décidions ensemble de nous investir totalement dans ce projet, alors, oui, je le ferais. »

Lena me regarde avec une surprise qui me peine. Je voudrais tant qu'elle me connaisse mieux. Pourtant, je me montre ouvert avec elle. Mais, habituellement, je ne sais pas vraiment ce que je ressens à propos de telle ou telle chose tant que je n'en ai pas discuté avec elle. Et, parfois, pas même à cet instant-là.

« C'est logique, non ? demandé-je. Si j'en suis réduit à choisir entre enseigner les mousses bryophytes et les vulgaires pieds-de-loup, ou me consacrer au bien-être d'un enfant, je crois que je ne me poserais même pas la question.

– J'en étais sûre. » Elle enfonce sa main dans la poche arrière de mon pantalon et pose sa tête sur mon épaule tout en marchant. « Je suis si heureuse que tu me l'aies confirmé. »

Nous passons devant le stand du couple Lapis lazuli qui a remballé, puis est reparti. Nous décidons d'acheter quelque chose en célébration de cet après-midi. Si le poivron à deux têtes est toujours là, nous l'achèterons, à n'importe quel prix. Lena s'arrête à chaque table pour soupeser les paquets de farine de glands, les nobles épis de maïs et me tendre une petite pomme brune pour que je la croque. Elle est vêtue de pourpre, une couleur qui, sur elle, flamboie presque. C'est son sweater qui est pourpre. Son écharpe est bleu lavande. En l'observant, là, debout devant les citrouilles, je me sens submergé par la richesse de ton de ma vie même, par son intensité. En ces moments-là, je suis tenté de prendre des photos pour stocker tout le bonheur que je ressens, mais je suis trop sage pour le faire. Je sais que l'important, c'est l'existence même de Lena, c'est la couleur en tant que symbole, c'est la saveur des pommes dures et l'exacte qualité du soleil en ce dernier jour chaud d'octobre. Une photographie aplatirait la scène en en faisant un moment heureux, alors que ce que je ressens est une pure extase, ainsi que la certitude fugace de mériter ma place sur terre et l'air que j'y respire.

Il y a un petit nombre de choses qui me comblent de joie. Regarder le visage de Lena quand nous faisons l'amour en est une. L'apparition dans mon jardin des premières tomates, blanches comme le marbre, en est une autre, de même que l'intelligence que je lis sur le visage d'un de mes étudiants quand a germé la graine que j'ai semée dans son esprit. On dit qu'assister à la naissance de son enfant est une expérience au-delà des mots. Fort de ma modeste expérience personnelle, je peux commencer à me l'imaginer.

Ce soir-là, la petite Melinda m'a tout l'air de participer à un complot destiné à faire de nous des parents. Elle mange son dîner sans se plaindre, puis se frotte les yeux d'un geste rêveur et adorable avant de se laisser docilement mettre au lit.

Le lendemain matin, au réveil, nous trouvons une enfant métamorphosée. Nous l'amenons au salon où, assise sur le tapis, elle nous honore de l'étendue de son vocabulaire par des demandes multiples et vengeresses. Ses cheveux noirs sont en bataille, et son humeur, exécrable. C'est « maman » qu'elle réclame avec une férocité toute particulière, ainsi qu'un objet non identifié qu'elle nomme Belinka. Mes capacités de résistance s'écroulent comme un château de cartes, mais Lena fait bravement face. Elle apporte à Melinda sa valise remplie d'animaux et autres jouets, ce qu'on nous avait recommandé de ne pas faire (donnez-lui les choses une par une, nous a dit sa mère, pour qu'elle ne se rende pas compte que tout n'y est pas), et elle improvise à son intention un spectacle de marionnettes fort consciencieux. Melinda, ce petit critique cruel, lui mord la main avant de ramper à toute allure vers la cuisine.

À midi, nous sommes désespérés. « Le grand air calme les gosses », me dit Lena. Je n'ose mettre en doute cette affirmation dont j'ignore d'où elle la tient. Pendant qu'elle appelle Ursula, je mets dans un panier du fromage, du pain, des fruits et des boissons gazeuses saines, à base d'extraits végétaux, tout en regrettant de ne pas y ajouter la bouteille de bourbon que nous n'avons pas. « Elle va adorer notre visite, m'affirme Lena. Elle se plaint constamment de ne jamais voir ses petits-enfants. » Ursula vit à vingt-cinq kilomètres, dans une ferme où il y a du bétail et un verger de pommiers moribond.

Nous nous esquintons les doigts en tentant de mettre Melinda sur le siège arrière, mais elle se fait pardonner en s'y endormant aussitôt.

« Tu ne crois pas que c'est différent quand c'est le vôtre ? » me chuchote ma femme en chemin. Je suis dans l'incapacité d'émettre une opinion.

Le cadre rural semble bel et bien avoir un effet calmant. Melinda n'est plus frondeuse – seulement énergique. Elle gigote entre nos bras et nous roue de coups de pied alors que nous l'emportons en faisant des commentaires sur les chats et les bouses de vache, vers ce qu'Ursula appelle « le verger de juin ». Dans l'espoir d'une improbable visite de ses petits-enfants, elle paye un voisin pour qu'il lui ménage un coin à pique-nique bien tondu pendant toute la durée de l'été. Elle nous ouvre le chemin dans ses écrase-mottes de jardinier en balançant le panier à pique-nique et en nous désignant les arbres cloqués, tout bourdonnants d'insectes, dont les troncs noueux exsudent une sève sucrée. Lena a raison : elle a besoin de compagnie.

Nous étalons la couverture, sortons nos provisions, ouvrons les canettes de soda et corrompons Melinda avec une grappe de raisin. Sa rapidité foudroyante de déplacement nous pose un problème. Elle ajourne la marche depuis si longtemps que ses capacités de progression à quatre pattes sont devenues à peine croyables.

« Ma puce, reste là où l'herbe est rase. Il y a des ronces, là-bas. Tu vas te piquer », l'avertit Lena. Mais Melinda continue à filer à toute allure vers les hautes herbes comme une bête sauvage en quête de ses origines. Entre deux bouchées de sandwich, je la rattrape par la jambe.

« Eh bien, à la santé de la nouvelle génération », dit Lena en levant sa canette de boisson gazeuse. Elle en boit une longue gorgée, la tête renversée en arrière. Puis elle se lève soudain, l'œil égaré, le visage figé en une expression de souffrance, et crache quelque chose qui se tortille sur le sol. Ursula et moi nous baissons pour regarder. C'est un frelon.

Frappés de stupeur, nous voyons Lena tomber à genoux sur la couverture, s'y asseoir, puis s'y allonger. Je sens mon cœur faire un bond dans ma poitrine.

Le choc anaphylactique est une épreuve trop rude à supporter pour le corps humain : on pourrait le définir comme un mécanisme de défense qui tourne mal. Normalement, le sang afflue autour d'une protéine exogène pour la chasser, mais quand cela se produit simultanément dans chaque cellule de l'organisme, le spectateur a l'impression d'assister à un film d'horreur.

Je me retourne, cherchant Melinda. Elle est déjà à l'orée de la clairière, où elle s'arrête pour nous regarder avec une jubilation mêlée d'appréhension. « Allez la chercher, crié-je à Ursula, et trouvez de l'aide en vitesse. Au besoin, prenez notre voiture. » Ursula, qui, tout comme moi, connaît la vulnérabilité de Lena, comprend l'urgence de la situation. Si je prends les commandes, c'est sans doute parce que je suis celui qui a le plus à perdre. Ursula glisse ses mains sous les aisselles de Melinda pour la soulever et elle l'emporte en courant vers la maison. Je m'agenouille près de Lena. Son visage et sa gorge sont enflés, mais elle respire.

« Dans mon sac », me dit-elle calmement. Elle se tait, les paupières closes, et je me dis avec épouvante qu'elle va mourir, que les mots qu'elle vient de prononcer seront ses derniers. Elle ajoute alors, les yeux toujours fermés : « La boîte rouge en cloisonné. Prends-la. »

J'obéis, sans comprendre. Je lutte frénétiquement avec la fermeture de la boîte, que je lâche presque en voyant ce qu'elle contient : une aiguille sinistre et une sorte de bulle de verre pleine d'un liquide transparent.

Lena m'explique d'un ton professionnel entrecoupé de longues pauses comment attacher l'aiguille à la bulle, la retourner une seule fois, et l'enfoncer dans son bras. Comme je n'arrive pas à retrousser sa manche, elle me dit de piquer à travers le tissu. Mes mains tremblent. C'est principalement mon aversion pour des opérations de ce genre qui m'a poussé vers la botanique. Je préfère laisser la boucherie aux autres.

Presque immédiatement, Lena respire mieux. Elle est étendue, complètement immobile, les paupières closes, et je la croirais endormie si je ne sentais la pression de sa main sur la mienne.

« Tu as toujours ça sur toi » ? lui demandé-je.

Elle hoche la tête.

Trois ans d'intimité et je n'ai jamais vu ces instruments secrets. Je pensais que la boîte en cloisonné contenait quelque accessoire féminin qui ne me regardait pas. Des produits de maquillage, peut-être, ou des tampons hygiéniques.

« Tu aurais pu m'en parler, dis-je.

– J'ai vécu toute ma vie avec ce truc à portée de main. Mais je ne voulais surtout pas que tu vives, toi, dans l'inquiétude. »

Je m'interroge sur son attitude, puis conclus que certaines souffrances ne sont pas partageables, même avec qui on aime. J'accentue la pression de ma main sur la sienne pour qu'elle me communique sa force. Je repense à notre après-midi d'hier, à la fuite éternelle de la rivière, mais surtout à la beauté, la permanence de Lena, en me disant que ce sont ces constantes-là auxquelles on veut croire.

À l'hôpital, le docteur Cavanaugh, un ami de Lena, me dit que ma femme est hors de danger, mais il me prévient que le gonflement a encore augmenté et qu'il durera quelques jours. Le corps a besoin de temps pour résorber les fluides qu'il a sécrété avec autant de diligence, ajoute-t-il.

La main sur la poignée de la porte, je prends soin de me représenter une Lena enflée, mais j'ai tout de même un choc en la voyant. Ce visage lunaire n'est pas celui de ma femme, mais celui de quelqu'un de sa famille qui lui ressemblerait vaguement.

Quand elle me sourit, la lune se transforme en soleil.

« Est-ce que ça te fait mal ? » m'enquis-je en m'asseyant prudemment sur le lit, près de sa cuisse recouverte par le drap.

« Quoi ?

– Je ne sais pas. Ton visage. Il s'est... élargi.

– Merci du compliment », me dit-elle en riant. Elle me prend le poignet et pose ses doigts légers sur mes veines. Les mains sont toujours les mains de Lena, fines, aux longs doigts déliés faits pour tenir une cigarette, comme les stars dans les vieux films.

« Où est Melinda ? », me demande-t-elle brusquement en tentant de se dresser sur le lit, gênée par le drap étroitement bordé qui lui serre la poitrine.

« Chez Ursula. Elles s'entendent comme larrons en foire.

– Tu sais ce que je pense ? C'est que l'immortalité n'est pas la raison. » Deux larmes coulent le long de ses joues à la peau tendue, luisante. « Un enfant ne vous rend pas immortel. Il vous rend deux fois plus mortel. Il incarne la vie supplémentaire qu'on pourrait perdre, en sus de la sienne propre. Deux yeux de plus susceptibles d'être arrachés, dix orteils de plus susceptibles d'être fauchés par la tondeuse à gazon. » Autrefois, le grand-père Butler de Lena a laissé quelques orteils sous la tondeuse. Et bien sûr, il y a eu la mort de sa sœur.

« Tu es encore effrayée. Dans quelques semaines, la vie te paraîtra moins dangereuse, dis-je.

– Peut-être. Mais cela ne changera pas le fait qu'elle l'est. »

Elle me regarde, et je sais qu'elle a raison. Je sais aussi que, pour la première fois, elle est sûre de ne pas vouloir porter un enfant. J'en suis soulagé, mais aussi troublé. Sa réaction est la dernière à laquelle je m'attendais – je croyais que frôler la mort déclenchait chez les gens un désir désespéré de se reproduire. Mon frère et ma belle-sœur, partis skier dans le Nord-Wisconsin, avaient failli perdre la vie sur un remonte-pente. Vingt-quatre heures plus tard, ils concevaient leur premier bébé.

« Tu n'as pas encore éliminé les drogues qu'on te donne. Cortisone, Benadryl et je ne sais quoi d'autre, sans compter le produit que je t'ai moi-même injecté dans le bras.

– De l'épinephrine. Tu as fait du bon boulot. Cavanaugh ne t'a pas dit que c'est ça qui m'a sauvée ? » Elle me caresse la paume puis retourne ma main. Mon alliance ressort sur le fond blanc du drap d'hôpital, évoquant une réclame pour les bijoux, le grand amour, en bref, tous les poncifs les plus convoités par le commun des mortels.

« Pourquoi tout le monde me parle-t-il de toxiques ? J'ai l'esprit clair précisément à cause de ce qui m'est arrivé. » Elle se laisse aller contre l'oreiller et regarde le plafond. La mèche blanche resplendit toujours en haut de son front, mais sa beauté s'est enfuie. Elle a des demi-lunes sombres creusées sous les yeux. J'ai maintenant la réponse à la question ridicule qui me hante depuis plusieurs années : l'aimerais-je encore si elle devenait laide ?

« Le simple fait d'être mariée et d'aimer quelqu'un de tout son cœur est déjà un risque suffisant », me dit Lena.

Cela, je le savais. Je m'étends avec précaution sur le lit, non avec elle, mais près d'elle, ma tête posée à plat sur le drap blanc qui, tout autre jour, pourrait lui servir de linceul.

Le dimanche soir, on laisse sortir Lena de l'hôpital à la condition qu'elle se ménage. Elle sait comment prendre le traitement compliqué qu'on lui a prescrit puisqu'elle passe ses journées à expliquer aux autres le fonctionnement des antidotes.

Une fois que nous sommes installés, Ursula nous ramène Melinda. Les MacElroy rentrent dans quelques heures, et j'ai assuré Ursula que je pourrai me débrouiller. De fait, je me débrouille. Melinda semble avoir épuisé son énergie. L'atmosphère légèrement mortuaire de la maison lui donne peut-être l'impression d'avoir fait quelque chose de mal. Assise par terre devant la cheminée, elle fait courir un tombereau automoteur sur les briques du foyer (sans feu) pour y précipiter une poupée Barbie. Je lis Darwin. Je lui en lis même à haute voix des passages. « Une nature assoiffée de sang, tout en dents et en griffes, ce n'est qu'une façon parmi d'autres de voir le monde », est une phrase qui semble lui plaire tout particulièrement.

La principale différence entre les enfants et les adultes, c'est que les premiers accomplissent leurs hauts faits sans tambour ni trompette. Melinda me lance un regard étrange, elle se lève, fait cinq pas prudents puis retombe lourdement sur le derrière.

« Lena, elle marche, crié-je.

– Quoi ?

– Melinda a marché. Elle a fait cinq pas – d'ici à là. »

Une expression de doute passe sur le visage de Lena, qui, retrouvant peu à peu sa forme originale, me redevient plus familier.

« Tu es sûr ? » me demande-t-elle.

Melinda nous regarde tour à tour avec gravité, sans doute inquiète d'avoir commis un nouvel impair.

« Oh, ma puce, nous sommes fiers de toi », lui dit Lena en traversant la pièce pour la soulever. Melinda écarte instinctivement les genoux pour enserrer la taille de ma femme, et celle-ci dépose un baiser sur les cheveux du bébé. Ma gorge se serre devant ce spectacle. Lena est une mère qui attendait de se révéler.

Quand les MacElroy arrivent, Lena et Melinda dorment, ce qui n'est sans doute pas plus mal. Autrement, on demanderait peut-être à l'enfant de renouveler son exploit tandis que le visage de Lena trahirait le week-end de cauchemar que nous venons de vivre. Au lieu de tout leur raconter, ce que j'aurai l'occasion de faire plus tard, je me contente de dire que Lena ne s'est pas sentie bien. Pour l'heure, je ne veux pas doucher l'enthousiasme de parents confrontés à un grand événement : leur fille marche. Ils ne mettent nullement ma parole en doute, pas plus qu'ils ne se montrent déçus de ne pas avoir assisté à la prouesse. Ils sont tout simplement fous de joie. Melinda aussi. Elle vacille et s'effondre dans les bras tendus de sa mère, tel un guerrier fatigué par le combat.

Je me laisse tomber sur notre lit, près de Lena, avec un soulagement identique. Nous avons repris possession de notre maison. Nous sommes de nouveau nous.

« Tu sais ce que je pense vraiment ? me demande Lena, longtemps après qu'on a éteint la lumière. C'est qu'avoir des enfants est la chose la plus normale du monde. Mais pas pour nous, car notre situation n'a rien de normal. Je n'ai jamais voulu l'admettre, mais, en vérité, je peux mourir à tout moment. Ce serait injuste de te faire endosser seul une telle responsabilité.

– Ne pense pas à ce qui est juste ou non pour moi. Pense plutôt à ce que tu souhaites, toi.

– C'est ce que je fais. Ce que je veux (elle se retourne pour me faire face dans l'obscurité), c'est toi.

– Tu es sûre ?

– Tout à fait sûre. »

J'attire Lena à moi et la serre fort dans mes bras tout en songeant à la bizarrerie de la vie – la diatomite, les insectes, nos choix personnels, et les aubergines pourpres qui luisent au soleil.

Moments privilégiés

Rennie, la fille unique de Miriam, veut aller au Ice Cream Heaven. Le paradis en question n'est pas dans l'au-delà ; c'est un établissement commercial tout ce qu'il y a de plus terrestre situé dans le Barrimore Plaza, devant lequel elles passent chaque jour en allant à la garderie de Rennie. De l'avis de Miriam, l'opportunisme que trahit cet emplacement est un bon exemple des méfaits de la libre entreprise.

« Rennie, chérie, pas aujourd'hui. On n'a pas le temps. » Elle a renoncé depuis longtemps à aborder cette discussion sous un angle neuf. La vérité toute simple, c'est que le problème principal est le temps – pas les caries ou l'équilibre alimentaire. Rennie ne veut d'ailleurs pas de glace, elle veut un de ces anges autocollants du jeu « Les Portes du paradis », qu'on se procure à l'intérieur de la boutique sans qu'il soit nécessaire d'acheter quelque chose. Quand on en a accumulé suffisamment, le magasin vous offre un banana split. Miriam a répété cent fois à sa fille qu'elle lui en offrira un le samedi, quand elles auront le loisir d'une sortie tranquille, mais Rennie fait comme si cette offre était hors sujet – comme si elle avait demandé par exemple, une de ces poupées rigolotes Cabbage Patch, la fureur du moment, et qu'à la place sa mère lui ait acheté des souliers.

« Tu m'attends dans la voiture et je cours juste prendre l'autocollant », propose l'enfant, sans trop de conviction. Elle sait qu'elle a perdu.

« Non. Aujourd'hui, nous sommes aux pièces. »

Rennie se tait. Les essuie-glaces battent à toute vitesse suggérant qu'on abuse de leur complaisance. La pluie provoque une sorte de dysfonctionnement dans toute la Californie du Sud. Miriam regarde sa fille regarder le morne spectacle de la rue en se demandant si elle ne devrait pas l'emmener vivre ailleurs, là où il y a de vraies saisons, des tas de feuilles qu'on ratisse en automne, des cours d'eau gelés en hiver et des bonshommes de neige avec une carotte en guise de nez. Bientôt, Rennie lira tout cela dans des livres et le trouvera exotique.

Elles passent devant un emporium de concessionnaires automobiles. Le bâtiment n'est pas achevé. Certains lots sont déjà en activité. On y attend le client de pied ferme, à supposer que celui-ci soit prêt à crotter ses souliers pour slalomer entre ces monstres jaunes que sont les engins de construction. Devant le centre commercial, une rangée de hauts palmiers fraîchement plantés qui semblent mortifiés par leur environnement. Leur vue déprime Miriam. On les a probablement arrachés à quelque merveilleuse île des mers du Sud pour leur imposer le spectacle quotidien et vulgaire des Plymouth et des Subaru. La vie est un immense marché de dupes.

Miriam constate que Rennie ne fait pas la lippe. Elle est simplement songeuse. Pour une enfant d'à peine cinq ans, elle est extrêmement raisonnable. Quand sa mère dit : « Nous sommes aux pièces », elle comprend qu'elles sont à deux minutes près. Leur carnet de bal est plein, pour ainsi dire. Quand les gens s'extasient sur les dons d'organisatrice de Miriam, celle-ci leur déclare en riant que l'organisation est la religion du parent seul.

Elle ne plaisante qu'à moitié. L'ordonnancement des choses, le rituel a pour elle une valeur quasi culte. Elle ne le bousculerait pas davantage que le prêtre, pour faire court, déciderait d'avaler d'un trait le vin de messe et de lancer les hosties comme des Frisbee à la tête des fidèles. La devise de Miriam, c'est que la vie est trop compliquée pour s'en remettre au hasard.

Toutefois, au fond de son cœur, elle connaît la fragilité du voile protecteur et réconfortant qu'elle a enroulé autour d'elles deux ; elle sait que son système repose sur le présupposé fragile de l'absolue prévoyance. Pourtant, la plupart du temps, Miriam est une croyante optimiste. Sur le chemin qui s'étend devant elles, il n'y aura pas trop de nids-de-poule, pas trop de dérivations soudaines, impromptues et menaçantes, clignotant en orange et en rouge ; pas trop de barricades en feu pour rappeler au monde que l'angoisse ne reste pas muette comme l'arbre tombé dans la forêt, à l'insu de tous. Ces pensées préoccupent pourtant Miriam alors qu'elle embrasse sa fille devant la garderie, puis manœuvre en jouant des coudes pour sortir à reculons du parking sa Chevrolet, plus toute jeune, et rejoindre une route au revêtement glissant. Récemment, sa confiance en la vie en a pris un coup.

Samedi dernier, sa sœur l'a appelée pour lui demander si elle serait prête à assumer la garde de leurs trois enfants au cas où elle et Paul viendraient à mourir. « Nous refaisons notre testament », lui dit gaiement Janice, dont la voix couvrait à peine le vacarme fait par les enfants (« Rends-moi ma bande dessinée de Rainbow Brite, abruti », entendit Miriam). « Tu veux bien y réfléchir ? » ajouta-t-elle calmement.

Miriam n'avait pas besoin d'y réfléchir. La requête de sa sœur lui semblait aussi irréelle que si elle lui avait demandé : « Tu m'aideras à écrire mes mémoires quand je serai président des États-Unis ? » ou : « Quels sont tes plans en cas de guerre nucléaire ? » Janice est une personne prudente, peu encline à l'aventure et scotchée à sa progéniture comme peu de mères le sont. Si Dieu décidait de la rappeler à Lui sans prendre tout le lot, Il aurait affaire à forte partie.

Tard le même soir, alors que Miriam reprenait l'ourlet d'une robe qui avait retrouvé faveur aux yeux de Rennie, elle avait également reçu un coup de fil de son ex-mari, Lute. Sa cousine germaine et son petit ami venaient d'être tués sur l'autoroute de San Diego par un camion conduit par un coursier de la messagerie Purolator. Lute semblait obsédé par la logistique de cet accident, comme si les lois de la physique pouvaient justifier cette horreur : la voiture dont les pneus avaient éclaté était une Chrysler, la cousine et son petit ami étaient dans la Saab juste derrière, le camion les avait emboutis par l'arrière. « Ils n'avaient aucune chance », ajouta Lute. Des mots qui glacèrent Miriam. Longtemps après s'être couchée, elle les entendait encore résonner dans sa tête. Ces jeunes adultes morts à trente ans dans une Saab quand, en tenue de soirée, ils allaient écouter un orchestre symphonique dans lequel jouait un de leurs amis, elle ne pouvait s'empêcher de les voir comme les enfants prometteurs qu'ils avaient été, des enfants déjà marqués par le sort. Tout ce maternage, cette éducation soigneusement dispensée, ces arts libéraux – pour rien.

La cousine de Lute était violoncelliste freelance. Elle partait souvent en tournée avec Barry Manilov, Tony Bennet et (une seule fois) Madonna. Une activité probablement moins *glamour* qu'il ne le semblait au premier chef. Miriam se souvient très bien du visage de la jeune femme. Elle ne l'a rencontrée qu'une seule fois, le jour son propre mariage, quand la nombreuse famille de Lute, agglutinée autour d'eux, l'empêchait de prêter une réelle attention aux personnes présentées. Maintenant, la mort donne à ses traits une précision qu'ils n'avaient pas. Son visage est ciselé comme ceux qu'on voit sur les timbres-poste. Quand les gens disparaissent, ils acquièrent plus que de la netteté : de l'importance. On ne peut plus se les imaginer dans des activités futiles du genre se couper les ongles de pieds, ou regarder *Dallas* au lit avec leur chère moitié.

Lute doit être effondré. Il adorait sa cousine. Son but dans la vie, c'est d'être son propre patron. Dans le rôle du mari freelance, il a malheureusement échoué. Dans celui du père freelance, il se débrouille à peu près.

Miriam s'arrête à un feu orange qu'elle aurait grillé en toute autre occasion. Elle pense à Rennie. Rennie qui, la semaine dernière, insistait pour aller au jardin d'enfants en robe, avec un simple ruban noué dans ses cheveux raides d'un blond pâle parce qu'on leur avait projeté *Blanche-Neige*. Rennie, encore bébé, debout, les doigts serrés sur le bord de son petit lit, la bouche ouverte, réclamant la chose la plus simple du monde : un biscuit, un bisou, ou rien du tout – seulement votre présence, la simple joie de continuer à être ensemble. À l'époque, Lute était déjà sorti du tableau. Sa fille ne pouvait donc rien attendre de lui. Ce n'est que récemment, depuis qu'elle sait compter, que son absence préoccupe l'enfant. À la télé, sur Disney Channel, les parents vont toujours par deux.

Le feu passe au vert et un concert de Klaxon se déchaîne. Quelqu'un est en faute – trop lent, ou sur la mauvaise file. Miriam n'a pas vu exactement quoi, tout occupée qu'elle est à se remémorer une conversation qu'elle a eue avec sa sœur, des années auparavant, quand, à sa surprise, elle s'est retrouvée enceinte de Rennie. Janice était déjà deux fois mère et sa sagesse impressionnait sa cadette. Miriam était éperdue. Elle voulait le bébé, mais elle ne s'y sentait pas prête. « Je n'ai pas vraiment réfléchi à ce que je voulais transmettre à un enfant », gémissait-elle. Janice avait ri. À l'en croire, être parent, c'était trois pour cent de motivation consciente, et quatre-vingt-dix-sept pour cent de pilote automatique. « Ce qu'on souhaite leur "transmettre" n'a aucune importance. Ce qui compte, c'est le fait qu'ils vous observent sans arrêt, aussi bien quand on laisse passer dans la queue la dame qui n'a que deux achats que quand on klaxonne comme une dingue en insultant le malotru qui vous fait une queue-de-poisson. Pas la peine de se raconter des histoires sur le genre de mère qu'on aimerait être. Celle qu'ils ont, c'est celle qu'ils voient faire. Point final. »

Miriam avait tenté d'arguer que les gens tant soit peu scrupuleux pouvaient essayer de changer – par ces « gens », elle pensait à Lute plus qu'à elle-même. Elle avait parlé de système de valeurs, de choix fondamentaux et tout le tremblement. De beaux discours vides de primipare idéaliste, se dit-elle aujourd'hui. Aujourd'hui, elle a compris : on n'est jamais plus mère que lorsqu'on pense à autre chose.

L'emploi de Miriam à la bibliothèque publique du centre-ville implique des horaires très irréguliers. Elle est heureuse que la garderie de Rennie ne semble pas s'offusquer de cette mère qui travaille le matin tel ou tel jour de la semaine, et l'après-midi tel ou tel autre. Quand on lui a offert cette promotion, Miriam a été envahie par des peurs irrationnelles. Elle voyait déjà Miss Joyce, de Tender Care, lui faire la leçon sur l'importance de la soupe maison et de la routine dans les années les plus formatrices de la vie de l'enfant. Mais Miss Joyce, semble-t-il, comprend les petits arrangements qu'exige la vie moderne. « L'important, ce sont les moments privilégiés », a-t-elle dit un jour à Miriam d'un ton suggérant des histoires lues au lit avec une concentration zen, l'esprit lavé de préoccupations triviales telles que les mâchoires de frein et les avis de débit de votre Mastercard.

Miriam se donne un mal fou pour tenter d'accorder du temps à sa fille à l'heure du coucher, inutilement, semble-t-il. C'est souvent un moment où l'enfant est absorbée par ses propres jeux, menant de son lit des campagnes animées auxquelles participent tous ses animaux en peluche. Elle finit par s'endormir au milieu d'eux, bras et jambes dans tous les sens, comme si elle s'était fait descendre par un tireur embusqué.

Aujourd'hui, Miriam travaille l'après-midi. Après avoir déposé Rennie, elle a quarante minutes pour faire diverses courses avant de rallier son poste. Il lui faut aussi déjeuner, dans ce laps de temps. Voici un exemple de sa liste de tâches quotidiennes : arroser les orchidées bleues ; passer chez le teinturier ; déjeuner. Elle s'engage dans la contre-allée du Burger Boy et, en regardant sa montre, s'aperçoit avec surprise qu'elle a tout juste assez de temps pour y entrer et manger quelque chose. Parfois, elle choisit l'accès *drive-in* et achète un sandwich au thon qu'elle dévore à grandes bouchées dans le parking même, en faisant bruyamment tinter la glace dans son Coca, sans se soucier des apparences. Dans le genre gain de temps, c'est efficace, sauf qu'elle se fait l'effet d'une boulimique.

Une fois assise, elle tend l'oreille en direction des tables voisines, recueillant des miettes de conversations intimes qui lui tiennent compagnie. « Des souliers vieux de quatre cents ans – des accessoires de théâtre qui le serraient un peu sur le cou-de-pied. Ils ont dû appeler la police pour le sortir de là. » Elle pense à son ami Bob, et à son « oreille indiscrète » qu'il justifie par son statut d'auteur dramatique. « L'oreille pour les dialogues », ainsi nomme-t-il cette disposition.

En mettant bout à bout des bribes de phrases, elle comprend que, à la table derrière elle, une mère est en train d'annoncer à sa fille que papa et elle vont divorcer. Miriam en éprouve un choc qui se diffuse lentement dans ses terminaisons nerveuses et lui fait mal à la peau. Cette conversation n'aura lieu qu'une fois dans la vie de cette petite fille, songe-t-elle, et il faut que ce soit moi qui l'entende. Justement ici, dans ce lieu banal, bon enfant et hygiénique, avec ses surfaces en Formica scrupuleusement nettoyées. Elle se demande quel autre cadre serait plus approprié pour entendre ce genre de nouvelle. Certainement pas un lieu sordide, ni un restaurant de luxe. Ce serait cruel de se faire une fête d'un bon repas pour ensuite recevoir cette douche froide.

Miriam brûle de se retourner pour regarder la fillette. Elle s'imagine une Rennie, petite et pâle, engoncée dans sa doudoune rose comme un morceau de pâte levée qu'on a aplatie.

La gosse ne cesse de répondre : « D'accord » à tout ce que lui dit sa mère.

« Papa va prendre un appartement et tu pourras aller le voir là-bas. Il y a une piscine.

– D'accord.

– Pour le reste, rien ne changera. Toi et moi gardons Peppy le chien. Et tu continueras à aller à la même école.

– D'accord.

– Papa t'aime toujours autant, tu sais.

– D'accord. »

Miriam se dit que, dans toute situation normale, ce mot est efficace. Il a sa finalité. Quand on le prononce, on clôt le sujet.

Il fait déjà nuit quand, après le travail, Miriam va chercher Rennie à Tender Care. Ses phares éclairent les portes de verre de la garderie de manière accusatrice, comme s'il était minuit. En fait, il n'est que six heures et demie, et Miriam se console en se disant que, si c'était l'été, il ferait encore jour. Ce n'est pas vraiment sa faute si les saisons lui jouent des tours et si Rennie semble une enfant abandonnée.

Voir sa fille courir vers elle la remet toujours sur les rails. Rennie bondit dans la voiture, une liasse de feuilles à la main. Le papier qu'ils utilisent à Tender Care est fibreux et légèrement ambré ; respectueux de l'environnement, se dit Miriam. Comme du sucre de canne naturel, cristallisé par pression.

« Salut ma puce. Tu m'as manqué, tu sais. » Miriam se penche pour boucler la ceinture de sa fille avant de quitter le parking. Toute la journée, elle a conduit la peur au ventre, et elle redoute maintenant le trajet jusqu'à la maison. Cette cage d'acier et cette vitesse… Il semble impossible qu'un corps humain puisse y voyager et en sortir intact. Toute la journée, Miriam a eu à l'esprit des images d'êtres et de choses vulnérables : des souriceaux, des paupières brûlées, des mollusques sans leur coquille.

« Qu'as-tu dessiné ? demande-t-elle à Rennie, pour tenter de retrouver un point d'ancrage.

– Celui-là, c'est toi, moi et Lute », dit Rennie en lui mettant l'une des feuilles sous les yeux.

Miriam conduit, les sourcils froncés par l'attention. Elle y voit très mal dans ce flot de phares en mouvement. Elle attend une accalmie dans le trafic pour regarder le dessin, ce qui l'attriste. Il y a tant de choses auxquelles il faudrait prêter attention, et toutes sont importantes, se dit-elle.

« Toi, moi et Lute, répète Rennie.

– Oui. Et Pickles le chien, et Leslie Copley et sa maman. On va tous aller faire une balade. »

Une voiture de sport ralentit pour permettre à Miriam de s'engager dans la rue. Elle remercie son conducteur d'un signe de la main. « Ça te plairait qu'on aille se promener avec Leslie Copley et sa maman ? demande-t-elle.

– Non. J'avais juste envie de les mettre sur le dessin.

– Que veux-tu pour dîner ?

– Une cassolette avec une tourte dedans ! » s'écrie Rennie. Les surgelés sont ses plats préférés. Miriam, bien que n'étant pas prête à l'admettre publiquement, les aime bien aussi. Elle ne l'avouerait jamais à sa mère, par exemple, ni à Bob, qui associe les plats industriels au déclin intellectuel. Cela dit, elle se demande si elle ne se fait pas des illusions quant au prétendu secret de son intimité. Rennie doit en révéler les détails à toute la maternelle en entamant chaque jour un nouveau chapitre : « Ce que j'ai eu pour dîner hier soir » ; « Ce que fait maman quand on n'a plus de chaussettes propres », etc. Les puéricultrices de Tender Care doivent les y encourager, même sans intention malveillante de leur part. Elles doivent aussi initier des jeux plus lourdement orientés vers le social du genre : « Qu'est-ce qui vous rend le plus heureux ou le plus triste ? » et : « De quoi avez-vous le plus peur ? »

Miriam sourit. Dieu merci, Rennie n'a pas de peur. Elle ignore ce qu'est être blessé, physiquement ou autre, par quelqu'un qu'on aime. À Tender Care, ils doivent en voir d'autres que les cassolettes surgelées.

« Maman, demande Rennie, c'est Dieu qui met les choses à la télé ?

– Que veux-tu dire ? »

Rennie réfléchit.

« Les dessins animés, les films et tout, c'est Dieu qui les met là ?

– Non. Ce sont des gens. Tu te rappelles quand grand-papa te filme avec sa caméra vidéo et qu'on voit ensuite les images à l'écran ? Eh bien, c'est la même chose. Des gens prennent des images avec lesquelles ils font des émissions puis ils les envoient sur ton écran de télé.

– C'est ce que je pensais. Tu en as déjà pris, des images, à la bibliothèque ? »

Miriam entend un bruit de sirène sans parvenir à localiser le véhicule qui l'émet.

« Des images, non. Je conçois des programmes de lecture. Je t'en ai montré, tu te souviens ? »

Elle espère que son ton ne trahit pas l'irritation. Elle est en train de ralentir pour s'insérer dans la file de droite, à cause de l'ambulance, mais les voitures continuent à la doubler de tous côtés sans prêter attention au véhicule prioritaire qui s'approche, slalome, puis se retrouve bloqué au croisement. L'urgence, les gens s'en fichent, ce qui rend Miriam furieuse.

« Maman, comment c'est quand on meurt ? »

Miriam sursaute. Elle n'a pas cessé de la journée de penser à la pauvre cousine de Lute, plus précisément à son corps mutilé. Mais l'enfant ne sait rien de l'accident, et elle n'apprendra pas le sort de la cousine avant des années.

« Je ne sais pas au juste, Rennie. Ce qui se passe, sans doute, c'est qu'on repense à la vie écoulée, à toutes les belles choses qu'on a faites et aux gens gentils qu'on a connus, puis on ferme les yeux et on… et tout devient calme. »

Elle aurait dit « on s'endort » si elle n'avait pas lu quelque part qu'il ne fallait jamais associer le sommeil à la mort sous peine d'avoir des gosses qui refusent d'aller se coucher.

« Qu'en penses-tu ? demanda-t-elle à sa fille.

– Moi, je crois qu'on met sa plus belle robe, puis on vous couche dans une boîte de verre, et tout le monde pleure, puis le prince vient et il vous embrasse. Sur la bouche.

– C'est l'histoire de Blanche-Neige, n'est-ce pas ?

– Ouais. Mais j'ai pas aimé quand il l'a embrassée sur la bouche. Pourquoi pas sur la joue, comme tout le monde ?

– Les adultes s'embrassent sur la bouche quand ils se plaisent bien.

– Mais Blanche-Neige n'était pas une adulte. C'était une petite fille. »

Voilà du nouveau, se dit Miriam. Cette conversation lui évoque une glissade en toboggan, car à tout moment, elle peut échapper à son contrôle et partir dans n'importe quelle direction. Dommage de devoir y mettre bientôt un terme pour faire les courses. Il leur reste très peu de produits de base – conserves, papier d'aluminium, serviettes en papier – et elles n'ont plus du tout de lait ni de sacs pour l'aspirateur. Miriam réfléchit avant de répondre à Rennie :

« Tu sais ce que je pense ? C'est que Blanche-Neige a été une petite fille, mais elle a grandi. S'occuper des sept nains a accru son sens des responsabilités. »

Rennie connaît ce mot, car sa mère le lui a expliqué auparavant. Miriam entend une autre sirène, qu'elle localise aussitôt : directement derrière elle. Sans doute une seconde ambulance se rend-elle sur le lieu de l'accident. Elle s'imagine soudain les trois enfants de sa sœur Janice débarquer dans sa vie, avec leurs possessions et leurs besoins sans limites, alors qu'elle-même n'a qu'une seule plante d'appartement car elle n'aurait pas le temps de s'occuper d'une seconde. Mais elle comprend que le temps n'est pas vraiment le problème.

« Alors, quand le prince l'embrasse, ça la fait grandir ? demande Rennie.

– Non. Elle était déjà grande avant de le rencontrer. Mais comme ils se plaisaient bien, ils se sont embrassés, puis ils sont sortis ensemble.

– Comme toi et M. Bob ?

– Oui, comme Bob et moi le faisons parfois. Mais ne l'appelle pas “monsieur”, chérie. C'est ton ami. Tu n'as qu'à l'appeler par son prénom, si tu veux. »

Au lieu de se risquer à couper la file pour tourner à gauche, comme il aurait fallu le faire pour aller au centre commercial, elle reste à droite, emportée par le flot des autres voitures. Cela s'est fait avant que Miriam s'en soit rendu compte, mais ce n'est pas fortuit. Elle n'est tout simplement pas prête à aller à l'épicerie, où l'attraction irrésistible des chewing-gums et des sodas mettrait certainement un terme à cette conversation. Faire le tour du pâté de maisons leur laissera quatre ou cinq minutes de grâce. Elles auraient pu, une fois la voiture au parking, rester assises et parler, mais Miriam a maintenant surmonté son appréhension à conduire. De plus, Rennie aurait trouvé la situation bizarre, ce qui l'aurait poussée à embrayer sur autre chose.

« Et les sept nains, qu'est-ce qu'ils deviennent ? demande Rennie.

– Je crois que Blanche-Neige s'en occupe toujours. Elle le fera jusqu'à ce que, devenus grands, ils puissent se débrouiller tout seuls.

– Et le prince, il l'aide à s'en occuper ?

– Probablement.

– Mais qu'est-ce qui se passera si Blanche-Neige meurt ? Je veux dire, si elle reste morte même après que le prince l'a embrassée ? »

Miriam comprend maintenant où Rennie voulait en venir. C'est cet aspect-là de la mort qui la préoccupe. Elle en est soulagée, trouvant plus facile de répondre aux questions d'ordre pratique.

« Je suis sûre que quelqu'un d'autre s'occupera des nains. Comme Blanche-Neige les aime beaucoup, elle a tout prévu pour qu'ils ne soient pas abandonnés. Qu'en penses-tu ?

– Ouais, c'est peut-être le prince qui s'en occupera.

– Peut-être. »

Une moto se faufile devant elle en la frôlant, puis zigzague d'une file à l'autre pour gagner un malheureux mètre. Au prochain feu rouge, ils seront tous arrêtés ensemble, les rapides et les lents, à se regarder de travers comme si l'un d'entre eux avait ourdi le complot de ce piétinement.

« Rennie, s'il m'arrive quelque chose, tu auras quelqu'un pour s'occuper de toi. Tu sais ça, n'est-ce pas ?

– Ouais. Lute.

– C'est ça que tu voudrais ? Aller vivre avec Lute ?

– Je serais obligée ?

– Non. Pas obligée. Tu pourrais vivre avec tante Janice, si tu le préfères. »

Le visage de Rennie s'éclaire.

« Avec tante Janice, oncle Paul et Michael-Donna-Perry ? »

Cette façon qu'a sa fille d'agglutiner les prénoms de ses trois cousins évoque à Miriam les cartes de Noël qu'elles envoient à ces cousins qui, aux yeux de sa fille, forment une entité.

– Oui. Tu préférerais ? »

Rennie fixe songeusement les essuie-glaces. Son visage est éclairé par la lumière pointilliste, curieusement aquatique, diffusée par le pare-brise dans l'habitacle.

« Je sais pas encore. Il faut que j'y réfléchisse », dit-elle.

Miriam se sent trahie. Que Rennie considère sérieusement la question qu'elle vient de lui poser la déprime. Elle aurait voulu que l'enfant écarte cette possibilité en se jetant dans ses bras pour lui affirmer avec une véhémence éplorée qu'elle ne pourrait vivre avec personne d'autre que maman.

« Ne crois pas que je veuille me débarrasser de toi, Rennie. Je ne vais pas mourir quand tu es encore petite. On parle juste de ce qui se passerait si…

– Je sais. C'est un jeu. On y joue à l'école. (Un silence.) Je choisirais tante Janice. »

Elles sont en train de refaire le même trajet, repassant devant le Burger Boy où Miriam a déjeuné. Les tables et les chaises de la salle sont rangées avec cet ordre scrupuleux qu'on ne parvient jamais à respecter dans la vie réelle, et ils semblent plus petits, comme les meubles d'une maison de poupée. Une atmosphère gaie, sécurisante, où l'on ne risque pas de côtoyer des ombres.

Impulsivement, Miriam décide d'ajourner ses courses. Elle les fera demain, décide-t-elle, tout en sachant qu'elle aura une journée déjà assez chargée sans que s'y ajoute un arriéré de corvées. Mais elles peuvent vivre un jour de plus sans sacs pour aspirateur ; quant au lait, Miriam se débrouillera sans.

« On pourrait s'arrêter ici pour manger un hamburger, dit Miriam. Ou un sandwich au thon. Et après, on pourrait passer au Ice Cream Heaven. Qu'en penses-tu ?

– Non. Des cassolettes !

– Pas de glace, alors ?

– Les anges autocollants, j'en ai plus besoin. Leslie Copley m'en a donné douze.

– C'est gentil de sa part.

– Ouais. Il déteste les bananas splits.

– Entendu. On rentre directement à la maison, alors. Mais tu te rappelles qu'il faut une bonne demi-heure de cuisson au four pour les cassolettes. Tu n'auras pas trop faim pour attendre tout ce temps ?

– Non. Je pourrai attendre. »

La réponse est ferme et convaincante. Le ton de sa voix, et la façon dont elle repousse ses cheveux blonds sur une épaule dénotent une étonnante maturité. Miriam reste un moment figée par cette vision d'une Rennie nettement plus âgée. Toutes les Rennie successives – l'adolescente, l'adulte – sont déjà en germe dans ces gestes, dans sa voix, dans cette confiance en soi dont elle témoigne. C'est en de tels moments que les parents trouvent le courage de croire à la résilience de leurs enfants. Ils fonceront dans la vie comme des bolides ; c'est le dynamisme qui est indestructible, pas l'amour.

« D'accord, dit Miriam. Va pour les cassolettes. *D'accord.* »

Songes de pierre

Quand j'avais seize ans, ma mère trouva des pilules contraceptives dans mon tiroir à chaussettes et déclara qu'une promiscuité sexuelle précoce provoquerait ma ruine psychologique. Elle m'affirma qu'ayant été corrompue dès mon plus jeune âge par une vie trop facile (« pourrie gâtée » est le terme qu'elle employa), je serai plus tard incapable d'une relation monogame stable. Elle me dit ce jour-là beaucoup de choses que j'ai oubliées à l'exclusion de la dernière. J'ai aujourd'hui trente-neuf ans et je suis sur la route des vacances avec un homme qui n'est pas mon mari. Assis dans sa Volvo, preuve accablante de ma ruine psychologique, nous sommes sur l'Interstate nord en compagnie de la foule des vacanciers qui enfreignent légèrement la limitation de vitesse.

Mon amant se prénomme Peter. Petros, Pierre… une coïncidence que nous trouvons ironique du fait de la grande connaissance que mon mari a des minéraux. De plus, la Forêt pétrifiée est la destination de notre voyage. Une double ironie, donc, mais non intentionnelle. La vie m'offre toujours de meilleures occasions de plaisanteries que je ne pourrais en inventer.

Peter est un intellectuel doublé d'un ébéniste. Il a un corps mince, de belles mains et sa chevelure abondante évoque le pelage de ces animaux sacrifiés pour leur fourrure. La première fois que je l'ai vu, son ventre musclé déclencha en moi le désir réprimé de promener mes doigts sur les ondulations de sa peau. Il s'était présenté dans notre maison encore en chantier pour concevoir et exécuter des meubles sur mesure. Comme vous pouvez l'imaginer, il était habillé mais, s'agissant des hommes séduisants, je possède un sixième sens malencontreux. Je ne pouvais donc pas me tromper sur ce ventre-là. Ma mère dirait que je ne peux pas m'en empêcher, que ma fibre morale s'est gâtée à l'adolescence comme une molaire chez un enfant de douze ans.

La nuque appuyée contre l'appuie-tête moelleux de la voiture de mon amant, je laisse mes cheveux voler par la fenêtre. La Volvo est vieille, mais les sièges viennent d'être refaits dans un cuir très souple que Peter prétend être de la peau de chaton. L'auto est dotée de tous les conforts sauf la climatisation qui, à son avis, introduit une distance regrettable entre le voyageur et le voyage. Les hommes sont capables de dire ce genre de choses, car ils n'ont pas les cheveux qui leur fouettent les yeux des heures entières. Je suis donc échevelée, mais j'espère l'être de façon attirante, et non comme si je venais d'être rudoyée. Pour l'aventure, je suis vêtue d'un débardeur noir et d'un jean dont la caractéristique la plus frappante est une fermeture Éclair qui traverse tout l'entrejambe. Techniquement, je crois qu'on peut séparer ce pantalon en deux parties. Je l'ai acheté sur les instances de ma fille, un après-midi où nous flânions dans le centre commercial. Son vrai nom est pantalon *drive-in*, m'assura-t-elle. J'avais de graves réserves : « Je suis trop vieille pour porter ça, dis-je. Seule Cher peut se le permettre.

– Non, maman. Il te va parfaitement. Tu es sexy. »

Julie a treize ans, un âge dangereux, me dit-on, car c'est celui où elle va découvrir la sexualité tout aussi sûrement qu'à trois ans, elle avait découvert comment enlever les protège-prises électriques pour jouer à mettre ses doigts dans les trous. Quand je regarde les longs cheveux flottants de Julie et ses façons folâtres de chiot, je refuse de le croire. Elle et moi sommes proches. Elle me laisse des mots doux avec des cœurs partout. J'en découvre tout au long de mes journées de travail – dans mon porte-monnaie ou dans la poche du jean qu'elle a posé dans la corbeille de linge sale. Où cacherait-elle la sexualité ? Et comment m'encouragerait-elle à porter un vêtement de vamp si elle en comprenait vraiment les implications, à savoir les dégâts qu'il pourrait causer dans mon couple. Je commence tout de même à éviter comme la peste son tiroir à chaussettes.

« Julie veut devenir linguiste », dis-je à Peter pour fixer mon attention sur un autre sujet. Chaque été, Julie va passer quinze jours chez ma mère dans le Kentucky. Quand elle était petite, ellc en revenait en parlant avec enthousiasme des tartines beurrées saupoudrées de sucre qu'elle mangeait pour le dessert. Récemment, elle en a rapportée une fascination pour le parler campagnard. « J'va lui rabattre le caquet, moi, à la Julie », crie-t-elle. Et : « Voyons voir si cette mam'zelle-là a quéq'chose dans le ciboulot. » L'année dernière, elle a rempli tout un carnet d'expressions employées par ma mère et ses copains joueurs d'échecs, telle Margaret Mead étudiant les habitants des îles Samoa. Je suis tombée à la renverse en voyant ma mère, ce flic de mon adolescence, réduite à une liste d'expressions incongrues.

« Linguiste ? » répète Peter.

Il s'éloigne du volant et, comme il est grand, il le tient à bout de bras comme s'il ne lui servait que de repose-mains.

« C'est ce qu'elle dit, en tout cas. Elle vient de nous l'annoncer. Elle s'est disputée avec son père à ce sujet et, depuis, tout va mal entre Nathan et elle.

– Pourquoi ? Il veut lui transmettre l'art du charcutage de la cornée pour que cela reste une affaire de famille ? »

Mon mari est chirurgien ophtalmologiste. Les cailloux et les minéraux ne sont pour lui qu'une passion annexe.

« Oh, non. Je ne crois pas qu'il veuille décider de sa carrière future, mais il ne peut s'empêcher de critiquer ses choix. Il dit que Noam Chomsky est un socialiste, et Julie lui rétorque que, justement, la linguistique est une science foncièrement égalitaire. »

Le désert d'Upper Sonoran, dans le sud-est de l'Arizona, défile sous nos yeux à cent vingt à l'heure, et j'ai l'oreille droite déchirée par le mugissement du vent. Je suis soulagée de voir Peter mettre ses feux clignotants pour entamer la route touristique du Red Rock Country autour de Sedona. Si le paysage est bien notre objectif, il lui faudra ralentir.

« Tu parlais comme ça, à douze ans, lui demandé-je en oubliant que ma fille vient d'en avoir treize.

– Peut-être, mais je ne suis pas un bon exemple. »

C'est vrai. Peter n'est probablement un bon exemple de rien, linguistiquement parlant. Il est né à Saint Louis mais garde encore une trace d'accent allemand, ayant été élevé dans la partie de la ville où, prétend-il, on peut passer des semaines sans entendre d'autres mots anglais que « Coca-Cola » et « Big Mac ». Julie est fascinée. Chaque fois qu'il vient nous voir sous prétexte de surveiller le travail de menuiserie, il nous serre tous trois dans ses bras en nous demandant : « Alors, Nathan et Diana, les placages tiennent bon ? » Julie en profite pour lui faire répéter son expression favorite : « *Warum Nicht ?* »

« Tu sais ce que je crains ? C'est qu'un matin, au petit déjeuner, elle me cause comme ça, *à moi*. "Une science foncièrement égalitaire." Elle en est capable, et elle est même capable d'attendre de moi un échange du même niveau intellectuel que ceux qu'elle a Nathan.

– Mais toi, tu serais d'accord avec elle, ce qui l'amuserait beaucoup moins. Il n'y a donc aucun danger.

– Je pense que tu as raison. »

Nathan, Julie et moi vivons dans une maison de facture moderne bien trop grandiose pour une famille comme la nôtre. Elle est dotée d'une quantité de baies vitrées avec vue sur la montagne et les canyons si l'on est d'humeur naturaliste, et vue sur les lumières apparemment lointaines de la ville si l'on est d'humeur sociable. Dans la salle de séjour, il y a des copies onéreuses d'art précolombien et de vrais fossiles – des poissons délicats, évoquant des eaux-fortes, fixés sur des dalles de pierre beige et rose qui s'harmonisent avec le tapis. Il me semble que nous sommes victimes du spectaculaire de ce lieu qui nous force à nous montrer à la hauteur de l'occasion quand nous l'aurions plus volontiers laissé passer. Nathan et Julie se tournent autour en arborant des masques de tragédie. Elle traverse une phase où elle déclare haïr son père. Il a été parfait avec elle quand elle était petite, mais maintenant qu'elle menace de devenir une femme, il éprouve le besoin de la mener à la baguette.

Je prends des cours dans des disciplines qui s'accordent avec l'architecture danoise de notre logis : tissage et teintures naturelles, sans aller toutefois jusqu'au macramé. J'envisage par ailleurs d'écrire de la poésie, mais dans une autre maison, probablement plus petite. Trois jours par semaine, j'enseigne la sténo et la dactylographie à des collégiennes de premier cycle du secondaire totalement dépourvues d'ambition.

J'ai aussi une sœur, Eva, de six ans ma cadette, qui, entre autres activités, travaille pour la télévision japonaise. On la dit la Jane Pauley[1] du Japon. Elle a un petit ami nippon et se sert de baguettes sans même y penser, l'esprit superbement ailleurs. J'ignore comment Eva en

1. Célèbre journaliste et reporter, de la chaîne télévisée NBC, où elle animait le *Today Show* et *Dateline*. Le chouchou des femmes du *Baby Boom*.

est arrivée là car j'étais déjà installée à Phoenix quand elle a passé son bac. Nous nous ressemblons beaucoup, et tous les gens qui voient sa photo croient que c'est moi en kimono. Pourtant, elle a fait, dans la vie, beaucoup plus de chemin que moi, qui me suis contentée de voyager. À en croire les livres, en tant qu'aînée, je devrais être la réussite de la famille, or pas du tout. Je me suis contentée de faire ce que ma ville natale attendait de moi (de toutes les filles de mon âge, en fait) : épouser un milliardaire ou devenir prof. Je me suis décidée en faveur de la seconde proposition, la compétition étant trop rude pour la première.

C'est grâce à l'argent de l'assurance vie de mon père que j'ai pu entrer à l'université, où j'ai suivi plusieurs cours facultatifs du genre histoire précolombienne et poésie, mais je n'avais jamais quitté la maison avant de rencontrer Nathan et de partir vivre à Phoenix avec lui. Tous les déserts du globe ont un effet désastreux sur la cornée. Ma mère croit que j'ai choisi Nathan à dessein, qu'il n'était qu'un élément du complot que j'avais monté à seule fin de l'abandonner, mais en vérité, je l'ai rencontré à un raout donné par une confrérie d'étudiants et n'ai pas eu le cœur de le repousser après avoir constaté que je collais parfaitement avec ses plans. Nous coucherions ensemble tout de suite, nous nous marierions plus tard, et je taperais tous ses travaux aussi longtemps qu'il poursuivrait ses études de médecine. Après cela, sont venus l'internat, Julie, et Phoenix. J'en ai été aussi surprise que ma mère. Je me suis contentée de lui assurer que nous étions chanceux de ne pas nous retrouver en Arabie Saoudite, où les affections oculaires sont les plus nombreuses du monde. Dans ce cas malheureux, je lui aurais offert Julie quinze jours par an, comme les Aztèques offrent en sacrifice un cœur humain à des dieux grognons.

À part ma décision, prise sur les exhortations d'une seconde ligne de football américain, d'aller voir son médecin de famille pour me faire prescrire la pilule, je ne crois pas avoir jamais agi d'une façon effrontée, ni même audacieuse. J'ai toujours rêvé d'avoir une relation d'amitié avec ma mère. J'aurais aimé pouvoir lui confier mes doutes au sujet de celui qui partage ma vie, mais elle me prend pour une Messaline. Sa découverte dans mon tiroir de commode nous a fait prendre un mauvais départ.

D'après Peter la promiscuité n'est, techniquement, pas mon truc. Je serais plutôt une monogame en série. Je n'ai pas sciemment fait l'amour avec Nathan depuis plus d'un an, et mes aventures antérieures se sont produites durant ces périodes de régime sec. Il y en a eu un bon nombre. Nathan ne sait rien, pour Peter, mais j'ai la vague impression qu'il se doute de quelque chose. Nous restons ensemble faute d'autres projets de sa part, et car je ne me conçois pas autre que mariée. Je pense à ma fille, encore jeune, qui aura besoin d'être protégée quelques années de plus.

Peter a deux grands fils. J'ai découvert que les gens de mon âge ont beau être des parents du berceau jusqu'à l'université, cela ne vous apprend rien sur eux. Prenez mon amant, par exemple : le fait d'avoir une femme et deux fils ne semble pas beaucoup l'affecter. Il s'intéresse à Jung et à Nietzsche et vit seul dans son atelier de location, un studio d'artiste dont le sol de la cuisine est couvert de sciure. Il mange des pommes de terre au four froides au petit déjeuner mais ne veut à aucun prix être sauvé. Je ne peux pas épouser quelqu'un comme lui.

Pourtant, au regard des critères actuels, nous sommes amoureux l'un de l'autre et projetions depuis des mois ce voyage – notre première occasion de vivre des choses enthousiasmantes dans la journée et de passer des nuits complètes ensemble. L'occasion, c'est Memorial Day, le long week-end du début mai. Julie est chez ma mère et Nathan assiste à un congrès de chirurgie auquel j'étais également invitée, mais dont j'ai supplié mon mari de me dispenser en prenant le prétexte de mon cours de tissage. Ne disposant pas du transfert d'appel, j'ai donc décidé d'interroger à distance notre répondeur téléphonique et de répondre aux appels importants en prétendant le faire de chez moi. Cela devrait marcher, sauf catastrophe imprévue du genre coup de fil en pleine nuit. Mais il n'y a pas de vie sans danger.

En réalité, loin d'être horrifiée par ma conduite, je me sens libre. En ce moment, Peter et moi traversons le spectaculaire paysage inanimé de Sedona : tout ce rouge qui n'est même pas du sang… « Du fer », aurait annoncé Nathan. Je le vois presque, assis sur le siège arrière. « Quand les océans ont appris pour la première fois à respirer, un tapis de rouille a enveloppé la surface de la terre. » Je me moque de sa façon de parler, mais je partage son goût pour la dramatisation, que je manie mieux que lui. Peter adore ce don chez moi. En sa présence, mes histoires prennent une importance mythique. Il les appelle « les légendes de Diana ». Quand Peter conduit, c'est à moi qu'échoit le fardeau de faire la conversation. D'autant plus que les tours rocheuses m'évoquent un souvenir, que j'ai envie de lui raconter.

« Je crois que l'après-midi le plus heureux de mon mariage avec Nathan, je l'ai passé en novembre dernier, pour Thanksgiving. Quand on a trouvé le pétroglyphe. J'avais invité à déjeuner des gens que Nathan ne pouvait pas supporter et ils sont partis dès la fin d'un repas trop copieux. Nathan et moi avons donc décidé de grimper au sommet de l'arroyo situé derrière la maison. Je ne sais pas ce qui nous a pris, car c'était la première fois que nous nous promenions à pied depuis des années. Je crois qu'après cet excès de nourriture, nous nous sommes sentis obligés de faire quelque chose de vertueux.

– Après ce voyage, note Peter, tu vas te sentir obligée de grimper au sommet du Grand Canyon.

– Ou de l'Himalaya, avec des bracelets de plomb fixés aux chevilles. Et Nathan aussi, mais seulement s'il a flirté avec une belle danseuse tahitienne à Waikiki. » Le congrès de mon mari se tient à Honolulu. Quand on évolue dans ces cercles-là, on sait que discuter de rétines décollées à quelque centaines de mètres de l'océan aux vagues déferlantes n'a rien d'exceptionnel.

« Tu ris, dit Peter, mais ce pourrait être vrai. Tu ne te demandes jamais s'il a des aventures ?

– Si seulement c'était vrai... Je le souhaite de tout cœur.

– Pourquoi ? Parce que tu te sentirais moins coupable ? »

Je réfléchis un instant.

« Non. Parce qu'ainsi, nous serions obligés de prendre une décision au sujet de notre couple », dis-je.

Le début du coucher de soleil teinte d'un pourpre incandescent les rochers rouges de Sedona, qui sont maintenant exactement de la couleur de la Volvo de Peter. Si je faisais cette balade en famille, nous nous arrêterions pour prendre une photo. Je porterais un foulard rouge artistiquement noué autour du cou, il y aurait, en fond, les falaises cramoisies. Nathan et moi prendrions la pose, assis sur le capot de l'auto rouge, en affichant tous les signes convenus de la passion. C'est Julie qui prendrait la photo.

« Pourquoi ne prends-tu pas toi-même l'initiative d'une séparation ? » me demande Peter.

Il me connaît mal, sans doute parce que notre relation n'est pas basée au premier chef sur la conversation. « Je ne suis pas quelqu'un qui va de l'avant, précisé-je. Je suis quelqu'un qui piétine.

– Je ne suis pas surpris de l'effet qu'il a sur toi. » Peter m'a confié quelles sont les huit choses qui l'ennuient le plus au monde. Nathan en fait partie.

« Non, je ne peux pas tout lui mettre sur le dos. C'est moi qui ne tourne pas rond. J'étais déjà ainsi avant de rencontrer Nathan – une bernache agrippée à son galet.

– La bernache s'agrippe à ce qu'elle trouve, me corrige Peter. À n'importe quelle épave rejetée par la mer.

– Oui, mais uniquement car elle la prend pour un galet.

– Je t'engage cependant à ne jamais l'oublier. » Je me demande ce qu'il veut dire par là avant qu'il ajoute : « Quand tu écriras un poème sur les bernaches. »

Il sait que je n'écris pas de poèmes, ni sur les bernaches, ni sur rien. J'en lis, c'est tout. Je tourne le bouton de la radio. Nous perdons progressivement la station officielle de Phoenix, de sorte que la retransmission de *La Truite* de Schubert crachote, émaillée de conseils de jardinage parasites. « Tu ne me crois pas quand je te dis que je suis une bernache, continué-je. Pourtant c'est vrai. Lors de ma première année d'université – ce rite de passage forcément propice à l'épanouissement –, j'avais l'impression que mes mocassins étaient lestés de plomb. Les autres étudiantes posaient le genre de questions qui obligent le professeur à interrompre son cours pour réfléchir, mais elles n'avaient pas besoin de sa réponse car elles avaient déjà détecté le symbolisme sans qu'il fût besoin d'explications. Moi, en revanche, je ne voyais jamais rien au-delà de ce qui était écrit sur ma page. Je ne pouvais m'empêcher de penser que j'avais omis de ramasser quelque brochure explicative lors de mon inscription. Peut-être cela venait-il de ce que ces filles vivaient à la cité universitaire, et moi à la maison. Je suppose que le soir, au dortoir, elles discutaient du symbolisme avec leurs rouleaux sur la tête. »

Peter rit.

« Revenons à Thanksgiving », dit-il d'un ton docte évoquant le docteur Freud. « L'après-midi le plus heureux de ton mariage. » Il savait que ce ne serait pas une histoire plaisante.

« On a donc fait ce déjeuner plantureux. Puis on a entrepris de grimper sur l'arroyo, mais on s'est arrêtés, pour je ne sais quelle raison… ah oui, parce que Nathan avait mal aux pieds dans ses baskets à soixante-quinze dollars. Il râlait en disant que si on ne pouvait pas les "casser" plus facilement, mieux valait en acheter d'ordinaires au supermarché. Crois-le ou non, mais les siennes comportaient un gadget de réglage. Moi, j'attendais, les yeux levés vers le sommet des rochers. La partie qui se rétrécit pour former comme un petit canyon, tu vois ce que je veux dire ? »

Peter hoche la tête. Il est venu assez souvent chez nous pour bien connaître les lieux. Il prétendait qu'il lui fallait s'impréger du paysage pour construire des meubles de rangement en harmonie avec lui. Je suppose que sa dévotion topographique était en rapport direct avec nos embrassades et nos cuisses musculeuses entremêlées dans l'anfractuosité des rochers.

« Et là, je l'ai vue, dis-je en essayant de me concentrer sur mon récit tout en déplaçant le poids de mon corps sur le cuir de chaton. La gravure rupestre. Elle représentait un… je ne sais pas comment on appelle ça, tu sais, un de ces dessins de gosse où la sphère du soleil est assortie de traits concentriques…

– Un rayon de soleil entre les nuages.

– Voilà. Sauf qu'il n'a pas été fait par un enfant, mais sculpté par un natif, en signe de dévotion, des centaines d'années auparavant. C'était l'assertion personnelle d'un Amérindien à une époque où l'on ne tenait pas pour du vandalisme le fait de graver une pierre dans Camelback Park.

– Oui, mais c'était une époque où les assertions personnelles étaient plus rares que les pierres, précise Peter.

– Oui », approuvé-je.

Ce n'était pas notre premier, loin de là – les pétroglyphes sont un hobby passionné chez Nathan, avec les pierres en général. « La gravure rupestre est le pont esthétique entre les humains et la terre », se plaît-il à dire. Cette affirmation pourrait dénoter une inclination métaphysique, alors qu'en réalité, Nathan *collectionne* ces objets, tout comme les amoureux des oiseaux passent leur vie à accumuler comme des maniaques des noms sur une liste. Une fois, on s'est perdus pendant sept heures en Arkansas en cherchant un parc national établi sur la base d'un unique pétroglyphe. Ce que nous avons finalement trouvé, c'est une grosse pierre pathétiquement protégée par un cordon de police comme s'il s'agissait de Plymouth Rock, le lieu où les pèlerins du *Mayflower* ont débarqué. On l'avait arrachée à son élément naturel et elle était tristement dégradée. Les adolescents d'Arkansas y avaient immortalisé leurs passions du moment en les juxtaposant à l'œuvre d'art exécutée par les Indiens Osage. On distinguait encore des lézards aux queues en tire-bouchon et quelque chose ressemblant à un parapluie, mais les entailles étaient barbouillées comme des copies brutalement corrigées, et Nathan a déclaré qu'elles étaient tellement abîmées qu'elles ne méritaient même pas d'être photographiées. Il accusa d'incurie les responsables du parc national, et bouda pendant des jours alors qu'il aurait dû s'attendre à cette mauvaise surprise. Nous avions déjà eu plusieurs vacances gâchées par cette forme de vandalisme.

Comme j'ai déjà raconté cela à Peter, je m'abstiens d'y revenir. J'enchaîne : « Ce qui était beau dans la découverte de ce pétroglyphe derrière chez nous, c'est que nous ne l'avions pas cherché. Il était simplement là, parfait, peut-être inconnu de tous, et je pouvais l'offrir en cadeau à mon mari. Peter, tu n'aurais pas reconnu Nathan : il était fou de joie. Il n'est même pas redescendu en courant pour aller chercher son appareil car cette merveille serait toujours là, à deux cents mètres de notre salle de séjour. Pendant des semaines et des semaines, il a feint l'indifférence et n'est pas retourné la photographier. Je pense que se montrer aussi désinvolte lui procurait un certain plaisir.

– Comme s'il possédait l'objet en question.

– Exactement. Je te raconte la suite : Nathan, très occupé, a oublié le pétroglyphe. Il s'en est souvenu il y a quinze jours seulement. Entre-temps, la voirie a refait le terrassement en haut de l'arroyo, et le minage effectué pour reconstruire les fondations a fendu la face avant du rocher. Nathan en a fait une crise de nerfs.

– Pauvre Nathan l'inconsolable.

– Pauvre de moi, tu veux dire. Tu ne vas pas le croire : maintenant, il m'accuse d'avoir sculpté la pierre, puis d'avoir, ce jour-là, fait semblant de la découvrir. Il affirme que je suis prête à tout pour tourner son violon d'Ingres en dérision.

– Je suis sûr que tu l'as fait. Tu es montée là-haut une nuit, armée d'un ciseau à froid, et tu as fabriqué un pétroglyphe pour tourner en dérision son violon d'Ingres. Tu en es parfaitement capable. »

Je ris, tout en sachant que mes histoires n'ont qu'un but : trahir Nathan. Je ne mentionne jamais sa gentillesse ou sa grande intelligence. C'est la part non raisonnable de notre union que j'éprouve le besoin de brocarder, sur laquelle je m'acharne comme une garce. En vérité, ce n'est pas ce que veut Peter. C'est un homme généreux et plein d'une assurance rare. Contrairement à certains, il n'a nul besoin de ces comparaisons avec le mari qui feront pencher la balance en sa faveur. Après tout, c'est avec lui, dans sa Volvo, que je me trouve aujourd'hui, non à Waikiki. Mais Peter semble comprendre que ces histoires m'aident, d'une certaine façon, à garder la tête hors de l'eau car elles établissent entre moi et ma vie conjugale une distance qui me procure l'illusion d'un quelconque contrôle.

« Cet épisode le résume parfaitement. Pour lui, tout tourne autour de la recherche du parfait pétroglyphe, dis-je.

– La pierre qui complètera sa vie.

– C'est ça. *The Rock of Ages, there, whence they flow…*

– Là d'où coule *quoi* ?

– Je n'en suis pas sûre. C'est de Robert Southey. » Parfois, des vers de certains poèmes lus il y a longtemps traversent l'air en battant des ailes comme des moineaux pour venir nicher dans ma tête. « Là d'où coule toute chose poétique, je suppose. Les rêveries rocheuses, les espoirs ciselés et les songes de pierre.

– Les songes d'obsidienne, dit Peter qui a lui-même une connaissance professionnelle des laves colorées. Obsessions sédimentaires et rêves d'obsidienne. »

Notre programme, en ce premier jour de voyage, est d'aller jusqu'à Flagstaff et de camper près des ruines de la cité des Indiens Wupatki. Nous marcherons au clair de lune jusqu'à l'ancienne cité taillée dans le roc, et nous y ferons l'amour. Demain, nous atteindrons le but de notre voyage.

La Forêt pétrifiée me fascine depuis l'enfance. J'ignore comment j'ai connu son existence, mais, en sixième, j'ai écrit un poème sur elle. Il a été jugé excellent, et on m'a demandé de le lire devant toute la classe. Dans mon esprit, la Forêt pétrifiée formait un paysage très élaboré d'arbres entiers, dressés et imposants. Je me souviens d'un de mes vers faisant référence à « l'igné tordu de leurs troncs, le chatoiement de leurs feuilles de granite ». (Ma mère avait un dictionnaire des synonymes.)

Je crois même que, dans mon poème, leurs branches solides abritaient des cerfs et de petits écureuils pétrifiés. À l'époque, j'avais des notions extrêmement fumeuses de géologie, jusqu'à ce que j'épouse un homme ayant étudié (en matière secondaire) les roches ignées et le granite.

Je découvris que Nathan, contrairement à moi, n'était pas fascinée par le vivant minéralisé. C'est moi qui ai eu l'idée des poissons fossilisés dans notre salle de séjour : ils sont ma projection de ses intérêts supposés. Depuis le temps que nous vivons en Arizona, il ne m'a jamais amenée dans la Forêt pétrifiée. « Ce n'est pas du tout une forêt, m'a-t-il dit un jour. Le nom est trompeur. Je ne connais pas une seule personne qui ne soit revenue déçue de sa visite. »

Ce genre d'affirmation est si typique de Nathan qu'elle ne m'a pas dissuadée. Je voulais voir la forêt. Quand il devint clair que Peter et moi allions avoir une aventure clandestine, il nous sembla approprié qu'il m'aidât à réaliser mon rêve de gosse. Il n'était que trop heureux de remplir les vides que Nathan laissait dans ma vie.

Le problème, c'est que, contrairement à Nathan, Peter n'a pas de sens pratique. Moi non plus, d'ailleurs. Or les vacances se passent mieux quand, dans le couple, l'un des deux s'occupe des heures d'ouverture des musées et des réservations d'hôtel. Nous découvrons que Peter et moi avons choisi une nuit noire pour notre balade au clair de lune, et que le trajet à pied jusqu'à Wupatki est beaucoup plus long que nous le pensions. Nous arrivons à Flagstaff au crépuscule et avons beaucoup de mal à trouver le parc national. Nous finissons sur un champ de foire désert. Un panneau indique que les gardes forestiers du Rotary y logent, et que, quelques semaines par an, il fait office de camp scout.

À la porte, un homme nous invite de la main à entrer, et nous sommes trop fatigués pour résister.

« C'est gratuit, me dit Peter.

– Il est tard, en plus. »

J'ai faim. Peter a apporté quelques épis de maïs à griller lentement sur les braises, mais je pressens que nous nous contenterons d'un peu de poulet froid et de notre présence réciproque.

Ce qui se produit. Après avoir dévoré le poulet et rongé les os, nous nous essuyons les doigts avec les serviettes en papier retrouvées par chance, puis Peter, en m'embrassant dans le cou, m'entraîne au bout du champ de foire pour me faire gravir le lit d'une rivière asséchée. Il fait froid car nous avons beaucoup gagné en altitude depuis Phoenix. Nous marchons côte à côte, ou bien l'un derrière l'autre quand le sentier est étroit ; nos paumes s'effleurent dans l'obscurité et nos mains gelées se glissent sous les vêtements de l'autre, des vêtements qui fument quasiment sous l'effet de la chaleur de nos corps. Je crois que nous ne guérirons jamais de nos premiers ébats en plein air dans l'arroyo derrière la maison, quand l'inconfort des lieux nous excitait encore davantage.

La nuit est noire. J'avais oublié que, parfois, il n'y a pas de lune. La faible lumière émise par le champ de foire nous permet tout juste de distinguer les formes des rochers tout le long de la rivière, mais rien d'autre, et si je pense aux probables crotales lovés là, je n'en fais pas une fixation. Nous nous laissons doucement rouler jusqu'à une grosse pierre plate que je déclare être du granite. « En seize ans de mariage, j'ai appris une chose ou deux, dis-je.

– Laquelle, par exemple ? » me demande Peter, qui va bientôt découvrir ce miracle de technologie qu'est un pantalon *drive-in*.

Nous sommes étendus dans une petite clairière bordée de grands pins très dignes que nous plaçons malgré eux en position de voyeurs.

Je déboutonne ma veste puis remonte le pull de Peter et le mien pour que nos deux abdomens soient en contact. Le sien est fabuleusement doux au toucher, comme du cuir de chaton. Je tends à l'oublier, d'une fois à l'autre, ou crois que c'est un effet de mon imagination. Il m'a confié que sa mère voulait une fille mais que Dieu (*Gott im Himmel*, comme elle disait à tout bout de champ), au dernier moment, en avait décidé autrement en comprenant qu'un bébé mâle serait un meilleur compagnon de jeu pour le petit Werner. Le petit Werner eut donc son frère, mais il mourut jeune de fièvre rhumatismale, de sorte que la décision impromptue de notre Créateur eût été perdue pour l'humanité sans le contingent des femmes qui aiment les hommes. Je soupçonne Peter, lui aussi, d'avoir été trop gâté, trop tôt.

Ses baisers sont froids sur ma peau, et mes doigts dans ses cheveux fourmillent comme s'ils avaient trouvé une paire de mitaines doublées de fourrure. Je sens ses muscles à travers plusieurs couches de vêtements, et, comme toujours avec lui, je suis flattée que mes courbes soient appréciées par un expert en ébénisterie talentueux.

Il s'assied pour me regarder et me caresse les cheveux, formant au-dessus de moi une ombre qui masque les étoiles. Il passe son doigt le long de ma joue et me dit en allemand des mots doux que je ne comprends pas, « *Geliebte, Hafen* ».

Sous mon corps glacé, la pierre est froide. Tel le poisson fossile, j'aurais pu être un élément de cette pierre si je ne me sentais pas vivante au point que c'en est presque insoutenable.

Peter se penche pour ramasser par terre quelque chose qu'il polit sur son jean avant de le poser sur mes lèvres. C'est froid et étonnamment lisse. Un caillou. Il l'insère dans le col de mon pull et je frissonne quand il glisse entre mes seins pour tomber sur mon ventre.

« Quelle pierre est-ce ?

– Une pierre volcanique », dit-il en la chauffant de son haleine avant d'en frotter mon nombril d'un geste circulaire. « Une obsidienne. »

Une pierre rare, donc, quasi précieuse. De la lave en fusion projetée dans l'immensité du ciel qui se refroidit pour former du verre.

J'ai emporté ma vieille veste de camping, un caban acheté au surplus de l'armée. Une fois notre passion éteinte et nos chaudières presque à court de combustible, je l'étends sur nous en guise de couverture. Même à travers la laine, on sent le froid véhiculé par les boutons dorés. Allongés sur la pierre, le pull de Peter sous nos corps, nous regardons un ciel qui ne ressemble pas à celui de Phoenix. Ici, les étoiles sont si nombreuses qu'on a l'impression qu'elles se disputent la place.

« La dernière fois que je portais ce caban, je regardais les astres avec Julie, dis-je. On était allées à… à Camelback Mountain, je crois, la nuit du 31 janvier. Je ne me souviens plus où était Nathan.

– Je regrette de connaître aussi mal les constellations. Pas dans une optique scientifique, mais littéraire, ou poétique, ou historique. Pour moi, ce ne sont que des points brillants.

– C'est à peu près ce que j'ai dit à Julie. Que je regrettais d'être incapable de lui parler des étoiles, qui sont tellement chargées de mythes. Mais elle s'en fichait. Elle m'a dit que tout ce qui l'intéressait, c'était les idiomes.

– Encore les idiomes ?

– Oui. Elle dit que ce sont les vecteurs du changement dans une langue. Elle voulait connaître les expressions bizarres que nous employions dans le Kentucky au temps de ma jeunesse. Je lui ai répondu que nous, nous ne les trouvions pas bizarres car nous parlions ainsi tout naturellement, et que je ne me souvenais donc d'aucune en particulier – sauf une, tout de même.

– Laquelle ?

– "Mes étoiles !" Une exclamation fréquente dans la bouche de ma mère.

– Qui signifie ?

– La surprise, comme : "Sans blague", ou : "Bon sang." J'adorais l'entendre car j'avais l'impression que ma mère avait tout un contingent d'astres planqué quelque part – dans son petit jardin d'étoiles personnel, soigneusement enclos. »

Je sens le sourire de Peter contre mon cou.

Il commence à faire trop froid. Nous nous levons, et Peter enterre le fruit de notre ardeur sous une grosse pierre. Une de mes amies, une novice dans la sexualité extra-conjugale, m'avait dit adorer la façon nette et sans chichis dont les préservatifs contiennent les débordements. Moi non. Je sais que je me réveillerai demain avec la nostalgie de cette moiteur intime prouvant qu'on a été désirée.

« Le latex n'est pas biodégradable », dis-je à mon amant alors que nous remontons la fermeture Éclair de nos jeans et boutonnons nos vêtements pour le trajet de retour. Je glisse le caillou dans ma poche, dans l'idée d'examiner cette obsidienne à la lumière. « Je suis sûre que souiller un terrain de foire avec des accessoires prophylactiques est passible d'une grosse amende, ajouté-je.

– Mais, mon amour, tu sais bien que nous utilisons du boyau de mouton. Demain matin, cet objet aura disparu.

– Lui peut-être. Mais toi ? »

C'est, entre nous, une vieille plaisanterie qui comporte quelques variantes.

De retour dans la tente, je ne peux pas dormir. Comme la princesse du conte gênée par le petit pois, je suis tourmentée par les plus infimes aspérités du sol à travers le matelas pneumatique et le sac de couchage en duvet d'oie. Je me sens de plus en plus vieille et de plus en plus meurtrie pendant que Peter, qui a sombré dans le royaume heureux de l'inconscience, respire bruyamment à côté de moi. Je suis maintenant convaincue que nous ne vivrons jamais ensemble car nous n'avons pas les mêmes aspirations. J'adore les moments passés avec lui, mais, au fin fond de moi, je sais que c'est du temps perdu, un temps que je pourrais occuper de façon plus intéressante.

Il m'arrive parfois de laisser ainsi mon esprit courir follement, comme la bande vidéo quand on appuie sur le bouton « avance rapide » du magnétoscope. Je me dis que l'année prochaine, j'aurai quarante ans. Dans dix ans, j'en aurai cinquante. Peter est peut-être le dernier homme attiré par moi pour des motifs purement sexuels. Je me demande ce qui me restera d'autre, ce que je deviendrai, ce que Julie deviendra. Je ne me vois pas rester mariée à Nathan, pas plus que je ne me vois briser notre couple pour ma satisfaction propre. Nathan pourrait dire à juste titre que je suis une égoïste. J'imagine le séisme que cela provoquerait si je lui annonçais que je le quittais : sa colère, le toit qui s'effondre, les morceaux de baies vitrées volant partout, bref, la maison entière implosant comme une ampoule électrique sous l'effet d'un faux contact dans l'aspirateur.

Je me réveille dans la chaleur du matin, avec le soleil qui tape sur la tente et la langue de Peter dans l'oreille. L'appétit sexuel de mon amant n'a d'égal que son inépuisable provision de préservatifs qui, dans leurs petits emballages jaune vif, semblent grouiller autour de lui comme un essaim d'abeilles. Il m'arrive d'avoir la surprise d'en trouver dans mon sac, ou dans la boîte à gants de ma voiture, toujours dangereusement proches des mots doux dans lesquels ma petite linguiste me déclare : « Maman je t'aime. »

Je me retourne et promène ma langue le long de sa clavicule. Il me hisse sur sa poitrine et, bingo, nous sommes connectés. Le corps de Peter et le mien sont deux vaisseaux spatiaux qui s'éloignent ou s'arriment, jouent ensemble de leur propre accord. J'ai entendu dire que, là haut, les objets ont leur vie propre dans un monde sans air.

Peter, son visage enfoui dans mes cheveux, me chuchote : « Les scouts sont arrivés. »

Sainte Vierge, c'est vrai ! J'entends des bruits de hachette, des jurons de potaches, et, j'en jurerais, le frottement de deux silex dans le voisinage immédiat de notre tente. Ils ont dû arriver tôt ce matin, ou très tard dans la nuit. L'homme à la grille a sans doute cru que nous arrivions en éclaireurs.

Peter commence à rouler sous moi comme l'océan et j'ai beaucoup de mal à me taire. Couchés sur le sol même où de jeunes garçons industrieux coupent du petit bois pour faire des feux, nous copulons, me semble-t-il, au milieu d'une cérémonie de remise de prix. Seule une membrane de nylon bleu, qui nous semble d'une minceur précaire, nous sépare de ces gosses.

Peter me maintient par le haut du dos avec la même dextérité qu'il manierait un placage d'érable ou de noyer. « Peter, plaidé-je, partagée entre le fou rire et les larmes, aie pitié de ces enfants qui tentent de rester purs en pensées, en paroles et en actions.

– Qu'est-ce que tu en sais ?

– J'en suis sûre, dis-je en bloquant ma respiration. C'est une de leurs lois fondamentales.

– Tu confonds avec les guides », dit-il. Ses doigts, qui courent le long de ma colonne vertébrale, me donnent des frissons susceptibles de troubler la paix. « Cette loi-là, les scouts ne l'ont pas. »

Sur le chemin de la Forêt pétrifiée, nous avons une dispute. Plus nous nous enflammons, plus il conduit vite. Maintenant le bruit du vent me déchire l'oreille au point que je lui demande de remonter toutes les vitres pour la durée de la séance. Nous sommes revenus en pays plat, en pleine chaleur.

Tout a commencé quand j'ai trouvé un préservatif dans mon sac. Je n'étais pas vraiment en colère, mais j'ai tenu à mettre les choses au point. « Je t'ai demandé plusieurs fois de ne pas faire ça, dis-je.

– C'est toi qui l'as mis là il y a trois semaines. Souviens-toi : c'est quand on s'est retrouvés au marathon de vélos et qu'on a ensuite marché le long de la rivière. »

Les hommes vous font tout un sac quand vous en portez un, puis ils vous demandent si vous ne pouvez pas y ranger tel ou tel objet qui les encombre.

« Essaie une fois pour toutes de garder ces trucs hors de ma portée, d'accord ? Ce serait le bouquet si Julie trouvait les contraceptifs illicites de sa mère. »

Je sens la dépression de la nuit peser sur ma poitrine. De plus, j'ai un début de migraine – une vraie migraine, comme je n'en ai plus eue depuis que la naissance de Julie a remanié ma chimie interne. Adolescente, j'en avais avec une régularité mécanique. Tout d'abord, l'aura. Un arc de lumière bleue dans mon champ visuel, puis des cercles qui me faisaient voir le monde au travers de deux longs tunnels débouchant sur un océan miroitant. Venait ensuite la douleur qui me serrait les tempes.

« Si Julie trouvait un préservatif, ce ne serait pas un drame, m'objecte-t-il. Elle croirait sans doute que vous avez l'habitude d'en utiliser, toi et Nathan.

– Non, car elle sait que son père a subi une vasectomie. » Pratiquée par un de ses collègues en échange d'une opération de la cataracte effectué sur la mère de Nathan, elle a laissé à celui-ci l'arrière-goût amer d'un marché de dupe. « Julie sait beaucoup trop de choses, dis-je. Je pense parfois qu'elle lit dans mes pensées.

– Que veux-tu dire par : "Ce serait le bouquet si Julie... ?" À t'entendre, on dirait qu'elle est prête à sauter d'une falaise.

– Tout simplement qu'il y a assez de stress comme cela dans sa vie. Par exemple en ce moment, elle croit haïr son père.

– Pourquoi mets-tu en doute la réalité de ses sentiments ? Peut-être le hait-elle vraiment.

– Impossible. C'est son père.

– Son père biologique, oui. Cela ne prouve pas qu'il est bon pour elle. Les guppys mâles mangent bien leurs petits...

– Nathan est une créature au sang froid, mais il n'est pas un poisson.

– Les enfants ont un sixième sens pour détecter ce qui est mauvais pour eux.

– Les enfants ont besoin de leurs parents.

– Tu crois que ta mère était bonne pour toi ? Tu es toujours en train de dire qu'elle t'a volé ta confiance en toi.

– Je n'avais qu'elle. Papa ne pouvait plus grand-chose pour nous. »

Mon père a été tué dans un accident ferroviaire quand ma sœur était encore trop jeune pour pouvoir le reconnaître comme son géniteur parmi d'autres barbus. Après, ma mère a fait carrière derrière le siphon d'eau de Seltz de Woolworth. Toute la semaine, on pouvait la voir, le visage sans expression, remplir des verres ou presser des oranges en empilant les moitiés vides comme si elle arrangeait un présentoir de petites calottes de couleur vive dont la gaieté lui échappait. Son franchiseur était un certain M. Fuller, qui passait pour un coureur de jupons. Un terme qui nous intriguait. « Cela signifie qu'il gaspille ses économies », nous expliqua ma mère. Sa femme s'était jetée d'un pont. Elle est restée neuf jours au fond de la Licking River avant qu'on retrouve son corps à cause du bloc de ciment arrimé à la corde qu'elle s'était passée au cou, qui la lestait comme une ancre. Tout le monde se demandait comment la frêle petite personne qu'elle était avait pu le soulever au premier chef. Elle a dû faire des efforts surhumains. Le jour de son enterrement, ma mère a eu le job.

Elle l'a toujours. Je caresse l'idée folle de lui envoyer une carte postale de la Forêt pétrifiée tout en sachant que je ne le ferai pas.

Peter, décidé à avoir le dernier mot dans notre querelle, insiste lourdement :

« Mais qu'aurais-tu fait, me demande-t-il, si, comme Julie, tu avais eu le choix ?

– Que veux-tu dire ?

– Si tu avais eu tes deux parents, dont l'un était bon pour toi et l'autre non ? »

Je le trouve injuste de me mettre ainsi sur le gril. Si je brisais mon mariage, il ne m'offrirait certainement pas de devenir le père substitutif de Julie.

Je soupire tout en baissant la vitre. « Je ne sais pas ce que font les gens quand ils ont le choix, dis-je. Moi, je pense ne l'avoir jamais eu. »

Honnêtement, si je ne pensais pas trouver des arbres entiers dressés vers le ciel, je ne m'attendais pas non plus à cette déception. Il n'y a pratiquement rien à voir. À l'entrée du parc national, une jeune Navajo coiffée du chapeau de gendarme dont est affublé l'ours Smokey sur les affiches de prévention des incendies de l'Office des forêts, nous tend un dépliant touristique. « Voici l'itinéraire que vous allez suivre en voiture, nous dit-elle. Il y a neuf arrêts. Merci de rester sur le chemin. Je vous souhaite une bonne journée. » Elle nous débite ces mots sur un ton laissant supposer qu'elle se sacrifierait volontiers en faveur de la technologie si on trouvait un robot pour la remplacer.

À chaque arrêt, nous garons la Volvo et faisons à pied la centaine de mètres de désert nécessaire pour accéder au panorama, en espérant chaque fois que nous allons enfin voir la vraie Forêt pétrifiée. Peter tente de la rendre plus imposante en me lisant des passages du dépliant évoquant le processus de minéralisation, décrivant comment, en un millénaire, des tissus vivants se sont transformés en pierre. Mais ce ne sont pas des arbres, juste des troncs éparpillés dans le désert. Parfois, pas même des troncs entiers, mais de simples amas de bûches dont certaines se sont cassées en tombant de la pile. « CONTENTEZ-VOUS DE PRENDRE DES PHOTOS ET DE LAISSER L'EMPREINTE DE VOS PIEDS », nous exhortent les panneaux à chaque détour du chemin. S'il y avait quelque chose à prendre, cela a dû être fait depuis longtemps. Vers la fin, les gens ne descendent même plus de leur voiture. À l'arrêt N° 8, une caravane géante, garée à côté de nous sur le terre-plein prévu à cet effet, ronfle comme un turboréacteur, toutes ses vitres remontées à cause de la clim. Assise très haut sur le siège du passager, une femme au front ceint d'une visière pare-soleil caresse un cocker pendant que son mari fait une dernière tentative exploratoire.

Je m'avoue avec réticence que Nathan avait raison. Je trouve toutefois abusif, mensonger même, d'appeler cela une forêt. C'est plutôt une zone sinistrée sortie de la Bible, où ils y aurait non une, mais toute une tribu de femmes « tombées » pour s'être retournées, transformées en statue de sel.

En définitive, les choses se présentent mieux au retour. Nous trouvons le camping Wupatki. Peter s'affaire, content de lui. Il allume la lampe à pétrole et fait du feu. Il monte la tente pendant que j'enveloppe lentement les épis de maïs dans des feuilles d'aluminium. Il les enfouit sous les braises comme des petites momies, avec une méticulosité frôlant la manie, et me dit qu'ils seront cuits à la perfection quand nous reviendrons de notre balade à pied jusqu'à la cité indienne taillée dans le roc.

Ma migraine se calme, mais j'en pressens déjà les séquelles : l'impression immédiate que ma cervelle a été pelée comme un fruit ; puis, pendant des jours, un besoin animal de me cacher, de partir me reposer quelque part pour réfléchir.

Je ne suis pas sûre d'avoir envie d'aller jusqu'aux ruines avec Peter. Je sais qu'il n'en serait pas contrarié outre mesure, puisque marcher n'est plus le point capital de notre programme. Il n'y a toujours pas de lune et nous avons déjà fait l'amour sous les étoiles. Son intérêt pour Wupatki est plus strictement archéologique. Il m'apporte mon caban et me le pose sur les épaules en me disant de rester assise et de m'installer confortablement. Il me donne aussi un gobelet en fer-blanc et la bouteille de cognac.

J'enfile la veste et m'assieds à la table de pique-nique, les pieds posés sur le banc. Je bois mon cognac les mains autour du gobelet, comme pour les réchauffer. Je regrette de n'avoir pas pris de gants. Mais comment deviner qu'on en aura besoin quand il fait 35° ? J'ai déjà de la chance d'avoir pensé à prendre mon caban.

Je me souviens tout à coup du caillou que m'a donné Peter et le sors de ma poche pour voir si c'est bien une obsidienne. Le tenant à la lumière de la lampe, je constate que non. C'est un caillou gris veiné de blanc des plus ordinaires. Je trouve également dans ma poche un papier plié en enveloppe. Je l'ouvre et lis :

MAMAN, JE SAIS QUE TU AIMES PETER. LA DÉCISION QUE TU PRENDRAS PAR RAPPORT À PAPA EST O.K. ET SI ON N'EST JUSTE QUE TOI ET MOI, C'EST O.K. AUSSI.

Peter est quelque part dans le camping, en dehors du cercle de lumière. Il doit chercher du bois car j'entends les branches craquer sous ses pas. Il rapporte une brassée de branches qu'il entreprend de casser, puis de disposer sur le feu en les plaçant par épaisseur.

Il est enfin prêt à partir. Je lui confirme que je ne l'accompagne pas, car j'ai besoin d'un peu de paix et de calme après ce vent qui m'a déchiré les oreilles toute la journée.

« J'y vais, mais tu vas me manquer », me dit-il.

Il m'embrasse et me laisse la lampe électrique en me disant que j'en aurai besoin pour éviter de tomber sur un ours, ou le contraire. Puis il s'éloigne, en quête du départ du sentier, comme un joyeux randonneur teuton. Il me promet que, si jamais il trouve Wupatki, il n'y restera pas très longtemps.

Après son départ, j'éteins la lampe à pétrole dont la flamme siffle avant de mourir lentement. Je suis toujours assise à la table de pique-nique, les genoux entre les bras, sous ce ciel qui ne m'est pas familier, avec le jardin d'étoiles de ma mère pour seul repère. Je sais que le grondement que j'ai dans les oreilles n'est pas près de s'arrêter. Ce n'est pas la route qui l'a provoqué. C'est le fracas que fait la Forêt pétrifiée en tombant. Des branches de pierre s'écrasent lourdement au sol, les troncs s'affaissent, les feuilles de granite se brisent en éclats. Quand ce sera fini, il n'y aura plus que Julie et moi debout dans le désert.

Nous ne nous retournerons pas.

Zones de survie

Millie Ormsby tente de raconter à ses amis Roberta et Ed la blague qu'elle tient de Clay, son petit-fils de treize ans : « Pourquoi un punk veut-il traverser une route ? » Malheureusement, elle a oublié la chute.

« Zut, j'ai perdu le fil », dit-elle, contrariée. Elle distribue les cartes, perd le compte, et doit recommencer. « Ça avait quelque chose à voir avec un animal.

– Il n'y avait probablement pas de fil, lui dit Ed. Si on envoyait tous ces jeunes à l'armée, ils bénéficieraient d'une coupe de cheveux décente. Ça, ce serait drôle. » Ed est de mauvaise humeur parce qu'ils jouent à cœur à trois mains au lieu de l'écarté à un dollar le point, garçons contre filles, ce qui est leur habitude le samedi soir. Mais ce soir, Darrel est au lit avec une grippe intestinale. À intervalles réguliers, il beugle comme un veau depuis la chambre et Millie est obligée d'aller lui apporter des Seven-Up.

Millie, qui ne peut s'empêcher de s'en faire pour la blague, passe en revue tous les animaux qui lui viennent à l'esprit. « Quel animal seriez-vous si on vous en laissait le choix ? » demande-t-elle à ses amis. Millie est une personne raisonnable quoique encline à s'écarter de son sujet.

« Je serais un de ces satanés vers qui bouffent mon maïs, dit Ed en refaisant une levée de cœurs. Ils ont mieux mangé que nous, cette année. »

Roberta, la femme d'Ed, sait qu'il aurait bien aimé dire « un de ces putains de vers ». « Tu auras ta revanche au premier gel, lui assure-t-elle.

– À cette époque de l'année, il vaut mieux être tout sauf une dinde, pas vrai, Ed ? » lui dit Millie. On est fin novembre, et Thanksgiving approche.

Roberta passe un autre cœur à Ed. « Je serais un kangourou, déclare-t-elle impulsivement. J'ai toujours voulu voir cette partie du monde.

– Alors, tu serais plutôt un koala », dit Ed d'un ton indiquant qu'il en sait plus long que sa femme à ce sujet. « Eux aussi vivent en Australie.

– Oh, oui, s'écrie Millie. C'est ça que je voudrais être. J'en ai vu à la télé hier soir. Ils sont vraiment mignons. »

Maintenant que son amie en parle, Roberta trouve qu'il y a quelque chose de cet animal en elle. Ed et elle ont également vu l'émission en question chez eux. *Le Royaume sauvage*, elle s'appelle. Ces bêtes passent parfois toute leur vie dans un seul arbre. « Non, moi, je veux être un plus gros animal, dit-elle. Un kangourou, ça se promène. Tiens, voilà pour toi, Millie : un kangourou, ça traverse une route.

– Bon sang, mais c'est bien sûr : un poulet », dit Millie, qui a retrouvé la mémoire. « C'est parce que le punk a un poulet accroché à l'oreille. » Voyant leurs visages vides, elle se tripote le lobe : « Un poulet en guise de boucle d'oreille, vous comprenez ? explique-t-elle.

– Ah, ah, ah, très rigolo, dit Ed. Tellement rigolo que j'oublie d'en rire. »

Millie rougit, assez embarrassée. Elle abat accidentellement la dame de pique alors qu'elle aurait pu la faire ramasser par Roberta. « Oh, c'est une blague stupide, je sais. Je ne vous l'aurais jamais racontée si je m'étais souvenue de la réponse. »

Pour mauvaise qu'elle soit, la blague travaille Roberta, qui déclare : « Ça n'explique pourtant pas pourquoi le *poulet* traverse la route au premier chef.

– Voyons, tout le monde le sait », lui répond Ed. Roberta pense le savoir aussi, puis, à la réflexion, elle n'en est plus si sûre. Elle n'est pas sûre non plus qu'Ed le sache.

Dans la voiture, au retour, elle lui dit : « Écoute-nous parler ! (Ils ne se sont pas encore dit un mot.) Une assemblée de vieux gâteux. Franchement, évoquer les animaux qu'on voudrait être… On ne comprend même plus les blagues que racontent nos gosses. »

Ed en a plein le dos de cette partie de cartes avec les deux femmes, et il n'aime pas qu'on parle des vieux. Il a cinq ans de plus que sa femme. Il frise la cinquantaine.

Leur famille a comme qui dirait sauté une génération. Leur Roxane est encore lycéenne alors que leur amie Milly est déjà grand-mère. Roberta et Ed ont attendu assez longtemps avant d'avoir leur fille, pensant avoir du temps devant eux pour fonder une famille, mais cela n'a pas marché comme prévu. Deux ans plus tard, ils ont perdu un garçon. On l'attendait pour l'anniversaire de George Washington, mais il s'est trompé de fête, arrivant à Thanksgiving. Il était parfaitement formé – Roberta avait insisté pour le voir, au grand dam d'Ed. Dans son lit, en train de saigner car son utérus rejetait ce dont il n'avait plus besoin, elle n'avait qu'un seul mot pour qualifier son enfant : parfait. Au-dedans, en revanche… Ses poumons étaient minuscules, totalement aplatis, telles des ailes de papillons arrachées avant qu'il fût prêt à voler. Roberta avait vécu comme un choc le fait que son corps pût la trahir – les trahir tous. C'était aussi humiliant que de faire une chute sur un terrain dépourvu de tout accident. On n'attend pas d'un corps qu'il vous lâche comme ça, on ne peut pas le lui pardonner. Après ça, elle n'avait plus eu le courage nécessaire pour agrandir la famille. Roxane, qui affrontait la vie avec confiance, bien plantée sur ses solides petites jambes, lui suffisait.

Roberta entame sa ménopause. Un peu tôt, mais rien d'inquiétant, lui a dit le docteur. Il a traité la chose à la légère, disant que les femmes avaient rarement des enfants la quarantaine passée, du moins si elles pouvaient l'éviter.

Ils traversent rapidement la ville car les quatre feux d'Elgin sont tous au vert après vingt-deux heures. Ed tourne pour prendre la Star Route 1, qui mène directement à la ferme. Sur une portion de la vaste terre qui appartenait autrefois à sa famille, ils élèvent du bétail, cultivent du maïs destiné à l'alimentation animale et ont un petit verger de pommiers.

Bien que la route soit maintenant vaguement goudronnée, ça fait tout drôle à Roberta de se souvenir du temps où ce n'était qu'un chemin de terre. Son frère Willis et elle, quand ils étaient mômes, l'empruntaient à bicyclette pour explorer toutes les issues possibles quand les Russes feraient péter la bombe H. Plus tard, ils ont appris que si cela devait arriver, on chercherait à *entrer* en ville, et non à en sortir. Elgin était ce qu'on appelait une « zone de survie » constituée de plusieurs petites communautés disséminées autour de Cincinnati. Les gens y afflueraient pour y chercher abri et nourriture.

Il faudrait au moins une bombe H pour ça, se dit Roberta. Elle vit à Elgin depuis plus de quarante ans, et elle n'a jamais rencontré personne qui ait quitté Cincinnati pour s'y installer.

En passant devant le *drive-in*, elle note qu'on y donne un film nommé *Octopussy*. Si elle y prête attention c'est parce que Roxane est allé le voir avec son petit ami. Roxane, qui aura son bac en juin (« si je ne suis pas recalée à cause des maths », annonce-t-elle à la ronde), sort avec un garçon très convenable, lui aussi en terminale, qui est dans l'équipe de football. Comme aucun match n'était prévu pour ce soir, ils sont allés au cinéma, où ils doivent être encore. À moins qu'ils soient rentrés pour se peloter sur le canapé, les lumières éteintes et les rideaux ouverts pour voir les phares.

Immanquablement, quand la voiture s'arrête, Roberta entend le coup sec de rideaux qu'on referme puis les voit s'illuminer de jaune car on a rallumé. Elle est certaine qu'Ed ne remarque rien de tout cela, pas plus qu'il ne remarquera les joues empourprées et l'air heureux de sa fille quand celle-ci s'avancera vers eux pour les accueillir.

Quand ils entrent, Danny est prêt à partir. Il est quart arrière. C'est sur un terrain de foot qu'il a fait pour la première fois grosse impression sur Roxane. Moulé dans un petit short, il tournait sur lui-même, le ballon brandi à bout de bras, avec la même grâce que ces danseurs qu'on voit dans les émissions éducatives. Malheureusement, chez eux, en leur présence, il est aussi mal à l'aise qu'un adolescent boutonneux, ce qui attriste Roberta. Mais il est un Thalmage, et tous les Thalmage sont timides, se raisonne-t-elle. Quand elle était elle-même lycéenne, elle sortait avec Roland, le père de Danny. Il lui avait fallu six mois pour trouver le courage de l'embrasser sur la bouche – un baiser sec et maladroit. Tout méthodiste qu'il fût, Ed Gravier, en fin de compte l'élu de son cœur, semblait entreprenant par comparaison. Il faut dire qu'il était plus âgé. La banane qu'il portait alors – qu'il porte toujours – lui donnait un faux air de James Dean. Si ce dernier avait vécu, il serait aujourd'hui comme Ed : un homme vieillissant, abusant de la gomina pour faire jeune, avec des dents gâtées et des enfants qui ne suivent pas ses conseils.

Roland Talmadge avait fini par épouser la fille la plus timide de la classe de Roberta. Celle-ci en plaisantait secrètement avec Millie, déclarant miraculeux qu'il eût réussi à faire un enfant à sa femme. Danny, l'actuel prétendant de Roxane, a fait du chemin par rapport à son père.

Roxane est allée se coucher. Ed dort. Roberta, qui souffre d'insomnies, allume la télévision pour regarder le film de la nuit. Son mari lui dit qu'elle devrait plutôt prendre un petit whisky, mais elle trouve que l'alcool accroît son anxiété et lui donne des palpitations.

Le film est *Nos plus belles années*. Elle l'a vu au *drive-in* il y a longtemps. Heureusement, car ils ont un vieil appareil en noir et blanc. Elle est à même de coloriser les images qu'elle a sous les yeux. Elle sait par exemple que Barbara Streisand a les ongles rouges. Elle se souvient que l'actrice les passait sur le dos de Robert Redford dans la scène d'amour que, bien sûr, on a coupée pour la télé. Ici, on les voit s'embrasser puis, sans transition, ils sont tous deux à la cuisine où Barbara prépare le petit déjeuner. Roberta pense que sa propre vie est ainsi : on en a coupé toutes les parties excitantes. Elle se réveillera un matin et elle sera vieille ; infichue, qui plus est, de savoir ce qui lui est passé sous le nez.

Elle aimerait aller au cinéma voir de vrais films, mais Ed ne veut pas. « Attends quelques années, on les passera à la télé », dit-il systématiquement. Le noir et blanc et les coupes des scènes brûlantes ne semblent pas le gêner. Ils pourraient aujourd'hui s'offrir un nouveau poste, mais Ed prétend pouvoir deviner les couleurs absentes de l'écran. Il le « prouve » parfois en s'écriant : « Tu vois, la chemise de ce type est verte. » Ou : « La fille est rousse. » Il lui arrive de se tromper. Il a cru pendant des années le Peter Graves de *Mission impossible* blond, jusqu'au soir où, regardant la série chez Millie et Darrel, il le découvrit aussi blanc qu'un vieux monsieur. « Ton poste est mal réglé », s'obstinait-il à dire à Darrel, refusant d'admettre l'évidence.

Elle éteint la télé et va à la fenêtre, où elle reste longtemps à scruter la nuit. Le grand buisson d'azalées qui flanque la porte d'entrée ressemble, à la lumière de la véranda, à un revenant qui étendrait ses longs bras sombres. C'est la vieille mère d'Eddy qui l'a planté quand elle est arrivée ici après avoir quitté son Sud natal. Vieille, elle l'a toujours été aux yeux de sa belle-fille. Roberta adore cette azalée au printemps, quand elle fleurit, mais elle lui donne trop de tracas en hiver. Elle est presque décidée à la laisser crever. Elle ne croit pas que quelqu'un se donnera la peine d'en prendre soin, et elle mourra de toute façon. Avant elle, ou l'hiver d'après. Elle ne se sent plus l'énergie de livrer des combats perdus d'avance contre la nature.

Elle va à la cuisine où elle a la surprise de trouver Roxane, assise à la table, dans son peignoir éponge jaune. Un verre de lait est posé devant elle, intact. Roberta se souvient du temps où, enfant, sa fille refusait tout d'un coup sans raisons de manger ou de boire ce que, jusque-là, elle aimait. Au cours des années, sa mère a appris que ces caprices alimentaires sont le signe que quelque chose ne va pas.

« Je te croyais au lit, mon chou. Comment était le film ?

– Idiot. Un de ces James Bond où le héros court le monde avec plein de filles pendues à ses basques. Danny non plus n'a pas aimé, je crois. »

Roberta trouve souvent sa fille trop mûre pour son âge, voire vieux jeu. Elle se demande si elle n'a pas souffert d'avoir des parents plus âgés que la moyenne. Elle se met à ranger les plats du dîner restés dans l'égouttoir. « Le suivant sera peut-être meilleur », dit-elle.

Roxane se lève pour aider sa mère. Elle essuie les verres dont l'intérieur est embué. Ce petit travail lui est toujours dévolu car elle a des mains fines aux doigts déliés. Des mains de pianiste, dit-on, bien qu'elle n'ait jamais appris à jouer de quelque instrument.

« Maman, Danny et moi, on voudrait se marier.

– Maintenant ? Avant le bac ?

– Non, tout de suite après. Fin juin.

– Pourquoi êtes-vous si pressés ? » Elle regarde le dos de sa fille quand celle-ci tend le bras vers l'étagère pour poser un verre. Elle se demande si elle lui avouerait qu'elle est enceinte. Apparemment, ce n'est pas le cas, car Roxane répond d'un ton neutre qui ne laisse rien paraître :

« Parce qu'il doit partir l'année prochaine. Ce sera probablement Indianapolis. On lui a attribué une bourse de football pour IUPUI[1].

– Magnifique. Voilà qui est excitant !

– Oui, sauf que ça me fait une peur bleue. Qu'est-ce que je vais faire dans l'Indiana, moi ?

– Tu t'en sortiras très bien. Rien ne t'arrête, tu le sais.

– Faux, maman. Je suis si stupide… Tu te souviens quand toi et papa m'avez emmenée voir les éclairages de Noël à Cincinnati et que j'ai pleuré ? La ville me rend toute chose.

– Tu n'avais que neuf ans, Roxane. Tu as changé depuis. La seule personne au monde qui dise que tu es stupide est une certaine Mlle Roxane.

– Mais, vois-tu, il faudra que je trouve du travail. Je ne peux pas me contenter d'être la femme de Danny. D'autant moins que la bourse accordée ne représente pas une fortune.

– Alors, pourquoi n'attends-tu pas un peu avant de le rejoindre ? Tu pourrais rester ici et travailler un an ou deux chez Hampton jusqu'à ce que la situation se décante. » Hampton Mill, à la sortie d'Elgin, est une usine de confection pour hommes. La main-d'œuvre

1. Indiana University-Purdue University Indianapolis.

féminine y est la plus importante de l'Ohio Valley, et Hampton est pratiquement le seul créateur d'emplois dans la région. Roberta y a travaillé avant son mariage, puis plusieurs fois après, sporadiquement, quand les revenus de la ferme, si aléatoires, n'étaient pas suffisants.

« J'avais pensé à Hampton, dit Roxane. Je sais, je pourrais rester, mais ça me fait peur. Il pourrait rencontrer une autre fille. Ou moi un autre garçon. (Elle scrute le visage de sa mère pour voir si celle-ci comprend le problème.) Tu sais comment les choses arrivent. »

Roberta essuie un pilon en bois en notant que son mortier commence à se fendiller. « Tu sais, je ne te l'ai jamais dit, mais, autrefois, j'ai failli épouser le père de Danny. Où serait-on tous, aujourd'hui, si je l'avais fait.

– Le père de Danny ? Roland Talmadge ? »

Roxane fait la grimace, et Roberta, en riant, lui agite le pilon sous le nez.

« Oui, Roland, dit-elle. Mais attends voir : dans vingt ans, Danny sera aussi chauve et aussi dégingandé que son père. Bien sûr, si tu l'épouses, tu ne t'en rendras même pas compte. Et si tu ne l'épouses pas et que tu le rencontres un jour par hasard, tu te diras : "Heureusement que je n'ai pas épousé ce type." »

Roxane semble fâchée.

« On pourrait dire cela de tous les hommes. Ce serait une bonne raison de n'en épouser aucun.

– Chérie, j'essaie seulement de te faire comprendre que, en général, quoiqu'on décide, tout finit par s'arranger. La seule chose à ne pas faire, c'est celle qu'on fait en croyant que c'est la dernière chance qu'on a d'être heureux. Des chances, il y en a plein. Tu as le temps. » Roberta croit sincèrement donner un bon conseil à sa fille, mais en même temps elle est frappée de constater combien le ton de sa voix est peu convaincu.

Quoi qu'il en soit, Roxane ne semble pas l'écouter.

« C'est bien beau, mais ça ne m'aide pas dans l'immédiat, gémit-elle. J'ai une décision à prendre. » Elle boit son lait d'un trait et essuie ses moustaches blanches de la manche de son peignoir. Elle a l'air si jeune, tout d'un coup, que le cœur de Roberta se serre. « Maman, ça me panique. Je suis complètement paralysée », dit-elle.

Depuis que sa fille a un corps de femme et un visage assez joli pour faire la couverture d'un magazine, Roberta l'a vue timide, sûre d'elle, sérieuse, et, à l'occasion, furieuse. Mais elle ne l'a jamais vue paniquée, même s'il lui arrive assez souvent de se déclarer « paralysée ». Cette fois, elle est sincère, se dit-elle.

« Que ferais-tu, toi, si tu étais à ma place ? » demande Roxane.

Roberta n'a pas la moindre idée de ce qu'elle va répondre. Elle a l'impression de se dédoubler : une partie d'elle-même assiste, les bras croisés, à cette scène. « Compte tenu de mon état d'esprit du moment, je serais tentée de te dire de sauter dans le premier train au départ d'Elgin, dit-elle. Mais tu sais bien que je ne le penserais pas vraiment. Regarde-moi : je suis née de l'autre côté de la route, et après toutes ces années à tourner en rond, je suis encore ici. »

Roxane fait la moue. Elle est trop absorbée par la difficulté d'avoir dix-sept ans pour avoir envie d'entendre parler des problèmes d'une femme de quarante-quatre ans. Roberta étreint sa fille en réprimant une envie de pleurer. Quand ils sont enfin en âge de vous demander un conseil, vous êtes trop vieux pour savoir quoi leur dire, songe-t-elle tristement.

Le matin de Thanksgiving, Ed et Lonnie, son plus jeune frère, regardent un match de foot à la télé pendant que la femme de Lonnie, Aggie, aide à la cuisine. « Scotchés devant le poste, dit-elle en roulant les yeux.

On pourrait penser que des hommes de leur âge trouveraient quelque chose de plus constructif à faire. »

Le sport n'intéresse pas non plus Roberta, ne l'a jamais intéressée, exception faite pour les Jeux olympiques de 1972, que toutes les femmes d'Elgin ont regardés avec un intérêt sans précédent. C'était l'année où Hampton Mill avait emporté le contrat des maillots pour les nageurs. Avant les Jeux, déjà, elles avaient la chair de poule en pensant que le petit bout de tissu qu'elles avaient coupé et cousu serait bientôt en chemin pour l'Allemagne, où il dissimulerait les précieuses parties de Mark Spitz. Leurs hommes, incrédules, les virent ensuite se précipiter devant le poste chaque fois qu'apparaissaient les épreuves de natation. Roberta n'avait pas échappé à la règle. Elle vit Mark Spitz plonger et gagner. Quand, dans le fameux maillot, ruisselant et tout sourires, il était monté sur le podium pour recevoir la médaille d'or, elle s'était mouchée.

En y repensant tout en surveillant la cuisson de la dinde, elle se dit que travailler pour Hampton n'était pas si mal, même si les ouvrières se plaignaient sans cesse de leurs conditions de travail. Elle se rappelait exactement ce qu'elle ressentait en maniant les machines à couper et à repasser, la précision de mouvements que cela exigeait. Elle aimait bien les femmes avec qui elle travaillait, en particulier Dottie Short, leur déléguée syndicale, avec qui elle faisait équipe sur la presse. Dottie, qui prétendait connaître l'histoire comme sa poche, lui disait des choses curieuses – par exemple que l'invention de l'aspirateur avait sorti les femmes de l'usine pour les ramener à la maison après la Seconde Guerre mondiale. Sans une quantité de nouveaux appareils et de gadgets ménagers, elles se seraient tellement ennuyées chez elles qu'elles auraient cherché à récupérer leurs boulots.

Derrière son dos, on disait souvent de Dottie qu'elle était une rouge, mais Roberta voyait ce qu'elle voulait dire, pour l'aspirateur. Il était difficile d'imaginer Rosie la Riveteuse en tablier, avec un ruban dans les cheveux, en train de manier un balai, mais on l'imaginait aisément derrière un Hoover bien lourd.

La cuisine de Roberta sacrifie raisonnablement à la technologie : four autonettoyant et réfrigérateur avec distributeur de glaçons. Elle n'a pas encore de lave-vaisselle. Ce n'est que l'année précédente qu'ils ont remplacé la cuisinière à gaz sur laquelle la mère d'Ed cuisait les repas depuis qu'il était môme. C'était une antiquité aux pieds en émail et, en un sens, Roberta détestait l'idée de s'en débarrasser, mais elle avait besoin d'un outil plus performant avec une meilleure répartition de chaleur et un contrôle de température. Elle s'était modernisée progressivement, en laissant entendre à Ed qu'elle avait impérieusement besoin de telle ou telle chose. Ce faisant, elle se demande si elle ne se remplace pas elle-même. Même un repas aussi compliqué que celui de Thanksgiving cuit pratiquement tout seul. Un kangourou pourrait le faire, se dit-elle, amusée par l'image que cette idée lui évoque.

Aggie retire la chair d'une citrouille cuite pour en farcir la pâte que Roberta est en train d'étaler sur la planche.

« On aurait dû faire des petits pâtés aux pommes plutôt qu'à la citrouille, dit Roberta. On en a eu des tonnes, cette année.

– Thanksgiving sans citrouille ? Impensable. Les garçons en feraient une crise. »

Aggie, qui a des jumeaux, se plaît à dire « les garçons » avec une emphase suggérant que ces deux mâles d'un coup sont la croix toute particulière qu'elle porte. Elle se rappelle rarement que Roberta a perdu un fils, mais sa belle-sœur ne lui en veut pas. Même Ed et Roxane semblent l'avoir oublié. Cet événement lointain est comme une rivière devenue souterraine. Il n'affleure que rarement, paradoxalement dans ces moments où ils comptent les grâces accordées par Dieu.

« Tu as raison, dit Roberta. Laissons tomber les pommes pour aujourd'hui. On ne peut pas toujours faire ce qui serait raisonnable. » Leur cave est pleine de Red Delicious bien que leur verger comporte une autre espèce, plus ancienne, plus petite et non vendable, que Roberta nomme les « pommes de la Bible ». Les vieilles gens les appellent « pommes de sorcière ». Longtemps, elle a essayé de nouvelles variétés, plantant deux jeunes arbres chaque année. Elle les achète sur catalogue quand le sol est encore enneigé, et ils arrivent tout sémillants, petites baguettes bourgeonnantes, enveloppées dans du papier, qui sont à elles seules une promesse de printemps. C'est le projet de Roberta. Quand elle essaie d'y intéresser Ed, il hausse les épaules : « Les pommes, c'est des pommes », lui dit-il.

Lonnie entre à la cuisine pour prendre des Budweiser dans le frigo. Il se plaint à Roberta de la vétusté de leur télé. « Je ne reconnais même pas les équipes, sur cet écran. Tenues blanches ou jaunes, c'est bonnet blanc et blanc bonnet. Tu devrais convaincre Ed d'acheter un nouveau poste. » Lonnie dirige une station-service, mais il a encore les manières rustiques d'un jeune fermier.

– Dis-le-lui toi-même, lui conseille Roberta. Moi, il ne m'écoute pas. Il soutient qu'il voit les couleurs comme si elles y étaient.

– Lonnie est tout aussi têtu », lui confie Aggie quand son mari a tourné les talons. Tu aurais dû voir la séance que ça a été pour arriver à changer de voiture, quand notre vieille guimbarde en est arrivée au point qu'elle nous aurait lâchés avant le troisième pâté de maisons. »

Aggie et Lonnie sont nettement plus jeunes que Roberta. Ils vivent en ville, près de la station-service de Loonie. Ça fait tout drôle à Roberta d'entendre évaluer des distances en pâtés de maisons. Elle a soudain trop chaud dans la cuisine, trouvant difficile de se concentrer à la fois sur la préparation du déjeuner et la conversation. Elle se lève, une main sur le bas du dos, et sent un grand poids la lester, une énorme absence de vigueur. Elle a déjà éprouvé cette sensation sans jamais pouvoir la nommer. La meilleure approximation serait celle des rivières mortes : taries par manque d'oxygène, dit-on.

De la fenêtre de la cuisine, elle peut voir une bonne partie des terres familiales : le chaume brun des champs de luzerne moissonnés et les haies de noyers blancs d'Amérique dénudés qui les séparent. Elle les scrute pour chercher les signes avant-coureurs du gel tueur annoncé. S'il se produit, ce sera une première, car l'automne a été exceptionnellement doux. Les tomates du potager derrière la cuisine fleurissent encore avec un entrain qui la déprime. Ces modestes légumes auraient-ils l'outrecuidance de croire à une production sans fin ?

« Je crois que je ferais mieux de sortir protéger les racines de l'azalée. On annonce du gel pour cette nuit », dit-elle à Aggie. Ce projet exprimé à haute voix est une façon de forcer la décision qu'elle n'arrive pas à prendre, tentée qu'elle est depuis longtemps de condamner la plante à mort.

« Il y a une saison pour chaque chose », répond Aggie avec une désinvolture qu'une personne grandie à la ferme n'aurait jamais manifesté.

« Ça fait vingt ans que je prends soin de cette plante. Ce n'est pas pour la laisser mourir à la première gelée. Elle est vraiment jolie au printemps. Le problème, c'est qu'on ne devrait pas planter des azalées aussi au nord.

– Que veux-tu dire par “aussi au nord” ? » s'enquiert Aggie. Occupée à éplucher des radis pour le plateau d'amuse-gueules, elle semble totalement indifférente au sort de l'azalée.

« L'azalée n'est pas une plante robuste. Tous les catalogues d'horticulteurs disent que les blanches ne peuvent pas survivre au nord de la zone 7. Au nord de la ligne Mason-Dixon, si tu préfères.

– Et comment est-elle venue jusqu'ici ? À pied ? plaisante Aggie.

– Je ne te l'ai pas dit ? C'est ma belle-mère qui l'a plantée quand ils sont arrivés. Elle l'a apportée de Virginie, où vivait sa famille – entre autres espèces importées du sud, puisque quand Ed et moi avons emménagé, je me souviens avoir vu un magnolia. L'azalée est la seule à avoir survécu.

– Je ne savais pas que la mère d'Ed et de Lonnie était originaire de Virginie.

– Non ? C'était une Franklin. » Roberta ouvre le four pour voir où en est la cuisson de la dinde. Elle se sent mieux. Ses bouffées de chaleur ont disparu. « Tu ne te souviens pas d'elle ? C'était une femme bien. Mais, Dieu me pardonne, elle était entêtée comme un âne. Si je laissais mourir son précieux arbuste, elle viendrait me hanter.

– Il faut que je dise aux garçons qu'ils ont une grand-mère sudiste », dit Aggie. Les jumeaux se poursuivent en rond dans la cuisine, la salle à manger et ce qu'on appelle pompeusement le petit salon. Benny, qui a mal calculé son coup, se cogne brutalement le visage au cadre de la porte, Andy sur les talons.

« Viens ici, Ben, fais-moi voir. Tes dents n'ont rien ? » Aggie prend la tête de son fils entre ses mains et lui fait ouvrir la bouche alors qu'il se tortille pour lui échapper. Les garçons ont dix ans, mais cela ne fait qu'un an que Roberta les distingue l'un de l'autre : depuis qu'Aggie a cessé de les habiller pareil, en fait. Cela la dépasse qu'une mère ait le pouvoir de réduire deux personnes à une seule, ou, au contraire, d'en dédoubler une par caprice.

« Maintenant, sortez, les garçons, ordonne Aggie. On ne joue pas aux courses de chevaux dans la maison de tante Roberta.

– C'est pas à ça qu'on joue, maman.

– Ça ou autre chose, allez le faire dehors. »

Ben, en sortant, pousse son frère et l'envoie valdinguer contre le frigo.

« Ça ne me gênait pas qu'ils jouent dedans, objecte Roberta. La maison est trop calme depuis que Roxane est grande.

– Plains-toi ! Les garçons, c'est tellement turbulent !

– Peut-être bien. »

Roberta ne ment pas en disant que leur vieille ferme est trop grande. L'hiver, il leur faut s'installer en bas, dans la chambre d'amis voisine de celle de Roxane, pour éviter d'avoir à chauffer l'étage. Jadis, cet inconvénient semblait romantique à Roberta. Elle avait l'impression qu'ils étaient le couple d'amoureux du *Docteur Jivago*, perdu dans l'immensité neigeuse, avec les loups autour. Avec les années, ce repli est devenu une simple façon parmi d'autres de noter le passage des saisons.

Aggie a préparé du fromage blanc pris dans une gelée verte. Quand elle le démoule, il glisse sur le plat avec l'agilité du poisson dont le moule a la forme.

« Comme c'est joli, Aggie, s'exclame Roberta. Ça sort vraiment de l'ordinaire.

– Ici, vous n'avez pas l'habitude de cet accompagnement. Maman en faisait toujours pour Thanksgiving. Sauf qu'elle utilisait un moule rond tout bête. »

Roberta retourne adroitement les petits gâteaux à la citrouille, puis presse une fourchette sur leurs bords pour imprimer un motif sur leur croûte. Elle se souvient, un jour qu'elle était occupée à cuisiner, avoir vu Roxane, alors âgée de quatre ou cinq ans, faire la même chose qu'elle dehors, sur un pâté de sable. Jusqu'à treize ans, pendant que sa mère préparait le repas de Thanksgiving, elle chipait la crème fouettée placée au réfrigérateur en plongeant ses doigts dedans et se disputait avec son père à propos de la télé ; lui, voulait voir le match de foot, elle, la grande parade nationale organisée par les magasins Macy. Roberta suggérait invariablement un compromis : Roxane regarderait la parade jusqu'à l'apparition du ballon géant – Bullwinkle l'élan, le célèbre personnage animé par les studios Universal –, puis son père pourrait regarder le match. C'était un bon compromis puisqu'il les satisfaisait tous deux, mais c'était aussi un pari risqué. Parfois, les bois géants du gentil élan apparaissaient très vite à l'image, entre les rangées de gratte-ciel, mais parfois, pour entretenir le suspens, on attendait la fin de la parade pour exhiber le héros des enfants.

Cette année, Roxane ne déjeune pas avec eux. Elle célèbre Thanksgiving chez les parents de Danny. Les deux tourtereaux passeront plus tard. Un rituel qui s'esquisse, se dit Roberta. Ici, on est tous des Gravier. Roxane sera une Talmadge, ou autre, si, en définitive, elle n'épouse pas Danny. La sœur d'Ed, qui est une Ritchie, passe les fêtes avec sa belle-famille, de l'autre côté de la rivière, dans le Kentucky. Des familles avalent d'autres familles, comme dans le jeu du Pac Man que Millie et son mari ont offert à leur petit-fils, Clay, le Noël dernier. Ed, Lonnie, Roland Talmadge, bientôt Danny, et même Benny et Andrew : ils sont tous comme le Pac Man, l'ogre cavalant d'abord dans les rues d'Elgin, puis battant la campagne pour avaler les filles.

Les femmes ne disparaissent pas pour autant, se dit Roberta. Elles se « ré-arrangent », tout simplement. Elle-même ne pense pas avoir tellement changé en devenant une Gravier. Et Roxane sera toujours Roxane, même si elle part pour Indianapolis. Peut-être ira-t-elle un jour à l'université. Elle a toujours été assez bonne élève, sans avoir à se forcer. À moins qu'elle ne travaille en usine. Indianapolis, une ville très industrialisée, doit en comporter un grand nombre, et pas des moindres – téléviseurs, automobiles, etc. Même les pâtés de viande surgelés sont fabriqués là-bas – Roberta l'a lu sur le paquet. Tout en mettant le couvert et en donnant le coup de torchon final qui fera étinceler assiettes et verres, elle voit sa jolie fille, en bleu de travail, avec un foulard noué sur la tête, opérer sur une grosse machine capable de produire cent pâtés Granny Brown d'un coup.

Ils ont déjà attaqué la dinde quand le téléphone sonne. C'est Roxane, annonçant que Danny et elle seront en retard. « On ne sera pas là avant une heure ou deux », dit-elle. Elle appelle Roberta « maman » et non « m'man », ce qu'elle fait ordinairement quand elle est à portée de voix de quelqu'un.

« Très bien. Nous venons tout juste de passer à table. Où es-tu ?

– Je t'appelle de la cabine téléphonique du Tastee-Freez.

– Dieu du ciel, que fais-tu au paradis des desserts industriels ? On ne t'a pas nourrie, chez les Talmadge ?

– Si, bien sûr. On a juste eu envie de faire un tour. Au cas où tu ne le saurais pas, la chaîne est fermée pour Thanksgiving.

– Je sais, chérie. C'était juste pour plaisanter.

– Ah bon. » La voix de sa fille, qui parle comme si elle avait le nez bouché, laisse penser à Roberta qu'elle a pleuré.

« Ça va, chérie ? demande-t-elle.

– Oui. Non. Danny et moi, on vient de se disputer. »

Roberta se tait, attendant la suite.

« Je lui ai dit que je n'irai pas avec lui à Indianapolis, reprend Roxane. Que je veux rester un peu ici pour travailler chez Hampton Mill, et ça l'a rendu fou de rage. Il dit qu'il ne partira pas sans moi. J'en suis malade : c'est sa seule chance de jouer au foot dans un cadre universitaire.

– Ne te mets pas dans tous tes états pour ça : tu arriveras à lui faire entendre raison. Vous avez encore un peu plus de six mois devant vous pour prendre une décision.

– Non. Il faut qu'il donne une réponse rapide pour la bourse.

– C'est *sa* décision, Roxane. Il prend la sienne, et toi, tu prends la tienne.

– Maman, ce n'est pas si simple. (Ton sentencieux.) Ma décision et la sienne sont liées.

– Si ça peut t'aider, je crois qu'il est aussi terrifié que toi à l'idée de prendre *sa* décision.

– Je sais… » Elle hésite, et sa mère, au changement de sa voix, se rend compte qu'elle sourit. « Seulement, il ne veut pas l'admettre.

– Ne tardez pas trop. Et soyez prudents, car il peut y avoir du verglas sur les routes.

– Ne t'inquiète pas. »

Roberta, attendant que sa fille raccroche la première, entend de la friture sur les quelques kilomètres de ligne qui les relient.

« Maman, j'ai réfléchi à ce que tu m'as dit l'autre jour.

– Quoi donc, mon chou ?

– Que tu avais passé tout ce temps à Elgin à tourner en rond comme un chien qui se mord la queue. Ce n'est pas vrai que tu n'as rien fait de ta vie. Tu as fait des choses. Des choses qui comptent à mes yeux, en tout cas. »

Roberta reste un bon moment, pensive, près du téléphone. Quand elle revient se rasseoir à table, le bel ordonnancement a fait place à un champ de bataille. La dinde semble plus carcasse qu'oiseau, et la nappe blanche est tachée de jus. Le poisson en fromage blanc gélifié est éventré et a perdu sa tête, comme une perche prête pour le poêlon. Elle prend un peu de farce au pain de maïs. Les jumeaux, chacun ayant tacitement fait son vœu, tirent sur le bréchet de la volaille, mais leurs doigts gras glissent sur les deux os qui résistent. Ils y mettent alors les deux mains, ravis de se prêter à une compétition de plus.

« Ça suffit, les garçons. Vous avez le droit de sortir de table », leur dit Aggie.

Roberta est toujours sidérée qu'un repas si long à préparer soit englouti en si peu de temps. « Revenez un peu plus tard pour les tourtes à la citrouille, dit-elle à ses neveux avant qu'ils s'éclipsent. S'il vous reste encore de la place.

– T'inquiète pas. De la place, ils en ont toujours. Ce sont des gouffres », dit Lonnie. Il se penche pour remplir les verres avec la deuxième bouteille de vin qu'il a apportée. Ed et son frère ont été élevés selon des principes méthodistes stricts, mais leurs femmes ont exercé sur eux une influence libératrice. Ils sont moins rigides que ne l'étaient leurs parents. Bien sûr, aucun des deux n'est un gros buveur, mais quelques excès, surtout à Thanksgiving, sont, à leurs yeux, pardonnables.

Le vin est trop sucré au goût de Roberta, mais elle le savoure avec plaisir car il lui réchauffe la poitrine et lui paralyse un peu les lèvres. Elle a le feu aux joues, comme Roxane quand elle et Danny viennent de se peloter.

Lonnie raconte une histoire confuse au sujet d'un homme et de ses trois chiens, nommés Larry, Curly et Moe, qu'il emmène avec lui à l'épicerie. Aggie le reprend plusieurs fois, mais Roberta est incapable de dire si c'est une blague ou une histoire vraie sur quelqu'un qu'ils connaissent. Elle penche en définitive pour la seconde hypothèse, puisqu'il n'y a pas la moindre chute.

« J'en ai une pour toi, Lonnie », dit-elle à son beau-frère en se touchant la bouche pour vérifier qu'elle est encore capable d'articuler. « Pourquoi un punk traverse-t-il la route ?

– Aucune idée.

– Parce qu'il a un poulet accroché à l'oreille. (Elle rit.) C'est sa boucle d'oreille, tu vois. Et le poulet… euh, la poule est la seule des deux qui sache où elle va. (Elle pouffe.)

– Je pige pas, dit Lonnie.

– Moi oui, dit Aggie. Je vois le tableau : la poule battant des ailes et le type essayant de garder son équilibre. » Elle glousse si fort que la gorgée d'eau qu'elle boit passe de travers, et que Lonnie doit lui taper dans le dos.

« Tout le monde la connaît, cette blague, commente Ed. Je l'ai déjà entendue quelque part.

– Oui, je crois », sourit Roberta en regardant le champ de bataille.

Parmi les serviettes roulées en boule, la dinde trône, désacralisée, semblable à une cage qu'on aurait eu la curieuse idée d'utiliser comme centre de table. De fait, contrairement à l'impression qu'elle a eue tout à l'heure, il reste beaucoup plus que la carcasse. Seules les tranches des morceaux nobles ont été découpées. Roberta imagine une armée de femmes à travers le pays marchant triomphalement vers leurs cuisines avec le plat de service, prêtes à prélever la viande de dinde avec laquelle elles feront les sandwichs et les bouillons qui nourriront leur famille sinon jusqu'à Noël, du moins un certain temps.

Un rayon de soleil traverse la fenêtre ouest, si faible qu'il semble s'être donné beaucoup de mal pour parvenir jusqu'à cette salle à manger. Il est tard. Roberta croise le regard d'Aggie et a l'impression qu'un secret les unit, qu'elles seraient dans l'incapacité d'expliciter si on le leur demandait. C'est probablement cela, l'important : le fait que personne ne leur demandera jamais rien.

« Aggie, dit-elle, viens m'aider à jeter une couverture sur cette azalée, veux-tu ? Ce serait vraiment idiot de la laisser mourir. »

Une île sous le vent

Magda, la mère d'Annemarie, est une originale. Elle porte des robes cent pour cent coton avec des sandales et marche comme si elle traversait un champ labouré. Elle fabrique des bracelets avec les vertèbres vernies d'espèces non menacées. Ses longs cheveux ondulés sont semés de fils blancs. Elle a quarante-quatre ans.

Annemarie a toujours pensé que si l'existence lui avait été plus clémente, sa mère aurait été une artiste. En l'occurrence, Magda se contente de mettre un peu de beauté dans tout ce qu'elle fait pour que sa vie, dans ses moindres aspects, ne ressemble pas à celle de tout le monde. Elle peint des paysages sur ses théières et sort avec des hommes plus jeunes qu'elle. Annemarie a une théorie : chacun s'est heurté, ou croit s'être heurté, au rocher dressé sur le chemin de la gloire. Magda a donné naissance à Annemarie quand elle n'avait que seize ans. Depuis, haussée sur la pointe des pieds, elle n'a eu de cesse de chercher à franchir ou à contourner l'obstacle que représentait une fille difficile pour voir, au-delà, ce que la vie lui réservait de merveilleux. Annemarie, en somme, est le rocher importun de sa mère. Tout au moins, c'était ce qu'elle croyait. Maintenant, elle ne sait plus.

Le matin où la carte postale de Magda annonçant la grande nouvelle arriva au courrier, Annemarie, croyant son contenu habituel, la tendit à son fils sans même la lire. « Encore un message ésotérique de grand-mère Magda », lui dit-elle, et Leon a levé les yeux au ciel. Un signe d'exaspération imputable à son âge – il a neuf ans –, mais surtout au fait qu'il subit l'influence de sa mère. Annemarie lui raconte tout, en particulier l'épreuve que ce fut pour elle de grandir avec une Magda, et les moments de franche honte que cela lui a valus. Leon prend ses paroles pour argent comptant, au même titre que la table de multiplications et la géographie.

Par exemple, pour fêter le solstice d'hiver, Magda envoyait toujours des cartes de sa propre fabrication : un dessin photocopié sur un papier qu'elle fabriquait elle-même en faisant bouillir des écorces d'arbre et des herbes. La mixture puait, et, une fois, quand Annemarie était adolescente, les voisins avaient déposé plainte pour nuisances.

Comme on est en avril, la carte reçue ce jour n'a rien à voir avec le solstice. Elle n'est pas non plus artisanale. Elle vient d'un de ces magasins où l'on peut acheter des thèmes astrologiques personnalisés en guise de cadeaux de naissance. Le papier est jaune et sent l'encens. Leon le renifle puis le retourne entre ses mains, sans tenter de déchiffrer l'écriture penchée de Magda, mais en étudiant le dessin à l'encre qui en festonne les marges. Leon a des cheveux courts, noirs et bouclés comme ceux de sa grand-mère – et comme le seraient ceux d'Annemarie si elle ne passait pas son temps à contrarier la nature en les coupant, en les décolorant, et en les hérissant, genre tête de loup, au gel fixatif. De fait, Leon, assis là, avec ses oreilles pointues, ses talons martelant le tabouret du plan de travail de la cuisine, se moque complètement de savoir à qui il ressemble. Il n'attache aucune importance à son physique. L'un des chats d'Annemarie se frotte contre la haute tige de ses baskets vertes.

« On dirait des poupées de papier découpé qui se tiennent par la main, note-t-il. Elles sont un peu grosses, comme des vieilles dames qui danseraient la farandole.

– C'est aussi l'impression que j'ai eue. »

Leon rend la carte à sa mère et sort prendre l'air. Ces temps-ci, en fait de gratification, le claquement de la porte d'entrée est ce qui se rapproche le plus d'un baiser d'adieu.

Où diable, dans un monde où les gamins ne jurent que par les jeux vidéo tels *Les Maîtres de l'Univers*, Leon a-t-il rencontré des poupées de papier découpé qui se tiennent la main ? C'est cela qui gêne Annemarie. Son fils est normal dans tous les sens apparents du terme, mais il a un goût fâcheux pour ce qui est démodé. Il collectionne les vieilles bouteilles de Coca, les devises de chaque État inscrites sur les anciennes plaques minéralogiques, tous les objets de cet ordre qui lui tombent sous la main. Quand ils descendent Broadway en voiture, il s'écrie : « Illinois, la terre de Lincoln. » Et il garde les ficelles des emballages. Elle en a trouvé, roulées en pelote, dans une de ses chaussettes de sport. C'est comme si un pan entier de la personnalité de Magda avait été transmis à Leon sans passer par elle.

Inerte, elle lit la carte et examine le dessin en comprenant soudain pourquoi ces petites bonnes femmes se réjouissent. Sa mère et elle ne se sont pas parlé depuis des mois, bien que chacune pût voir le mobile home de l'autre ; il leur suffit de sortir secouer leur chiffon à poussière. Magda dit qu'elle est prête à attendre que sa fille cesse d'émettre de mauvaises vibrations à son égard. En attendant, elle envoie des cartes postales.

Comme souvent, Annemarie éprouve la brusque et déplaisante impression qu'on va l'abandonner. Leon prendra le parti de Magda, en pensant que tout ce que fait sa grand-mère est formidable, et tout ce que fait sa mère, nul. Magda gagne toujours sans même donner l'impression d'essayer.

Debout devant l'évier placé sous la fenêtre, Annemarie regarde la véranda de ses voisins où des guirlandes de reines-des-prés et de chèvrefeuille poussiéreux s'entrelacent autour des montants – une vaillante oasis dans ce désert qu'est le parking à caravanes. Une Vierge Marie en plâtre peint en bleu et rose, agrémenté de ce doré de camelote qui s'écaille vite, préside au-dessus de la fosse du barbecue autour de laquelle sont disposées, comme pour quelque cérémonie familiale secrète, trois chaises de camping en toile fanée. Un panneau de bois pendu à l'auvent proclame le nom de ces gens : les Navarette. Leur petit-fils, qui vit avec eux, a fabriqué le panneau chez les scouts. Cela fait dix ans qu'Annemarie tente de sortir de ce lieu, mais ses voisins immédiats sont si contents d'y être qu'ils signent leur présence.

Avant même de s'en rendre compte, elle est en larmes, des larmes qu'elle essuie du dos de ses mains curieusement incurvées. C'est normal qu'elle pleure. Toute la matinée, elle est assise ici, seule, à regarder la télé, et, par exemple, quand Luis et Maria, de *Sesame Street*, se marient, elle est submergée par l'émotion. C'est hormonal. Elle ne l'a pas encore dit à Leon, mais elle attend un second enfant. La grande nouvelle qu'annonce Magda dans la carte postale, c'est qu'elle aussi est enceinte.

Quand elle tente de se montrer raisonnable – comme elle le fait en ce moment, assise dans une cafétéria avec sa meilleure amie Kay Kay –, Annemarie sait qu'à quarante-quatre ans une femme n'est pas trop vieille pour avoir des jules. Toutefois Magda ne fait pas son âge, elle fait beaucoup plus : avec ses boucles d'oreilles en pierre de lune, elle ressemble à « Grand-Ma Moses », à savoir le peintre naïf Anna Mary Robertson. Elle est aussi du genre à se vanter de ne pas avoir à aller au magasin acheter les petites choses indispensables à la vie car elle les trouvera dans ses tiroirs – sinon les mêmes, du moins de semblables qui feront parfaitement l'affaire. Pour son cinquième anniversaire, Annemarie avait réclamé à cor et à cri une Barbie à « choucroute » uniquement parce qu'elle savait que sa mère n'en avait pas dans le tiroir de la cuisine.

Quand Annemarie raconte l'histoire de sa famille, elle affirme avoir quitté la maison à cause de l'odeur. Ça puait la maison de retraite mal tenue, prétend-elle. Elle avait un père aimant et amusant qui, après le dîner, la poursuivait, le visage caché derrière un masque fait avec des serviettes en papier, avec deux trous pour les yeux. Capable, de surcroît, de réparer tout ce qui roulait. Puis, sans crier gare, il était devenu un vieil homme quinteux dont les mains décharnées faisaient tinter les pilules dans les flacons. Il avait fini par mourir en laissant derrière lui une chape de maladie qui pesait, même à l'école, sur les épaules de sa fille. La famille avait économisé tout juste de quoi partir s'installer à Tucson, pour les poumons du père. La gamine trouvait cela terriblement injuste, car il n'avait humé l'air torride du désert qu'un seul automne, alors qu'elle-même était obligée de le respirer été après été. Elle se languissait du New Hampshire, où elle avait autant d'amis que les arbres ont de feuilles, mais sa mère et elle n'avaient pas les moyens d'y retourner. Magda, brouillonne et incompétente, s'était montrée incapable de leur épargner la misère. Seuls les pères, semblait-il, pouvaient offrir cette sécurité-là à une famille. Magda lui rappelait sans cesse que les quatre filles du docteur March étaient pauvres et orphelines de père, mais Annemarie s'en fichait. Elles, du moins, n'étaient pas obligées de vivre dans une caravane.

En fin de compte, Magda commença à sortir avec des hommes. Au même moment, Annemarie piquait des Marlboro, se faisait des mises en plis et passait un temps fou près du téléphone. Elle aurait donné tout au monde pour avoir autant de propositions galantes que sa mère, qui pourtant n'en faisait rien. Même à l'époque, elle ne pouvait s'attacher aux hommes. En revanche, elle conservait avec une passion maniaque le moindre élastique ou bout de ficelle qui entrait à la maison. Magda faisait – fait toujours – toutes ces choses qu'on faisait aux siècles précédents, quand les prestataires de service ne se bousculaient pas au portillon. Elle bricole en permanence. Les amis d'Annemarie trouvent que c'est formidable. Magda est si démodée qu'elle est redevenue à la mode. De plus, c'est une écologiste militante. Elle compte laisser ses économies, si elle en a jamais, à Save the Planet, et n'a jamais cessé de répéter à sa fille qu'elle devrait se sentir plus concernée par son environnement. Kay Kay trouve qu'on devrait l'élire présidente des États-Unis. « J'échange ma mère contre la tienne, lui répète-t-elle sans cesse.

– Qu'est-ce qui cloche avec la tienne ? s'enquiert Annemarie.

– Mais tout. Tout cloche ! » dit Kay Kay en levant les yeux au ciel, un cri du cœur qui pousse son amie à se dire que personne n'est jamais content de son sort.

Kay Kay mesure un mètre cinquante-cinq, elle a des yeux verts et conduit une locomotive pour la compagnie Southern Pacific. Elle vit avec la même femme, une chanteuse de rock nommée Conny Skylab, depuis aussi longtemps qu'Annemarie la connaît. Kay Kay et Connie prennent des vacances qui émerveillent leur amie. Elles vont skier et faire du deltaplane ou de la planche à voile à Puerto Peñasco. Annemarie souhaiterait, au moins une fois dans sa vie, être capable de faire une chose aussi gonflée que du deltaplane.

« Pour te donner un exemple de ce qui cloche avec ma mère, reprend Kay Kay : pour mon anniversaire, elle m'a envoyé une de ces feuilles de plastique pliées dans une pochette à mettre dans son sac. Un protège-siège de toilettes, plus exactement. “Chérie, ça te sera utile dans ton métier, avec tous ces voyages. De plus, maintenant, il faut penser au sida”, m'a-t-elle précisé. Au boulot, ce cadeau a tellement amusé les gars qu'ils m'ont suggéré de le couler dans du bronze.

– Au moins, elle ne t'a pas *tricoté* un protège-siège de toilettes, comme Magda l'aurait fait. Elle l'a acheté dans un magasin, non ?

– Un : je ne porte jamais de sac. Deux : je ne sais pas comment dire ça à maman, mais, dans les locomotives, les toilettes sont à la turque. »

Annemarie et Kay Kay sont en train de déjeuner. Quand elle ne conduit pas son train, la seconde passe sa vie au restaurant. Elle trouve que lorsqu'on gagne trente mille dollars par an, ce n'est pas la peine de s'embêter à cuisiner.

« Au moins, toi, tu as eu une enfance normale. » Annemarie sort un miroir de poche de son sac et, se trouvant affreuse, le referme d'un coup sec. « Moi, j'étais la seule adolescente d'Amérique à ne pas pouvoir utiliser de la laque à cheveux à cause des trous qu'elle fait dans la couche d'ozone.

– Je ne vois rien de si terrible au fait que Magda se soucie de l'avenir de la planète.

– Mais c'est morbide ! Et toutes ces manifestations pacifistes auxquelles elle participe… Comment peut-on penser tout le temps à une guerre nucléaire susceptible d'éradiquer le genre humain et continuer à payer les traites de sa voiture ? (Kay Kay sourit.) Son activisme consiste surtout à me rappeler quelle limace je suis. L'enthousiaste naïve qu'elle escomptait ne s'est jamais matérialisée en ma personne.

– C'est faux. À ta façon, je te trouve très responsable. Je crois tout simplement que Magda veut pour toi et pour Leon un monde dans lequel vous vivrez en sécurité. Ma mère, elle, se fiche complètement que la nature devienne une poubelle. Tout ce qui compte pour elle, c'est d'assortir son vernis à ongles à son rouge à lèvres. »

Annemarie échoue toujours à convaincre quiconque que son sort filial est peu enviable. Le menton dans les mains, elle se tait, pensive. Elle a une peau étonnamment pâle pour une fille aussi brune –, ou, du moins, pour une brune repentie. Ce teint clair, hérité de la branche maternelle de la famille, domine depuis plusieurs générations. Annemarie a également hérité une ossature délicate, un cou gracieux et ces doigts déliés légèrement infléchis au bout. Elle aurait préféré avoir des doigts épais si cette caractéristique avait pu lui permettre de se démarquer de sa mère. Obsédée par son sujet, elle dit à son amie :

« J'ai eu mes premières règles lors d'une manifestation contre la guerre au Vietnam. Tout le monde était couché par terre et faisait le mort. Un *die-in*, on appelait ça. J'avais des spasmes horribles et personne ne s'en est aperçu. On pensait sans doute que je jouais bien mon rôle.

– C'est *ça* que tu ne pardonneras jamais à Magda ? Tu devrais porter un T-shirt avec une inscription personnalisée du genre : JE HAIS MA MÈRE PARCE QUE J'AI EU MES PREMIÈRES RÈGLES À UN *DIE-IN*. »

Annemarie joue avec sa salade, qu'elle n'a nulle intention de manger. À deux tables d'elles, une femme vêtue d'une chemise western et parée de lourds bijoux en turquoise la regarde avec une sympathie maternelle pardessus l'épaule de son mari. « Il lui a encore fallu marquer un point sur moi : elle accouchera un mois avant moi, lance-t-elle.

– Je comprends que cela te trouble, mais elle ne l'a pas fait exprès. Toi-même, tu ne m'as dit que le mois dernier que tu étais enceinte. Ce n'est pas comme si ta mère avait attrapé un mec par le bras dans la rue en lui disant :

“Vite, mettez-moi en cloque. Il faut que je vole la vedette à ma fille.” »

L’idée de sa mère ramassant un type dans la rue déplaît à Annemarie. « Elle devrait avorter, objecte-t-elle. Un accouchement est dangereux à son âge.

– Se débarrasser d’un fœtus alors qu’elle n’arrive même pas à jeter l’élastique qui entoure le journal du dimanche ? »

C’est tellement vrai qu’Annemarie se met à pleurer sans vergogne. Le nez sur son assiette, elle écarte les feuilles de luzerne qu’elle n’a pas commandées. Quand elle était gosse, Magda lui préparait des sandwichs aux germes de blé tout en sachant pourtant fort bien que sa fille détestait les pousses en général – tout ce qui était graine ou naissait de la graine. Annemarie a eu Leon jeune, mais cet enfant, elle entendait qu’il fût à elle seule. Elle n’excluait pas le père, mais elle refusait passionnément la présence théâtrale d’une Magda se pavanant autour du berceau.

« Plein de femmes font un enfant après quarante ans, dit Kay Kay. Regarde Goldie Hawn.

– Goldie Hawn n’est pas ma mère. De plus, elle est mariée.

– Qui est le père ? C’est ce Bartholomew que j’ai rencontré ?

– Le père n’est pas dans le tableau. Magda *verbatim*. Ma mère, c’est Attila : là où elle passe, l’herbe ne repousse pas. Surtout pas sous son lit. »

Kay Kay, les yeux baissés sur son assiette, s’active avec ses couverts de ses mains agiles aux tendons apparents. Elle ne discute avec son amie lorsque celle-ci s’humilie ; quand elle attaque sa mère, Kay Kay la laisse parler.

« Depuis la mort de papa, Magda ne s’est jamais penchée sur le passé », dit Annemarie en clignant des yeux. Elle sent ses lentilles de contact danser sur ses globes oculaires tels des patineurs qui perdent prise sur une glace ramollie.

« Et tu penses que, pourtant, elle le devrait ?

– Je ne sais pas. Oui, il me semble. » Elle s'essuie les yeux en essayant de ne pas croiser le regard compatissant de la femme aux turquoises. « Son attitude me dérange. Surtout en sachant Bartholomew amoureux d'elle. Encore un qui souhaite l'épouser. Tous ces types n'arrêtent pas de lui dire qu'ils la trouvent belle. Et moi, regarde où j'en suis : chaque année, je pleure sur un nouveau jules qui se déclare dans l'obligation de regagner la côte ouest – et je ne parle même pas du père de Leon, naturellement. » (Elle mâche une feuille de laitue zéro calorie.) Je conduis toujours la Pontiac que j'ai achetée il y a dix ans, mais six petits amis et un mari se sont succédé dans ma vie. Ce même mari, Buddy, que j'ai épousé et dont j'ai divorcé deux fois.

– Au moins, tu peux compter sur ta voiture.

– Et maintenant que l'enfant est en chantier, Buddy parle d'un troisième remariage. Lui et Leon sont de mèche, je dirais.

– Intéressant : toi et Buddy de nouveau ensemble ?

– Il s'est calmé. Cette fois, je crois que je pourrai obtenir qu'il passe plus de temps à la maison. » Buddy porte deux tresses, comme son idole Willie Nelson, l'empereur de la Country, et il conduit une voiture avec des flammes peintes sur le capot. Quand Annemarie affirme qu'il s'est calmé, elle veut dire que, jusqu'alors, quand son père lui proposait de travailler avec lui dans son affaire de réparation de tondeuses à gazon, il s'est toujours défilé mais que, maintenant, il ne le peut plus car il l'a héritée.

« Peut-être que ce serait bien pour Leon. Un garçon a besoin de son père, hasarde Kay Kay.

– Oh, Leon est comme moi : solide comme un roc. Ça vient du fait qu'il a grandi seul. Quand j'essaie de faire la moindre petite chose pour lui, il me regarde comme si j'étais Frankenstein. Je sais qu'il préférerait vivre avec Buddy. Un de ces jours, il va me plaquer pour lui.

– Qui sait, ça pourrait peut-être enfin marcher entre ton ex et toi. La troisième fois sera peut-être la bonne.

– Sûrement. Sauf que les mecs semblent passer dans ma vie comme les bagnoles dans un *drive-in*. Je tends à penser qu'entre Buddy et moi, ça finira plus probablement par un troisième divorce. » Elle tire de l'étui posé sur la table une serviette en papier dans laquelle elle se mouche vigoureusement.

« Pourquoi ne prends-tu pas ton après-midi ? Rentre chez toi et fais une petite sieste. Je vais appeler ton patron pour lui dire que tu es fatiguée, ou quelque chose dans ce genre. »

Annemarie hausse les épaules pour signifier à son amie qu'elle se fait du souci pour rien. « Non, je ne peux pas. Il me tuerait. Il faut que je retourne au boulot. » Elle est assistante de direction à *Yesterday !* une entreprise de livraison à prix cassé tellement rapide que *Today !* serait un nom plus approprié. De fait, bien qu'elle s'en défende, c'est sur elle que repose la boîte.

« Cesse de broyer du noir, la morigène gentiment Kay Kay. Tu fais un peu de dépression anténatale, c'est tout.

– Si ce n'est pas cette dépression-là, c'en est une autre. Je n'y peux rien. Rien qu'à entendre le mot “divorce”, j'ai l'impression de trimballer une valise pleine de mouchoirs mouillés. »

Kay hoche la tête, compréhensive.

« Ce qui me tue chez Magda, c'est qu'être seule ou avec un homme ne fait aucune différence pour elle », explique Annemarie en sentant crisser sous ses dents cette vérité aussi désagréablement acide qu'une pomme verte. « S'agissant des hommes, elle ne s'encombre pas de bagages. »

La femme aux turquoises cesse d'observer Annemarie. Elle se lève pour aller aux toilettes alors que son mari attend l'addition.

Annemarie est réveillée par la sonnerie du téléphone. Il n'est que dix-neuf heures, il fait encore soleil, et elle est désorientée. Elle s'est endormie malgré elle. Elle se demande avec terreur où est Leon quand elle se souvient qu'elle l'a déjà fait dîner. Depuis la naissance de son fils, dormir dans la journée la culpabilise.

Une fois qu'elle a identifié la voix qui résonne dans l'appareil, elle se demande avec incrédulité si ce coup de fil est bien pour elle. Sa mère ne l'a pas appelée depuis des lustres.

« Tout ce que je te demande, c'est de venir avec moi à la clinique, dit Magda. Tu n'auras pas à regarder l'aiguille, ni à me tenir la main. » Elle attend, mais sa fille est muette. « Tu n'auras même pas à me parler. Tape sur le récepteur : une fois si tu acceptes de m'accompagner, deux si tu refuses. » Magda feint l'enjouement, mais Annemarie perçoit sa peur, ce qui lui procure une étrange satisfaction. Elle va subir une amniocentèse.

« Ça va ? s'inquiète Magda. Tu m'as l'air dans les vapes.

– Pourquoi ça n'irait pas ? », rétorque sèchement sa fille. Tant bien que mal, elle lisse de la main ses cheveux à la fois hérissés et humides de transpiration, puis elle se reprend. « Si tu crois qu'une amniocentèse est une épreuve horrible, pourquoi la fais-tu ? demande-t-elle.

– Mon médecin l'exige. C'est quasiment une obligation pour les femmes de mon âge. Il dit que, si je refuse, il renoncera à s'occuper de moi. »

Un chat tigré de jaune marche sur la jambe d'Annemarie pour sauter en bas du lit. Elle ne cesse de recueillir les chats errants. En ce moment, elle en a une douzaine.

Elle dit souvent en plaisantant à Kay Kay que, si Leon la quitte, au moins elle aura de la compagnie.

« Il a raison. D'ailleurs, cela te tranquillisera de savoir que le bébé se développe normalement, répond-elle à sa mère avec une sécheresse impliquant qu'elle, elle vit dans la modernité.

– Oh, je ne veux pas savoir ! J'ai dit au docteur Lavinna que je ferai cet examen à condition que les résultats lui soient envoyés en propre, et qu'il ne me les communique pas. C'est le marché que nous avons passé.

– Pourquoi ne veux-tu pas connaître les résultats ? Tu aurais l'avantage supplémentaire de savoir si c'est un garçon ou une fille, ce qui te permettrait de choisir un prénom en conséquence.

– Trouver un prénom, ce n'est pas sorcier. Franchement, se faire planter une aiguille dans le ventre pour s'éviter ce petit tracas, ça me dépasse.

– Je ne comprends pas ton attitude.

– Les gens passent leur vie entière avec les étiquettes qu'on leur a collées. Cette manie de différencier les êtres humains… Je pense que si mon bébé pouvait échapper à ce fichage au moins pendant neuf mois, ce serait toujours ça de pris.

– Puisque tu le dis… » soupire Annemarie. Cette conversation lui donne l'impression familière de s'embourber.

« Vous devriez vous parler, toutes les deux », lui répète à l'envi Kay Kay. Mais, pour Annemarie, parler avec Magda est impossible. Autant dialoguer avec une fosse de sable sur un parcours de golf, pense-t-elle. À cette conversation qu'elle devrait censément avoir avec Magda, il n'y aurait ni commencement ni fin. Elle juge donc préférable de s'en abstenir.

Le lendemain, après le travail, Kay Kay vient chez Annemarie pour l'aider à faire fonctionner son climatiseur écologique, en prévision de l'été. L'appareil est sur le toit de son mobile home. Il leur faut grimper là-haut avec l'aspirateur et une rallonge pour nettoyer la poussière, les brindilles et les cadavres d'insectes accumulés durant l'hiver. Elles devront ensuite passer une couche de goudron sur la base de l'appareil, changer les tampons absorbants et vérifier le circuit de distribution d'eau. Après, Kay Kay a promis à Annemarie qu'elles iraient boire un milk-shake au Dairy Queen. Elle veille sur son amie avec une sollicitude si soigneusement désinvolte que celle-ci s'en aperçoit à peine.

Annemarie est déjà au milieu de sa grossesse, ce qui ne la tracasse pas du tout. Elle ne pense pas à ce qui se passe dans son ventre, tout en notant vaguement que l'agencement interne en a été modifié par quelqu'un qui en a pris possession. Elle se préoccupe davantage de savoir dans quel pantalon elle pourra encore entrer. C'était déjà ainsi quand elle attendait Leon. Au sixième mois de grossesse, elle remontait l'allée centrale de l'église avec Buddy, dans une robe de style Empire avec un diadème de perles sur la tête, et personne n'avait rien remarqué, pas même elle, pour être honnête. Sept semaines plus tard, Leon sortait de son corps en hurlant sans qu'on ait besoin de le solliciter, et ni elle ni lui n'étaient encore remis de ce choc.

Non qu'elle ne voulût pas ce second enfant – sauf au début, peut-être, assure-t-elle à son amie. *A minima*, il sera toujours quelqu'un à câliner car Leon est à l'âge où, quand on veut l'embrasser, il s'esquive comme le joueur sur la base esquive la balle d'un lanceur fou. « Le problème, c'est que j'ai encore une multitude de choses à faire avant d'accueillir ce bébé de mon mieux, dit-elle.

– Quelles choses, par exemple ? » s'enquiert Kay Kay. Un bandana noué sur le front, elle applique avec énergie l'épaisse peinture au goudron sur la base de l'appareil. Elle a l'habitude des travaux salissants. Elle dit qu'après avoir conduit une locomotive vitre baissée sur des centaines de kilomètres, on ne peut pas se contenter de se débarbouiller le visage au gant de toilette. On doit aussi ôter la suie qu'on a sur les *dents*.

« Oh je ne sais pas », répond Annemarie. Elle s'assied sur ses talons. Le toit de métal est trop chaud au toucher, mais, de là-haut, la vue est intéressante – presque comme si ce n'était pas là qu'elle vivait. Les habitations en forme de boîtes à chaussures sont placées l'une à côté de l'autre le long de l'allée centrale, et les voitures et les motos garées près d'elles ressemblent à des jouets oubliés dans un bac à sable. L'ombre des choses s'étire partout dans la même direction comme de longues taches d'huile répandue sur le gravier. Ce terrain à caravanes s'appelle *L'Île sous le vent*, ce qui, comme pour tout autre terrain à caravanes doté d'un nom poétique, est une plaisanterie. Aucun palmier n'y plie jamais sous la brise. De fait, il n'y a aucune végétation officielle à part quelques cactus symétriquement alignés de part et d'autre de l'allée centrale tel un désert sorti de l'imagination d'un enfant.

« Décider que faire par rapport à Buddy, par exemple », finit par répondre Annemarie à une Kay Kay qui a oublié sa question. « C'est le premier problème à résoudre. Le deuxième, c'est que faire du bébé quand j'irai travailler. Je ne pourrai pas le laisser à Magda car ils se retrouveraient tous détenus à la base d'aviation militaire pour avoir tenté d'arrêter les missiles de croisière. »

Kay Kay ne répond pas. Elle range les pinceaux hérissés et alourdis de goudron dans un sac en plastique, puis commence à ôter de leur support les tampons absorbants de l'année précédente. Annemarie est une aide distraite qui regarde dans le vide et tend le tournevis à son amie quand celle-ci lui demande la pince.

Avec un horrible bruit de griffes raclant le métal, Lone Ranger, l'un des chats, réussit à se hisser sur le toit pour y poursuivre un lézard. Manifestement surpris d'y trouver les deux femmes, il se fige puis, d'une démarche ondoyante, se dirige vers le haut de la gouttière qu'il redescend en vitesse. Lone Ranger est un chat à problèmes. Annemarie lui achète de la nourriture spéciale pour le tenter, mais il refuse d'entrer dans la maison et de se faire caresser. Toute manifestation d'affection le fait se recroqueviller, ou fuir, comme si on lui envoyait une giclée d'eau.

« Combien de jours de congé comptes-tu prendre ? demande Kay Kay.

– Quel congé ?

– De congé postnatal.

– Je ne veux pas y penser », dit Annemarie avec réticence. Elle risque de mettre son emploi en péril si elle ne dépose pas rapidement son préavis. Elle est tout à fait consciente, même si Kay Kay s'abstient de le souligner, que son sens des responsabilités vanté par son amie ne se manifeste que par à-coups. Vers la fin de leur mariage, Buddy a totalement bousillé sa propre voiture, et elle a payé les réparations pour qu'il ne la quitte pas. Le week-end suivant, il est parti pour Reno avec une vendeuse de journaux ramassée en pleine rue.

Annemarie commence à sortir les tampons absorbeurs de leur emballage. Ils ressemblent à de grosses éponges plates et sentent la sciure fraîche. D'après la notice, ils sont en tremble. *Aspen* – un nom qu'elle croyait réservé à une station de ski chic où l'on n'a de cesse que d'apercevoir Jack Nicholson. « Ils pourraient fabriquer ces trucs avec du plastique, dit-elle. Ils dureraient plus longtemps et ne sentiraient pas la foutue forêt de pins de nos camps scouts chaque fois qu'on branche l'appareil.

– Comme leur nom l'indique, ils doivent absorber l'eau, explique Kay Kay. L'air se rafraîchit quand le ventilateur souffle au travers des tampons mouillés. »

Annemarie n'est pas d'humeur à s'intéresser au fonctionnement des choses. Elle tient contre sa taille les deux objets oblongs qui évoquent une jupe polynésienne. « Cela ferait un costume de scène pour Connie, qu'en penses-tu ? » demande-t-elle. Kay Kay réfléchit à la suggestion. « Pourquoi pas ? Connie est allergique aux herbes, mais pas à la fibre de bois », dit-elle.

Annemarie donnerait tout pour être aimée, en toute connaissance de cause, comme l'est Connie ; pour que quelqu'un, perché sur un toit à mi-chemin de la ville, dise à quelqu'un d'autre, en parlant d'elle : « Annemarie est allergique aux herbes, mais pas à la fibre de bois. »

« Je lui en parlerai, dit Kay Kay. Ça plaira peut-être à son groupe. » Connie Skylab[1] et les Météorites sont bizarrement attifées sur scène. Connie chante l'une de ses chansons, *Les Dents de la Mère*, affublée d'un sac poubelle noir et d'un collier de molaires de moutons. Annemarie se souvient d'un passage qui dit : « Les dents de ma mère poussent dans ma tête. Elle morte, je dévorerai les rêves de mes enfants. »

De fait, sa mère est morte, et ni elle ni Kay Kay ne prévoient d'avoir d'enfants. Peut-être est-ce pour cela qu'elles sont si hardies et si libres. Leur relation est un élégant petit bateau de leur propre construction, sans les cordages et le lest de la maternité, qui vogue librement vers la pleine mer. Certains y parviennent. Annemarie a rencontré un couple heureusement marié qui fabriquait des bijoux artisanaux et parcourait le pays dans un minibus cabossé pour les vendre dans la rue. Ils n'avaient pas d'adresse permanente, pas de traditions,

1. Laboratoire spatial.

pas de famille, et, lui affirmèrent-ils, ne célébraient aucune fête.

Mais il y a aussi les voisins, les Navarette, et le petit nid qu'ils se sont aménagé. Eux aussi sont heureux. Annemarie se sent disqualifiée tout à la fois par la famille traditionnelle et la famille *new age*. C'est comme si on l'avait oubliée derrière, ou comme si elle avait manqué chaque bac permettant de traverser la rivière et qu'elle doive maintenant, du lointain rivage où elle est abandonnée, observer le bonheur des autres.

Le surlendemain – un samedi –, Annemarie enfile un survêtement et fait démarrer sa Pontiac dont le moteur, en grondant, fait détaler les chats dans toutes les directions. Elle n'a que quelques mètres à faire jusqu'à la caravane de Magda. N'ayant trouvé aucune bonne raison de se défiler, elle vient la chercher pour l'amener à la clinique.

La route réfracte si durement la lumière qu'on croirait rouler dans un mirage. Le paysage est aussi aride que sur une planète où il ne pleut qu'une fois par siècle. Le printemps a été exceptionnellement sec, ce qui n'a pas grande importance dans un lieu comme *L'Île sous le vent*, où les prairies sont de gravier. Les nostalgiques du Midwest le peignent en vert à la bombe.

Le jardinet de Magda, bien sûr, fait exception. Il est abondamment planté, entre autres d'aloès qu'elle estime être le meilleur antidote aux brûlures. Et, depuis peu, il y a un petit panneau sur lequel elle a peint une colombe bleue avec un rameau d'olivier dans le bec. Au-dessous, une inscription signale à tous et à toutes qu'armes nucléaires et enfants désarmés ne font pas bon ménage. Magda, qui attend sa fille en haut des marches, vêtue d'une robe indienne de coton imprimé, semble toute fraîche. Annemarie l'envie. Elle n'aura pas besoin de changer de garde-robe durant ces neuf mois.

Quand elle monte en voiture, ses cheveux lui balayent l'épaule comme un rideau de dentelle noire. Elle est rose et animée, mais ce sont peut-être les nerfs. Elle fouille dans son énorme sac tissé à la main pour en extraire un flacon de shampoing vert. « Je pensais que tu aimerais l'essayer. Il est à l'extrait d'orties. Ça semble peu sympathique, mais en réalité, c'est excellent pour discipliner les mèches rebelles. »

Annemarie klaxonne impatiemment un groupe d'enfants qui jouent au foot dans l'allée, près de la grille d'entrée.

« Magda, dit-elle, on pourrait, là, tout de suite, parler d'autre chose que de mes cheveux ? Avant, on pourrait peut-être se saluer par une formule de politesse, se demander mutuellement de nos nouvelles, tu ne crois pas ?

– Excuse-moi.

– Crois-le ou non, mais je *cultive* l'aspect tête-de-loup. C'est la mode, vois-tu. »

Magda se retourne pour attraper la ceinture, qu'elle boucle. Elle se retient de demander à sa fille pourquoi elle ne met pas la sienne. Elles ne se disent pas un mot jusqu'à ce qu'elles arrivent à destination.

Une fois à la clinique, elles se retrouvent en train d'écouter un cours sur la prévention du sida. Apparemment, c'est le passage obligé si on veut bénéficier des soins dispensés ici. Avant l'amniocentèse, assises parmi les autres patientes, elles apprennent l'art d'utiliser le spermicide au nonoxynol, puis celui d'enfiler un préservatif sur le sexe d'un partenaire.

« Il faut laisser un peu d'espace au bout, comme ça », dit l'infirmière, qui porte un jean et des baskets rouges. Elle déroule soigneusement le préservatif autour d'une banane en plastique. Les autres personnes de la pièce semblent avoir dans les quatorze ans, et on entend çà et là quelques gloussements. Leurs mères se vantent probablement que leurs filles et elles sont « très proches », ignorant totalement que ces demoiselles sont ici aujourd'hui pour peaufiner le contrôle des naissances et, partant, l'art de s'envoyer en l'air.

Magda peut enfin voir le médecin. Une femme. La procédure est plus compliquée qu'elles ne l'avaient escompté. Il faut d'abord faire une échographie pour être sûr, en plantant l'aiguille, de ne pas piquer le bébé.

« Même si cela arrivait, explique le médecin, le fœtus bougerait pour éviter le corps étranger. » Annemarie trouve renversant qu'un fœtus de cinq mois puisse lutter pour sa vie. Elle tente d'imaginer que ce qui se développe à l'intérieur d'elle, c'est un enfant, ou un futur enfant, mais elle n'y parvient pas. Elle ne l'a même pas encore senti bouger.

Le médecin enduit le ventre de Magda de vaseline avant d'y appliquer un objet qui ressemble à une raquette de ping-pong reliée à un appareil par des fils électriques. Les sourcils froncés de concentration, elle regarde l'image, puis la commente. « Vous voyez, la tête est ici. »

Magda et Annemarie fixent l'écran en noir et blanc ou des ombres mystérieuses se tournent autour comme des tâches d'encre iridescentes. Tout à coup, elles en distinguent une plus importante, en forme de poisson à grosse tête, qui ressemble tout à fait à Casper, le gentil fantôme[1].

« La vessie est pleine, dit le médecin. Vous voyez ce petit point clair ? C'est bon signe. Ça veut dire que les reins fonctionnent. Hou là, ça y est.

– Qu'est-ce qui se passe ? demande Magda.

1. Bande dessinée de Reit (texte) et Oriolo (image), créateur également de *Felix the Cat*, 1945.

– Sa vessie vient de se vider. » Elle se penche vers l'écran pour regarder de plus près. « Je ne peux rien vous promettre, mais je crois que nous avons là…

– Ne me le dites pas, s'écrie Magda. Je ne veux pas savoir si c'est un garçon ou une fille.

– Moi, je veux le savoir, intervient Annemarie.

– Je peux le lui dire ? » demande le médecin à Magda. Celle-ci hausse les épaules en un signe d'assentiment las. « Fermez les yeux, alors », lui dit le praticien en levant deux tubes de verre à la lumière. Leurs bouchons en caoutchouc sont rose pour l'un, bleu-vert pour l'autre. Elle désigne le rose à Annemarie, qui sourit.

« Ça va, tu peux les rouvrir, dit-elle à Magda. Je ne parlerai pas, même si tu me supplies.

– Ça, là, à droite, c'est le visage, poursuit le médecin. Il a un poing dans sa bouche. Très courant, à ce stade. Vous le voyez ? »

Elles le voient. L'autre poing est levé contre son énorme tête en un salut évoquant celui des Black Panthers. Magda est fascinée. Annemarie voit la lumière dansante de l'écran se refléter dans ses yeux et elle comprend pour la première fois que ce qui se joue en ce moment n'est ni un projet ni un complot. C'est tout simplement l'avenir de Magda.

Ensuite, elles vont tout droit au parc pour récupérer Leon à la fin de son entraînement de softball. Il fait chaud, et Annemarie est inquiète car elles sont en retard. Elle a essayé de le convaincre de rejoindre la division de base-ball, mais il s'était contenté de rester à la maison et de collectionner les cartons avec les portraits des joueurs. Maintenant, elle a peur qu'il soit frappé par une balle, ou enlevé par un pervers guettant dans le parc les petits garçons dont les mères sont en retard. À un passage clouté, elle freine à mort pour laisser traverser trois femmes.

Leurs bras bruns et sveltes sont si proches qu'elles pourraient se tenir par la main. Apparemment, trois générations d'une même famille : la grand-mère, en un sari artistiquement drapé ; la mère, en pantalon rose ; et la fille, en minijupe de toile de jean. Malgré cette disparité vestimentaire, de dos, on pourrait les prendre pour des triplées. Elles s'éloignent, et on ne voit plus que les trois longues tresses minces comme des ficelles qui tressautent placidement au creux de leurs reins.

« Alors, c'était aussi désagréable que tu le croyais ? » demande Annemarie à sa mère. Cela lui fait tout drôle de lui parler après tout ce temps, d'autant plus que sa question lui semble peu pertinente.

« Encore pis.

– J'ai bien aimé l'échographie. C'était beau à voir, tu ne trouves pas ?

– Oui, mais pas ce qui a suivi. Je déteste les médecins, les aiguilles et tout le reste. Ces gens-là traitent les femmes comme une maladie évolutive. »

C'est tout Magda, se dit Annemarie. On ne sait jamais ce qui va sortir de sa bouche. Ce médecin, elle-même l'a trouvé aussi sympathique que possible. Mais, pour rendre justice à Magda, l'aiguille était horriblement longue. Rien qu'à la voir, Annemarie a eu la chair de poule, et l'épreuve subie semble avoir épuisé sa mère.

Elle descend la vitre pour indiquer du bras qu'elle va tourner à gauche au carrefour. Ses clignotants ne marchent pas, mais, au moins, le climatiseur fonctionne. En été, quand sa caravane est chaude comme un four, sa voiture est un refuge pour elle. Elle s'invente parfois des courses à faire pour sillonner la ville en Pontiac, Annie Lennox à fond à la radio, pour le plaisir de se retrouver dans cette bulle de fraîcheur.

« J'accoucherais chez moi si je le pouvais, dit Magda.

– Qu'est-ce qui t'en empêche ?

– Mon âge. Je suis allée à une réunion prévue à cet effet, mais les sages-femmes m'ont exclue du programme. Trop risqué. »

Le soleil semble terriblement aveuglant. Annemarie a lu quelque part que la grossesse rend les yeux photosensibles.

« Ça t'a fait un choc de l'apprendre ?

– Quoi ? Que j'étais exclue du programme ?

– Non, que tu étais enceinte. »

Magda regarde sa fille comme si elle était tombée d'une autre planète.

« Pourquoi me regardes-tu comme ça ? demande Annemarie.

– Toute ma vie, j'ai essayé d'avoir d'autres enfants après toi. Tu le sais, non ?

– Je l'ignorais. Tu as essayé récemment ?

– Depuis toujours. Après ta naissance, du vivant de ton père, on a essayé. Mais la chimio détruit les spermatozoïdes. D'après le médecin, ils ne les tuent pas précisément, mais ils leur font perdre la boule. »

Annemarie sourit.

« Perdre la boule ?

– Brouillage d'informations, si tu préfères. C'est l'expression qu'il a employée.

– Et après la mort de papa, tu as essayé ?

– Oui, mais en vain. Je gardais l'espoir, puis j'ai abandonné. Ce bébé est donc un cadeau pour moi. »

Annemarie ne peut s'empêcher de penser à un client de *Yesterday !* qui a envoyé à un parent un pudding de Noël qui s'est perdu ; il est arrivé à destination deux ans et demi après, un 12 juillet. Le bébé de Magda est comme ce pudding, se dit-elle. Elle pouffe.

« Qu'est-ce qui te fait rire ?

– Rien. Je n'arrive tout simplement pas à croire que tu voulais une tripotée d'enfants. Tu ne l'as jamais dit. Je pensais que, moi seule, c'était déjà trop pour toi.

– Trop pour moi ?

– Ben, oui. Du fait que tu étais si jeune quand tu m'as eue. J'ai pensé que si tu ne t'étais pas mise en fureur quand Buddy et moi avons été obligés de nous marier, c'était parce que tu avais fait pareil. Je me suis toujours imaginé que j'étais pour toi un cadeau malencontreux. »

Magda lui jette le même regard incrédule.

« Sache que, pour arriver à te concevoir, j'ai dû multiplier les remèdes de bonne femme », rétorque-t-elle.

Elles arrivent au parc où Leon les attend, sa batte sur l'épaule, comme un voyou. « Ça fait dix heures que les autres mères sont venues chercher leur gosse », déclare-t-il en montant en voiture. Il ne semble pas surpris de voir Annemarie et Magda ensemble.

« On a été retenues. Désolée, Leon », dit la première.

Leon regarde un moment en silence par la fenêtre puis dit :

« Et d'abord, Leon, c'est un nom ridicule. » Un reproche qu'il fait souvent à sa mère, récemment.

« Il y a pourtant plein de grands Leon dans l'histoire.

– Qui, par exemple ? »

Annemarie réfléchit.

– Leon Russel. Un chanteur de rock'n'roll.

– Léon Trotski, dit Magda.

– Qui c'est, celui-là ? »

Annemarie, au même âge que son fils, savait tout de Léon Trotski, Rosa Luxemburg et Mother Jones, la syndicaliste surnommée « L'Ange des mineurs ».

« Trotski était un communiste de premier plan qui désapprouvait les méthodes de Staline, explique Magda. Et comme Staline, à l'époque, était le pilier du régime, Trotski a dû aller au Mexique pour sauver sa vie.

– Tout ça est arrivé il y a longtemps, précise Annemarie en regardant son fils dans le rétroviseur.

– Il a été tué par son secrétaire en qui il avait confiance, poursuit Magda. D'un coup de hache dans la tête.

– Magda, je t'en prie. Tu penses vraiment que mon fils aimera mieux son nom s'il sait que plein de Leon fameux ont été assassinés à coups de hache ?

– Je lui raconte simplement mes souvenirs de petite fille. J'essaie d'être une bonne grand-mère.

– Comment ça, tes "souvenirs de petite fille" ? Tu as vécu au Mexique ?

– Bien sûr que non. D'ailleurs, en 1940, je n'étais pas née. Mais j'ai lu plein de trucs là-dessus quand j'étais adolescente, et ça m'a fait un effet terrible. J'ai pleuré. Mon père, lui, tu sais ce qu'il m'a dit ? "Quand j'ai lu dans le journal que Trostki était mort, j'étais effondré : j'ai cru qu'il s'agissait de *Hal* Trotski, le premier gardien de base des Cleveland Indiens."

– Vivre libre ou mourir. New Hampshire ! hurle Leon désignant une voiture qui, venant de gauche, s'approche du croisement.

– Le père de ta mère était natif du New Hampshire », lui dit Magda.

Annemarie grille le stop.

Après, elle ne sait plus trop ce qui se passe. Il y a un craquement de verre et de métal, et quelque chose de blanc du genre torpille qui s'enfonce dans l'aile avant gauche de la Pontiac. Celle-ci tourne sur elle-même comme une toupie en faisant défiler plusieurs fois le même paysage sous leurs yeux. Puis Annemarie se retrouve couchée sur Magda, la bouche ouverte et la tête sortie par la fenêtre du passager. Les bras de Magda sont serrés autour de la poitrine de sa fille. La vitre a disparu et Annemarie a une sensation de sable qui s'écoule dans ses cheveux. Au bout d'une minute, elle se rend compte que le second bruit, continu, qu'elle entend sort de sa bouche. C'est un cri. Elle ferme la bouche et il s'arrête.

Avec quelque effort, elle déboucle la ceinture de Magda, tire la poignée de la portière, et toutes deux culbutent par terre, plus ou moins en position inversée. Annemarie se dit absurdement que sa mère ne doit pas peser lourd – encore moins qu'elle-même si c'est possible. Le soleil est incroyablement brillant et le trafic semble s'être arrêté. Une femme sort de la voiture blanche avec la plaque du New Hampshire en brossant sa jupe beige de la main et en arrangeant ses cheveux comme si elle allait à un rendez-vous professionnel. Curieusement, elle porte des bas mais pas de chaussures. Elle regarde l'avant de son véhicule, qui ressemble à un chou-fleur en tôle, puis les deux femmes étendues par terre, enlacées.

« Il y avait un stop », dit-elle d'une voix claire qui sonne comme une chanson dans le silence. On entend une série de claquements, qui semblent émaner des entrailles de l'une des deux voitures, puis plus rien.

« Je ne l'ai pas vu, dit Annemarie.

– Comment vous sentez-vous ? » demande la femme, qui regarde avec insistance le visage d'Annemarie. Celle-ci porte les mains à sa tête et les retire, humides.

« Ça va, répondent en même temps Annemarie et Magda.

– Vous saignez. » Elle baisse les yeux vers sa poitrine et déboutonne son chemisier blanc, qu'elle tend à Annemarie. « Laissez-moi vous nouer ceci autour de la tête, avant de téléphoner à la police, dit-elle.

– D'accord. » Annemarie ouvre un à un les doigts de Magda, qui semblent collés à elle, puis toutes deux s'aident mutuellement à se relever. Sous les yeux de Magda, la femme bande la tête d'Annemarie avec le chemisier de soie qu'elle lui noue sur la nuque par les manches. Pieds nus et en soutien-gorge, elle se tient derrière la blessée à qui tout cela évoque un rituel féminin aimable plus que dramatique.

« Oh ! mon Dieu ! Mon fils », crie Annemarie en retombant assise par terre. Les portières arrière de la Pontiac sont grand ouvertes et Leon n'est plus là. En revanche, l'enfant qu'elle a en elle se cambre et cogne sa paroi abdominale d'un mouvement que, curieusement, elle devine aussi gracieux que celui d'un dauphin sautant pour attraper le poisson qu'on lui tend.

« Ce n'est pas lui, là-bas ? » demande la femme en désignant du doigt le rond-point. Leon y est assis, coincé entre des blocs de ciment cassés et des tuyaux en béton empilés. Il regarde sa mère et sa grand-mère. Il rit.

Dans l'ambulance, Annemarie sanglote éperdument. Elle sait que ce qu'elle ressent serait ridicule une fois exprimé par des mots : vivre n'a pas de sens quand on a compris qu'on peut mourir à tout moment.

Magda et elle sont sanglées si étroitement sur leur brancard qu'elles ne peuvent même pas tourner la tête l'une vers l'autre. Magda ne cesse de répéter : « Leon est sain et sauf. Tu es saine et sauve. Tout va bien. » Annemarie ne peut voir par la vitre que ce qui est situé en hauteur : les fils téléphoniques, les nuages, un avion plein de passagers ignorant le risque qu'ils courrent. Quotidiennement, on rapporte des collisions à moyenne altitude évitées de justesse. Quand l'ambulance tourne pour s'engager dans une autre rue, elle voit les Catalina Mountains d'Arizona dominer la ville. Entre deux sommets sombres, un col déploie en éventail un nuage d'orage qu'Annemarie n'a pas besoin de se forcer pour voir comme les turbulences sinistres d'un champignon atomique.

« Magda, moi aussi j'attends un enfant », dit-elle.

À l'hôpital, Magda, tel un disque rayé, répète à qui veut l'entendre : « Ma fille et moi sommes enceintes. » Elle est terrifiée à l'idée qu'on puisse leur donner des calmants qui vont provoquer des mutations génétiques chez les fœtus. Chaque fois qu'une infirmière s'approche, elle la déstabilise en lui parlant de la thalidomide. « Annemarie est allergique à la pénicilline », avertit-elle le médecin une fois qu'on les a séparées. C'est vrai. Annemarie oublie chaque fois de le signaler en remplissant sa fiche.

En définitive, elle n'a pas besoin d'antibiotiques, mais seulement de quelques points de suture sur le cuir chevelu. Magda a des écorchures et de sévères contusions aux genoux pour avoir heurté le tableau de bord. Leon n'a rien. Pas un seul bleu.

Le médecin fait à Annemarie, sur l'utilité de la ceinture de sécurité, une leçon qu'elle se rappellera le reste de sa vie ; il lui explique que, lors d'un accident, le corps humain est aussi lourd qu'un piano jeté du dixième étage. Elle a des bleus sur la cage thoracique, là où Magda l'a empoignée, et le praticien se demande comment cette frêle créature a pu empêcher sa fille d'être éjectée par la fenêtre. Il regarde ces deux femmes enceintes encore sonnées en leur répétant qu'elles ont eu de la chance. « Parfois, la maternité est plus forte que tout », déclare-t-il.

Le seul numéro qu'Annemarie songe à appeler est celui du bureau des contrôleurs de la branche locale de Southern Pacific. C'est là, et nulle part ailleurs, que Kay Kay a ses quartiers. Par chance, elle vient de conduire un Amstrak au dépôt et elle est chez Wendy's, le bistrot d'à côté. Elle se précipite à l'hôpital, encore en vêtements de travail – brodequins et jean noircis, avec un bandana vert noué sur le front.

« Ils ne voulaient pas me laisser entrer, prétendant que je suis trop sale, dit-elle à Annemarie dans la salle des patients en voie de guérison. Moi, sale ? »

Annemarie tente de rire mais elle ne peut retenir ses larmes. Elle presse la main de son amie, tout en ne trouvant rien d'assez important à lui dire après ce qui vient de lui arriver. Elle se sent dans la situation de quelqu'un à qui on vient d'offrir publiquement un cadeau fabuleux – la vie –, et à qui on tend un micro pour lui demander ce qu'il en fera.

Mais Kay Kay, comme d'habitude, dédramatise la situation. « Ne t'inquiète pas pour Leon. Il a compris ce qui s'était passé, et il va rester avec moi, dit-elle à Annemarie en évitant de regarder ses points de suture. Il va m'apprendre à jouer au softball.

– Il ne veut pas aller chez son père ?

– Il n'a rien dit dans ce sens.

– Il a dû avoir une peur horrible, non ? » Annemarie se sent si faible, si perdue qu'elle se demande comment elle pourra jamais se remettre debout.

« Leon est un roc », sourit Kay Kay. Annemarie repense aux piles de matériaux de construction entre lesquelles son fils a atterri, et elle croit maintenant se souvenir du bruit qu'a fait son corps en touchant le sol.

Magda et sa fille doivent rester en observation pour la nuit. On finit par les mettre à la maternité, en rapprochant leurs lits pour qu'elles puissent se parler sans déranger la troisième femme qui partage leur chambre. Elle vient d'accoucher de jumeaux et regarde *Falcon Crest* à la télé.

« Je n'arrête pas de revoir Leon sur son rond-point », chuchote Annemarie. Il aurait pu mourir. Il n'y avait que cet endroit où, éjecté, il ne risquait pas d'être écrasé, tu te rends compte ? Je pense aussi à ce qui lui serait arrivé si nous étions mortes. Il serait orphelin. Comme cette pauvre petite fille qui a survécu à l'accident d'avion.

– Cette pauvre gosse, dit Magda. Maintenant, on l'enterre sous les ours en peluche qu'on lui envoie de toute part. Comment peut-elle pu vivre avec un souvenir aussi horrible ? » Magda, elle aussi, semble un peu confuse. Elles acceptent toutes deux un calmant, une fois que le médecin en personne affirme à Magda qu'il ne causera aucun dommage fœtal.

« Je crois que le chemisier de cette femme était en soie. Tu te rends compte ? dit Annemarie.

– Elle a été gentille.

– Qu'est-il devenu ? Il doit être fichu.

– Probablement. » Magda ne cesse de regarder Annemarie en souriant. « Quand dois-tu accoucher ? s'enquiert-elle.

– Le 12 octobre. Après toi.

– Tu as eu Leon avant terme. Et moi, je t'ai eue en retard de trois semaines.

– Tu sais que Buddy veut que nous nous remarions ? dit Annemarie au bout d'un instant. Leon pense que c'est une idée géniale.

– Et toi, qu'en penses-tu ? Là est la question.

– C'est bien là la question. »

Une infirmière vient leur prendre la tension. « Comment vont les mamans, ce soir ? » s'enquiert-elle. Annemarie se demande comment ces femmes peuvent garder ce calme qui caractérise également les hôtesses de l'air, nullement troublées de se savoir suspendues en plein ciel. Sa tête commence à lui faire très mal, et elle pense au pauvre Léon Trotski, le crâne fracassé à coups de hache.

« Je me demande à quoi vont ressembler mes cheveux quand on enlèvera ces points. On en rasera beaucoup ?

– Le moins possible, dit l'infirmière qui se concentre sur son tensiomètre.

– Tant mieux, finalement. Ma coiffure était abominable. »

L'infirmière sourit en lui ôtant la bande Velcro, puis elle tourne le dos à Annemarie pour s'occuper de Magda. Une autre infirmière roulant un chariot, pose leur dîner sur les tables prévues à cet effet. Magda se soulève en grimaçant un peu, et la femme l'aide en arrangeant les oreillers dans son dos. Magda plonge la paille dans un carton de lait et commence à boire. Annemarie ne défait même pas l'emballage de Cellophane de son propre plateau.

« Beurk, fait-elle après que les infirmières se sont silencieusement retirées. Ça me rappelle les en-cas que tu m'apportais quand j'étais malade.

– Toasts au lait.

– Oui. Du pain trempé, quoi. Peut-on imaginer chose plus dégoûtante ?

– Moi j'aime ça. Quand je suis patraque, c'est la seule chose qui passe.

– Oui, pour Blackie aussi. Moi, je déteste cette bouillie, je te l'ai dit mille fois. Mais le chien, lui, adorait.

– Je ne savais pas ce que tu attendais de moi, Annemarie. Je n'étais jamais la mère que tu voulais que je sois. »

Annemarie détache le coin du papier de Cellophane et, machinalement, le plie en accordéon. « Je n'attendais rien, je crois, mais tu me le donnais quand même. Quand j'étais adolescente, tu me faisais boire de la fibre d'orge pour m'éviter le cancer du colon à cinquante ans alors que, tout ce que je voulais, c'était du Coca et des Twinkies, comme tous mes copains.

– Je le sais. Tu en doutes ? Tu ne voulais rien. Une poupée Barbie et des nouveaux habits, ça oui, mais je ne pouvais pas te materner – te lire des histoires, ou autre. Je manifestais tout azimut contre l'apartheid en Afrique du Sud et pour sauver le Glen Canyon, mais je ne pouvais pas materner ma fille. »

Toutes deux restent silencieuses un moment. Sur l'écran de télé, une femme dans un aéroport tricote un pull qui s'allonge de façon proportionnelle au retard qu'a son avion. Il semble qu'elle ne puisse plus s'arrêter. Magda finit par dire :

« Je sais que tu ne voulais pas que je prenne soin de toi, chérie. Mais je crois que je n'arrivais pas à l'accepter. »

Annemarie tourne la tête vers elle, pesamment, comme si son cou se terminait par un œuf géant. Elle avait oublié, mais maintenant elle se souvient, combien la douleur augmente la taille des choses. « Tu sais ce qui est fou ? demande-t-elle. Maintenant, je voudrais qu'on s'occupe de moi et je ne trouve personne pour le faire. Pas d'hommes, je veux dire.

– Ils le feraient si tu le leur permettais. Tu te comportes comme si tu ne méritais pas l'amour des gens qui se soucient de toi.

– C'est faux. » Annemarie est surprise et un peu contrariée par l'analyse de sa mère.

« C'est vrai. Tu acceptes une blouse en soie d'une étrangère mais tu refuses tout de la part de quelqu'un qui t'aime. Même un flacon de shampoing.

– Toi, pour parler, tu n'as pas ton pareil.

– Que veux-tu dire ? » Magda repousse son plateau et se tourne vers sa fille ; elle l'observe, le menton dans la main.

« Ce que je veux dire, c'est que tu repousses tous les hommes. Bartholomew te prend pour Miss America, mais toi, tu lui interdis de venir te voir. Quant à papa, il ne te manque même pas. »

Magda scrute sa fille.

« Qu'en sais-tu ? demande-t-elle. Où étais-tu quand il agonisait ? Dehors, en train de jouer à la marelle. »

C'est vrai. Annemarie s'en souvient.

« Tu te rappelles le fauteuil rembourré placé devant l'horloge de parquet ? Il y était assis du matin au soir, les poumons pleins de phlegme, à se faire du mauvais sang pour nous. “Quand je ne serai plus là, n'oublie jamais de fermer la porte à double tour, me répétait-il. Colle un Post-it dessus pour ne pas l'oublier." » Et je l'ai fait. « Tu sais qu'il faut régulièrement vérifier les freins de la voiture – ils s'usent. Et qu'il faudra changer l'huile en février », me rappelait-il également. Assis là, il regardait par la fenêtre de la caravane et, chaque heure qui passait, m'énumérait tout ce que j'aurai à faire d'autre, le visage gris de douleur, submergé par un sentiment d'impuissance à l'idée qu'il oublierait forcément quelque chose. »

Annemarie n'imagine que trop ces parents, le regard fixé au-dehors, attendant l'événement qui les séparerait à jamais.

Magda détourne les yeux. « Ce qui lui faisait le plus de mal, ce n'était pas l'idée de mourir, c'était celle de nous laisser toutes deux livrées à nous-mêmes, sans personne pour prendre soin de nous. Crois-tu que je pourrais avoir autant de chagrin s'il arrivait la même chose à un autre homme ? »

La femme aux jumeaux a éteint la télé, et Annemarie se rend compte que Magda et elle ont peu à peu élevé la voix. Aussi, est-ce en chuchotant qu'elle dit à sa mère : « Je n'ai jamais cherché à savoir ce que tu éprouvais. Comment ai-je pu ne pas me rendre compte que la mort de papa a foutu ta vie en l'air ? »

Le regard de Magda erre. Au-delà d'une Annemarie qui suit des yeux ce qu'elle peut bien regarder, il vient se poser sur la fenêtre, qui donne sur un parking où, à part quelques poteaux métalliques, il n'y a strictement rien à voir. Les lampadaires éteints inclinent vers le sol leurs têtes aux yeux aveugles.

« Je ne sais pas, répond Magda. Entre toi et moi, c'est comme ça. Nous sommes comme deux îles sur la lune.

– Il n'y a pas d'eau sur la lune, objecte Annemarie.

– Justement. Un îlot, si tu préfères. Chacune de nous, si elle le veut, peut le quitter pour marcher vers l'autre. »

La nuit est tombée. Annemarie, par la fenêtre, regarde s'allumer dans le parking les lampadaires dont chacun ne dispense qu'un maigre rayon. De son lit, elle ne voit que le toit des voitures luisant faiblement dans un halo telle une étrange moisson de champignons phosphorescents. Il est plus de minuit et elle ne dort toujours pas. On est déjà demain, se dit-elle. Buddy ou non, elle aura cet enfant. Pour la première fois, elle s'autorise à imaginer qu'elle serre contre elle un nouveau-né dont la rage impuissante d'avoir été arraché à son havre lui crève le cœur. Existe-t-il plus grande tragédie que la naissance ?

Mais il n'y aura pas seulement son propre bébé, il y aura aussi la seconde fille de Magda. Deux gosses aux boucles brunes, probablement. Elle peut les voir, voir leur cou gracile penché sur les petites autos avec lesquelles ils jouent, agenouillés sur le gravier d'une *Île sous le vent* évoquant la surface tourmentée de la lune. Ils recevront des tricycles pour leur anniversaire, s'écorcheront les genoux, iront à l'école. À l'occasion, Magda les amènera à la base d'aviation militaire protester contre les essais nucléaires.

Magda, toujours tournée vers sa fille, a remonté la couverture et fermé les yeux. Le haut du drap chiffonné qu'elle serre entre ses mains a des airs de bouquet de mariée. Au-dessous, son ventre rebondi et l'enfant qu'il abrite semblent supplier le monde extérieur de leur prêter attention, de les rassurer. Tous deux appellent la caresse d'une paume. Parce qu'elle ne peut s'en empêcher, Annemarie tend la main et la pose sur sa petite sœur à naître.

Appartements « veufs »

Cette femme qui vit dans la maison à pignon n'a pas toute sa tête.

Au début, Sulie n'en pense rien de plus. Son autre voisine, Estelle Berry, qui passe une bonne partie de ses journées à ôter de son jasmin les feuilles jaunies et à surveiller la rue, vient la voir. Comme si c'était sa faute, elle lui dit : « Si vous voulez mon avis, elle va clochardiser tout le quartier. Elle commence à en laisser dans la véranda, sous un cale-porte, et ils claquent au vent.

– Mais, Mrs Berry, ce ne sont que des petits mots. Pour le livreur de lait, peut-être.

– Dieu du ciel, ma petite, on voit que vous êtes une nouvelle venue chez nous. Ce n'est pas au livreur de lait qu'elle écrit. C'est à *Lui*. »

Pour un dollar, Sulie a changé une ampoule électrique chez Nola Rainey, la femme de la maison à pignon. C'est gratuitement qu'elle l'a ensuite débarrassée, à l'aide d'un manche à balai, de deux nids de guêpes cachés dans le lierre. Aux yeux des autres voisins, cela suffit : Sulie est du côté de Nola Rainey. Toutefois, elle la connaît peu, et quand Estelle Berry dit « *Lui* », elle s'imagine que Nola écrit des petits mots à Dieu.

Un autre jour, Estelle frappe à sa porte et lui met une feuille de papier dans la main. « Elle a volé au vent. Je l'ai trouvée dans mon jasmin. Je ne tolérerai pas d'ordures dans mes massifs », lance-t-elle. Elle s'éloigne, son postérieur carré moulé dans un pantalon beige en tissu Stretch. Sulie regarde la feuille.

JE SAIS CE QUE VOUS FAITES. VOUS ALLEZ LE REGRETTER, MÊME SI LA POLICE NE SE SOUCIE PAS DE CE QUI PEUT ARRIVER À UNE VEUVE. VOUS VOUS CROYEZ ASSEZ MALIN POUR AGIR EN TOUTE IMPUNITÉ ET VOUS ME PENSEZ AVEUGLE : EH BIEN, VOUS FAITES ERREUR.

BIEN À VOUS
NOLA RAINEY (MRS WM.)

Sulie, qui ne s'est pas encore fait ce qu'elle nommerait des amis, décide de montrer ce mot à Gilbert McClure. Elle le guettera et sortira sur la véranda quand il reviendra du travail. Gilbert McClure est l'homme avec qui elle partage cette maison. Le mot « partage », en l'occurrence, s'applique à la lettre, avec une équité toute particulière, car le propriétaire a jumelé la maison pour se faire deux loyers avec une seule part de gâteau. *Entre ma chambre et son salon, il y a une porte barrée par des planches peintes. Mr McClure doit avoir la vraie cuisine, car je n'ai qu'un placard avec une plaque de cuisson. En revanche, pour la salle de bains, c'est l'inverse*, écrit-elle à sa tante Reima. Tante Reima lui répond qu'elle a entendu parler de ces jumelages qu'on nomme « Sans amour », ou encore « Appartements veufs », sans doute parce que chacun a perdu sa moitié. Gilbert est à sa fenêtre, ombragée par les palmiers dattiers et les vieux cèdres de Nola, un gin-tonic à la main. Cette femme est assise sur un vrai magot – au bas mot dix mille dollars d'antiquités, se dit-il. Il a vu beaucoup de choses entrer dans la maison, mais jamais rien en sortir. Cette fille qui vient d'emménager, Suzie, ou Sukie, est allée chez la vieille dame, mais l'interroger ne sert à rien : que dirait une table basse de Dunand à cette gamine ? Rien, même si l'objet en question pouvait se présenter à elle et lui serrer la pince. Elle vient de l'ouest de la Virginie, c'est dire. Quand on vit dans ces belles demeures d'époque, surtout, quand on en est propriétaire, on pourrait au moins se donner le mal de les restaurer comme il faut, se dit-il encore. Chaque maison située dans sa ligne de vision a été construite avant 1940 mais elle est bousillée par des palissades et des stores vénitiens d'après-guerre, comme une femme superbe qui irait dîner déguisée en pompier. Dieu seul sait avec quelles horreurs modernes ils les ont meublées. Puisque cela ne se voit pas, c'est leur affaire, notez. Et cette Sukie… Ce ne sont pas des stores vénitiens qu'elle a posés aux fenêtres, mais des couvre-lits indiens. Apparemment, les années 60 viennent tout juste de débarquer en Virginie-Ouest. Cela dit, cette Nola possède des trésors, il est prêt à le parier. Il remue son cocktail avec une tige, de la minceur d'un portemine d'argent cannelé, surmontée d'un revolver – un souvenir de la prohibition. Les couches invisibles de liquide contenu dans son verre perdent momentanément leur transparence de cristal avant de se mêler. Oui, ce qu'il lui faut, c'est pouvoir entrer là-dedans pour se faire une idée précise.

Si ta voisine est folle, c'est bien le moins que tu le saches. Sulie compte poser carrément la question à Nola. Elles sont debout au milieu du salon de la seconde. La vieille dame semble toute petite parmi ses énormes sièges rembourrés, mais elle se tient très droite et ses cheveux sont réunis en un chignon bas qui ne menace aucunement de se défaire. Elle porte un tailleur bleu marine aux épaules larges et aux boutons dorés, d'une propreté impeccable, sur lequel elle a enfilé un tablier, car elle vient de dépoussiérer chez elle. Propre aussi, le tablier. Sulie, qui vient d'évoquer les petits mots laissés sur la véranda, obtient cette réponse :

« Il est entré chez moi par effraction au moins deux cents fois.

– Qui, “il” ? » s’enquiert Sulie, les avant-bras chatouillés par un frisson sinistre.

Le plumeau que tient Nola frémit comme un petit animal vivant.

« Cet homme, répond-elle. Ou ce garçon. Je ne sais pas son âge puisque je ne l’ai jamais vu. »

Sulie regarde les fenêtres aux crémones rouillées abritées de la rue, et donc des regards, par une végétation dense, et elle se dit que, pour quelqu’un animé de mauvaises intentions, entrer dans cette maison est un jeu d’enfants. Entrer par effraction, Sulie en sait un bout sur le sujet. « Avez-vous appelé la police ? demande-t-elle.

– Plus de douze fois. (Un soupçon de fierté dans le ton.) Elle ne s’intéresse pas aux personnes âgées. »

Nola propose une tasse de thé que Sulie accepte malgré la chaleur. La cuisine sombre est emplie de ces ustensiles pesants et désuets dont le maniement supposait des muscles chez les ménagères, ou, à tout le moins, l’emploi à plein temps d’une domestique. Nola allume le gaz dont la flamme lèche le cuivre de la bouilloire. Elle ouvre la lourde boîte de fer placée à côté et racle le fond pour en retirer un reste de feuilles qu’elle met dans la boule à thé. Cela doit être dur pour elle de faire ses courses. Je pourrais peut-être lui proposer de les lui faire – pour cinq dollars, ou quelque chose comme ça, se dit Sulie. De fait, elle sait d’instinct que l’argent n’est pas le motif qui la porte vers Nola.

Elles boivent un thé faible et tiédasse, puis Sulie jette un coup d’œil sur le téléphone qui, d’après Nola, ne fonctionne plus. Elle découvre qu’il est débranché. Elle remet la prise en tâchant d’imaginer quelle est cette personne qui a sauté par la fenêtre pour pénétrer plus de deux cents fois chez une vieille dame.

« Vous êtes si compétente… s'extasie Nola. Quand j'étais jeune, on ne disait jamais aux filles qu'il fallait bricoler et que cela leur serait un jour utile. » Elle rit. « De plus, vous savez conduire un camion, alors que moi, je n'ai même pas mon permis. Mon mari disait que si je prenais le volant, j'écraserais tellement de bétail que les gens n'auraient plus besoin d'abattoir. Jadis, ce lieu était très éloigné de la ville, vous savez. Cette maison était le ranch du sénateur Pie Allen.

– Mon véhicule n'est qu'un pick-up, sourit Sulie. Il n'est pas difficile à conduire. Je camionne à la ronde avec mon matériel dedans. Je bricole pour les gens, débouche leurs gouttières, ce genre de choses. » Elle ne dit pas ce qu'elle faisait auparavant.

« Oh, je n'arrive même pas à me l'imaginer. Vous grimpez aux échelles ? Ce doit être exaltant.

– Si on veut. » Sulie est prête à partir mais Nola semble peu désireuse de renoncer à sa compagnie. Toutes deux retournent à la cuisine car la vieille dame veut lui montrer son grille-pain dont les fils électriques ont brûlé au niveau de la prise. « C'est *lui* qui a fait ça », déclare-t-elle. Mais au lieu d'amener sa jeune amie près de l'appareil, elle va à la boîte à thé, l'ouvre, et s'écrie : « Dieu du ciel ! Il a volé mon thé. »

« Sulie, n'oubliez pas que Nola habite cette maison depuis un demi-siècle, lui dit Gilbert. Nous nous demandons tous laquelle des deux s'effondrera la première.

– Tout le monde lui en veut car elle laisse sa propriété se déliter. Dans cette rue, il faut que tout ait l'air neuf et pimpant. Je parie que si quelqu'un repeignait ses gouttières dans un autre ton que brun ou blanc, il se ferait lyncher.

– Que ce soit pimpant me semble normal. Neuf, ça, c'est moins souhaitable. Neuf et laid, je veux dire. »

Ils sont dehors, en train de boire le sherry offert par un Gilbert qui semble d'humeur amicale. Sulie pose son verre sur le muret qui sépare la véranda en deux. « Je ne vois pas comment Nola pourrait empêcher sa maison de se dégrader. Elle dit qu'elle a un fils quelque part, mais j'ai l'impression qu'elle est seule dans la vie.

– Elle pourrait payer quelqu'un pour repeindre ses gouttières.

– J'y ai fait une vague allusion, en lui disant que je ne lui prendrais pas cher. Elle ne me paraît pas riche. » Sulie étend ses jambes nues et pose les pieds sur le muret, chevilles croisées. Prendre ses aises est une habitude qui lui est venue après avoir vécu dans un espace confiné. Après son séjour en maison de correction pour filles, en clair. Elle ôte l'élastique qui retient ses cheveux et secoue la tête pour en laisser tomber la masse sur ses épaules, tout en notant qu'il est sensible à ce geste. Elle se demande s'il a déjà vécu avec une femme – dans un lieu où les portes ne sont pas condamnées, s'entend.

« Dites-moi tout : quelle formule magique avez-vous employée pour franchir son seuil ? demande Gilbert. Voilà des années qu'elle ne laisse entrer personne. » Il tourne le dos à la maison à pignon et évite soigneusement de regarder Sulie.

« Aucune formule. Je n'ai pratiquement rien dit. Elle était dans sa véranda, juchée sur une pile de caisses, à deux doigts de se rompre le cou, et je lui ai proposé de changer l'ampoule pour elle. Puis une chose en a amené une autre. Elle a une quantité d'échelles dans son garage, toutes plus dangereuses les unes que les autres.

– Comment est-ce, là-dedans ? Aussi délabré que dehors ?

– Oh, ça oui. La plomberie, les interrupteurs électriques, toutes les petites choses qui cessent de fonctionner quand elles sont vétustes. Les cordes des fenêtres à guillotine sont pourries. Quand elle lève un châssis, il tient dix minutes, puis, clac, il retombe. »

Gilbert se lisse la moustache avec la même affection que s'il caressait un petit animal domestique. « Alors, comme ça, elle croit que c'est ce type mystérieux qui referme les fenêtres qu'elle a ouvertes et qui trafique ses prises, s'enquiert-il ?

– Oui. Et qui lui vole ses produits, même ceux dont elle est à court : le thé, ou le papier hygiénique, par exemple. »

Gilbert rit dans sa barbe, le regard fixé sur la rue.

« Mais, à part ça, reprend Sulie, c'est une femme estimable. D'accord, ces notes laissées sur la véranda peuvent sembler dingues, mais il faut se mettre à la place de quelqu'un dont la maison tombe en ruine. De plus, c'est très dur pour elle que tout le voisinage râle à cause de cette broutille.

– Sulie, je comprends parfaitement son dilemme, croyez-moi. Mais, personnellement, je ne crois pas que j'inventerais un voleur pour lui imputer mes ennuis. C'est vraiment aller trop loin.

– Pas si loin que ça, dit Sulie en regardant ses pieds. Ça pourrait arriver. Il y a des voleurs partout dans le monde. »

Je ne suis pas responsable de la façon dont j'ai été élevée. Tante Reima m'emmenait dans une boutique pour me faire essayer une paire de souliers neufs et elle laissait les vieux sur l'étagère. Puis on sortait comme si de rien n'était. Je n'arrêtais pas de penser à mes souliers sales et racornis posés à côté des neufs. Je m'imaginais la tête que ferait la personne qui les trouverait.

Devant le miroir de la salle de bains, Sulie essaie fiévreusement tous ses vêtements. La plupart d'entre eux sont tachés de peinture et Gilbert l'a invitée à dîner. *On est chez les gens honnêtes, ici, et j'ai la chance de passer pour celle que je veux être car personne ne sait qui je suis. Personne à Tucson, excepté le comité de probation qui me suit depuis que je suis en liberté conditionnelle.* Elle se dit qu'elle plaît probablement à Gilbert car, sans cela, il ne bavarderait pas si volontiers avec elle. Il n'est pas si vieux que ça. Au début, à cause des moustaches, elle le croyait d'un âge vénérable, mais maintenant, elle se dit que c'est comme dans les vieux films en noir et blanc, où tous les hommes arborent cette coqueterie qui leur donne l'air d'avoir cinquante ans quand, en réalité, ils sont bien plus jeunes. De plus, il est beau. *Dîner dehors, pour tante Reima, c'était le Mac Steak House, les soirs où le repas était gratuit pour les enfants : Sulie, mon chou, va au buffet et remplis ton assiette. Puis colle-toi derrière une famille jusqu'à ce que le papa paie à la caisse. Ensuite, viens me rejoindre à la table discrète que j'aurai choisie dans le fond, et on fera un festin.* Peut-être y a-t-il des possibilités entre Gilbert et moi, songe-t-elle. Qui sait ? La vie est une aventure. Recommencer à zéro, tout est là. Elle se brosse les cheveux tour à tour avec brutalité, puis avec une douceur qui la culpabilise. *Hé, miss America, où t'as trouvé ta tignasse frisée ? Elles étaient jalouses. Pas moyen de s'offrir une indéfrisable, en prison.* Naturellement, tout les sépare. Gilbert a un emploi stable et de jolies choses chez lui. Il semble pourtant assez réservé, alors qu'elle est une personne ouverte. On dit que les extrêmes s'attirent. À eux deux, ils pourraient bien faire un tout acceptable. Comme nos appartements, se dit-elle en souriant.

Elle est à sa porte. Très belle. Ses cheveux naturellement ondulés flottant librement sur ses épaules lui donnent un faux air d'ange de Botticelli. Elle porte un pull d'angora rose à manches courtes, années 40 ou 50, en angora brodé de perles qui forment un motif floral. Il le trouve joli. Bon, ça va, l'épreuve ne sera pas trop dure, se dit-il.

« Bienvenue dans mon palace, s'exclame-t-il en brassant l'air d'un geste ample. Je suis tout à votre service. Seulement, vous me pardonnerez de n'avoir pas de salle à manger.

– C'est moi qui l'ai, dit-elle en jetant un coup d'œil vers son mur. Sauf que maintenant, c'est ma chambre. »

J'ai volé ce pull. Elle avait oublié ce détail jusqu'au moment où il a posé les yeux dessus avec une insistance gênante. Maintenant, elle n'ose plus regarder Gilbert. *Dans une boutique rétro nommée Hearts & Flowers, située à dix pâtés de maisons d'ici. Le prix était marqué sur l'étiquette : 59 $. Pour un vêtement d'occasion, une somme frisant la malhonnêteté. Je l'ai fourré dans mon blouson dont j'ai remonté la fermeture Éclair, puis je suis sortie. Tante Reima me disait toujours : « On a neuf chances sur dix de voler avec succès quand on est sûr d'être dans son bon droit. » Encore aujourd'hui, j'ai du mal à ne pas adhérer à ce principe.*

Le salon de Gilbert est plein de beaux objets. Le tapis orange clair qui recouvre le sol, la table basse en bois ciré, le canapé blanc en forme d'escargot. Gilbert, avec un plaisir manifeste, la regarde inspecter les lieux. Il déambule, pose ses mains sur telle ou telle pièce en décrétant parfois : « Ça, c'est une copie. » Une copie de quoi ? se demande-t-elle. Les carreaux de la cheminée ont l'air ancien ; ils sont arrondis et du même orange que le tapis. Exactement les mêmes que dans la salle de bains de Sulie, ce qui n'a rien de surprenant s'agissant de ce qui était autrefois un ensemble. Ici, les murs sont peints en aubergine. Une couleur surprenante, que seuls les gens chic peuvent se permettre, suppose-t-elle. Il lui est difficile de croire que ce qu'elle a sous les yeux est l'autre moitié de son propre logis. Au vu de leurs décors respectifs, ils vivent sur une autre planète.

« Il vous plaît, mon *escargot* ? lui demande-t-il (en français, mais heureusement en lui désignant l'objet).

– Très joli. Il a l'air neuf.

– Authentiquement Arts déco. Malheureusement, il y a quelques taches d'eau. (Il les lui montre.) Il est resté dix-huit mois dans le magasin de mon ex-femme. S'il était en parfait état, il vaudrait plusieurs milliers de dollars. Mais comme il ne l'est pas, il a fini ici. Elle joue les bons Samaritains avec moi.

– Vous avez été marié ?

– Environ dix minutes. » Il rit en agitant la main devant son visage comme pour chasser une fumée imaginaire.

Elle examine les taches d'eau qui salissent le rebord du siège. « Si vous le retournez contre le mur, on ne verra rien, dit-elle.

– Mais il n'en deviendra pas parfait pour autant. Moi, je saurais qu'elles y sont. » Il la regarde droit dans les yeux, et elle lit dans les siens une sauvagerie qui l'effraie. « D'ailleurs, rien ici n'est parfait », ajoute-t-il.

Il s'assied comme un boxeur qui renonce au combat, et s'appuie au dossier du canapé. Il lève les yeux pour regarder Sulie. Elle ne peut s'empêcher de lui trouver, à lui aussi, un petit air d'antiquité. Sans être vieux, il a des rides autour des yeux. Il doit avoir trente-cinq ou quarante ans, pas plus, mais il y a quelque chose de désuet dans ses façons de beau ténébreux. La vie n'a pas dû être tendre avec lui.

« Alors, comme ça, votre femme est antiquaire, dit Sulie, embarrassée. Et vous, vous faites quoi ?

– Je connais le marché des antiquités comme ma poche. Mieux qu'elle, de fait. Mais je n'en fais pas un métier, du moins, pas officiellement. Je suis comptable chez un marchand de tapis au rabais.

– Ça, c'est du sérieux. Ils doivent avoir besoin de gens comme vous pour compter leurs sous. »

Il rit de nouveau en sautant sur ses pieds. Il va chercher des assiettes, des couverts et des serviettes en papier qu'il dispose sur la table basse. Le dîner est chinois et vient de chez le traiteur. La sauce à l'orange du poulet est assortie au tapis, ce qui, du moins sur ce front-là, limitera les dégâts en cas de maladresse. Pourtant, il suit les mouvements de la fourchette de Sulie chaque fois qu'elle la porte à sa bouche. Il semble un peu nerveux quand elle boit. Il a raison : le vin rouge, ça tache. Ils sont assis côte à côte sur l'escargot.

« À la santé de nos voisins, dit-il en levant son verre.

– À la vôtre », répond-elle en souriant, les yeux baissés sur son verre à pied. Il est d'un cristal délicat, et semble précieux.

« Vous savez que vous avez des cheveux magnifiques ?

– Je les laisse tranquilles et ils me le rendent.

– Non, je parle sérieusement. (Il la lorgne.) Je vous vois tout en soie.

– Miséricorde ! Je renverserai immédiatement quelque chose dessus. » Elle rit.

Tous deux détournent les yeux et elle se demande ce qu'elle fait là. Quand le silence devient trop pesant, elle lui dit : « Puis-je vous poser une question ? Non que je veuille me mêler de ce qui ne me regarde pas, mais que faites-vous ici ? Vous me semblez quelqu'un qui, s'il le voulait, pourrait vivre ailleurs que dans une moitié de maison.

– Cette moitié de maison, comme vous dites, est un pavillon Meredeth très recherché doté, cerise sur le gâteau, d'une cheminée Arts déco.

– Oh ! » fait-elle, en se rappelant comment elle a échoué dans ce lieu : elle a fait toute la rue dans sa camionnette pick-up d'occasion en quête d'un panneau « À louer » planté dans le jardinet de devant. Elle voulait quelque chose de respectable qui la changerait radicalement de ce qu'elle avait laissé derrière elle. Il reprend :

« Savez-vous combien c'est difficile de trouver une jolie maison ancienne dans cet État, et surtout dans cette ville où l'immobilier est trusté par des cow-boys issus du baby boom ? Et tout particulièrement, de trouver une maison qui n'a pas été bousillée ?

– En effet, il ne doit pas y en avoir beaucoup », dit-elle, en se demandant pourquoi il ne retourne pas dans l'Est, où l'on trouve des antiquités à la pelle. Mais, bien sûr, son ex-femme pèse dans la balance. C'est fou le nombre de choses qu'on ignore sur les autres, se dit-elle. Lui, par exemple, que sait-il d'elle ?

« Si je déménageais, j'emporterais la cheminée, déclare-t-il en la regardant à la dérobée. Je la prendrais, tout bonnement. Le propriétaire en ignore la valeur. » Sulie rougit.

« Vous avez de la chance d'avoir eu la partie de la maison avec un vrai salon, dit-elle. De mon côté, il n'y a rien d'extraordinaire. Venez voir, un de ces jours, si ça vous dit.

– Ça me ferait très plaisir », dit-il poliment. Elle serait bien embarrassée de devoir lui montrer son cadre de vie. Elle n'a rien et mange sur une bobine de câbles.

« Ce que vous devriez faire, c'est un jour acheter la maison à notre propriétaire. Vous réuniriez les deux appartements et vous auriez alors les lieux tels qu'ils ont été originellement conçus. » Gilbert rit à cette idée. « Quoi qu'il en soit, poursuit-elle, vous avez plein de jolies choses. Tout à fait comme dans une revue de décoration.

– J'imagine que vous avez vu mieux chez Nola », dit Gilbert en la regardant bizarrement. Elle réfléchit.

« Ce n'est pas pareil, dit-elle. Là-bas, c'est une maison de vieille dame, avec un bazar monstre. C'est fou ce les gens peuvent entasser avec le temps.

– Les gens meurent, mais les objets restent », décrète-t-il en faisant tourner entre ses doigts le pied de son verre.

Un nouveau silence. Il pense à son « ex », se dit-elle. Tout d'un coup, il se lève et lui ôte son propre verre des mains. Il finit le vin qu'il y a dedans, puis s'allonge et pose sa tête sur les genoux de Sulie. « Si vous m'imaginiez à une autre époque, ce serait laquelle ? lui demande-t-il.

– Je vous vois jouer dans un film. Un vieux film, répond-elle sans hésiter.

– Vieux de combien d'années ?

– Je ne sais pas, dit-elle, craignant de commettre un impair. Un film avec Greta Garbo ?

– Sottises. Je suis né cinquante ans trop tard, dit-il en souriant, les yeux fermés.

– Et moi, je suis née quatre semaines trop tard », rétorque-t-elle, détendue maintenant, car persuadée qu'il trouvera charmant tout ce qu'elle dira. « Ma tante Reima m'a confié que maman, qui trouvait le temps long, commençait à monter sur les tables, prête à sauter. »

Il lui offre un presse-papiers en verre soufflé représentant le Golden Bridge. L'objet vaut environ seize dollars mais, pour elle, il a la valeur du diamant Hope. Une vilaine voix chuchote à l'oreille de Gilbert : « Tu fais avec elle comme on a fait avec les Indiens : tu la corromps avec des babioles pour qu'elle t'introduise chez Nola. » De fait, il aime bien Sulie. Le soir, ils s'assoient sur la véranda en buvant du gin.

Le samedi, elle tape à la porte grillagée et entre en portant un cake à la banane qu'elle vient de faire. Sa générosité nonchalante le prend par surprise. Il se demande toutefois si cette nonchalance n'est pas une façade destinée à cacher des efforts insensés (les mêmes efforts qu'il fait lui-même, à vrai dire) pour plaire à tout le monde : à Estelle, la commère de la maison voisine, et à Nola, bien sûr. Sulie doit avoir dans les vingt-cinq ans, et elle a presque certainement eu des aventures, mais elle semble absurdement jeune. Peut-être, telle la Belle au bois dormant, a-t-elle manqué quelques années de sa vie.

« Il faut qu'on partage ce gâteau, sinon il va rassir », dit-elle. Il sort des assiettes et tente de ne pas compter les miettes qu'elle fait tomber sur le tapis. Elle est incongrûment moderne dans ce salon avec ses pieds nus, son jean et ses longues jambes qui se balancent sur l'accoudoir de son fauteuil crapaud. Elle gagne sa vie d'une façon peu banale – jardinage, nettoyages divers, et même peinture de façades. Son expertise le bluffe. Mais il y a autre chose : il se sent comme une parenté avec elle, quelque chose d'élusif qu'il ne peut encore nommer.

« Comment va votre amie Nola ? s'enquiert-il.

– C'est un champ de bataille, chez elle. Elle a entrepris de mettre la maison sens dessus dessous et veut que je l'aide. Elle déclare vouloir retrouver tout ce qu'elle a de précieux pour le monter au grenier.

– Au grenier ? » Gilbert regarde le pignon recouvert de lierre de la maison voisine, qui est dans l'axe de sa fenêtre.

« Elle a une vingtaine de verrous à la porte de là-haut et dit que son vilain visiteur ne sait pas encore les crocheter. »

Gilbert sourit.

« Je sais que c'est complètement barge, reprend Sulie, mais je me dois quand même de l'aider. C'est une femme bien. Une dame, je dirais. Avez-vous remarqué comment elle s'habille ? Elle a des vêtements merveilleux.

– J'ai remarqué. » Ainsi, c'est ça, se dit-il. Le pull perlé rétro vient de là-bas. Cette gamine n'a pas de quoi s'offrir un truc pareil. Que Dieu bénisse son petit cœur sudiste : c'est une voleuse.

Sulie le regarde avec de grands yeux en lui disant : « Écoutez, Gilbert, il faut que vous m'aidiez à faire quelque chose. Je sais que vous trouvez la maison de Nola repoussante, et il faudra pour cela que vous y entriez, mais je vous promets que vous n'en aurez que pour un quart d'heure tout au plus. »

Quand ils arrivent, Nola est debout sur une ottomane recouverte de brocart en train de replacer un rideau. Elle se retourne, descend de son perchoir et tend la main à Gilbert. Elle porte un tailleur vert aux épaules rembourrées et un chignon strict. Pas du tout ce qu'il imaginait. Il est devant une femme en crise qui sait se tenir – Lauren Bacall dans *Key Largo*. Sulie a raison, on est en plein champ de bataille. Ou dans une zone d'anticipation terrifiée comme on en voit au journal télévisé : Galveston avant l'ouragan, par exemple. Les étagères sont vides de ces chers souvenirs que tout le monde aime exposer – ils sont probablement déjà dans les cartons empilés contre le mur. En fait de meubles, il ne reste qu'un fatras de sièges et de tables, plus quelques lampes abandonnées là. Certains des meubles ont de la valeur, note-t-il, mais ils sont en médiocre état. Des pièces de bonne qualité (du moins à l'origine), mais rien de rare. De simples témoins d'une opulence passée. Cela valait quand même le déplacement. Au moins, maintenant, il a vu.

Il ne peut toutefois s'en tirer à si bon compte : il lui faut s'asseoir pour boire une citronnade, que Nola apporte dans un broc en cristal datant de la Grande

Dépression, et faire la conversation. Le pichet et les verres vaudraient sans doute quelque chose si le service comptait plus que ces trois verres-ci. Quoique… état moyen, juge-t-il. Au milieu d'une phrase, Nola s'arrête pour passer son doigt au bord du broc, sur lequel elle détecte un éclat.

« Regardez-moi ça. C'est encore lui qui a fait ça. Le broc de maman… j'en pleurerais.

– Ça se voit à peine, dit Sulie.

– Je ne vous dis pas ce qu'est ma vie depuis que tout cela a commencé. Il ne se passe pas un jour qu'il ne vienne tripoter quelque chose », dit-elle de la voix monocorde de qui récite une litanie.

Gilbert vide son verre (intact) et voit alors la signature gravée dans le fond violet. Une découverte stimulante. S'il pouvait le retourner et l'examiner, il l'évaluerait avec certitude.

« S'il en avait simplement après l'argent, ce serait une autre histoire, poursuit Nola. Mais c'est à mes précieux objets qu'il en a. » Elle se penche et fait tinter de l'ongle le cristal du broc. « Rien ne l'arrête. Il est dément. »

Sulie l'interrompt gentiment.

« J'ai promis à Gilbert que ce ne serait pas long », dit-elle. Nola se reprend. Elle ajuste ses épaulettes et se lève. Ils la suivent dans le hall et s'accroupissent pour soulever le carton qui était trop lourd pour la seule Sulie : des livres aux reliures de cuir, explique Nola. Sulie se place devant, Gilbert derrière, et ils montent l'escalier étroit, comme un animal affligé d'un défaut de coordination motrice. Le cœur de Gilbert cogne dans sa poitrine. En haut, sur le palier, Nola, petite silhouette au chignon blanc, insère diverses clés dans les verrous. Sulie n'a pas exagéré : il y en a plus d'une vingtaine, qui forment un alignement continu le long de la porte.

« Il n'a pas encore trouvé son chemin jusqu'ici, dit-elle. Mais ce ne saurait tarder. Il les crochètera tous puis s'en donnera à cœur joie. » Elle donne un coup sec sur la porte qui s'ouvre par saccades. Tout d'un coup, Gilbert a les jambes molles. C'est le palais des merveilles.

S'il s'attendait à trouver des chauves-souris dans le beffroi de Nola, ce sont des oiseaux rares qui l'accueillent : des paons chatoyants, des rapaces aux plumes luisantes, de fabuleux cormorans noirs. Dans les meubles seuls, il reconnaît six décennies de perfection, et encore, ce n'est que la partie émergée de l'iceberg. De certains, il ne voit que des pieds dépassant gracieusement du jupon de la housse qui les recouvre. D'autres sont en partie dénudés ; il distingue le plateau en marqueterie d'ivoire d'une enfilade sublime entre les boîtes en laque de Chine qu'on y a entassées. Le cœur de Gilbert se serre d'une jalousie qu'il n'a jamais connue jusqu'alors.

« Je vous avais dit qu'on avait monté les plus belles choses ici », lui dit Sulie, en observant le changement sur son visage. Nola est descendue pour aller chercher des cartons plus petits, et Gilbert déambule en caressant les objets avec une vénération qui rend la jeune fille nerveuse. En même temps, elle est heureuse qu'il puisse voir tout cela. « Elle clochardise », dit-on en parlant de Nola. Sulie revoit la bouche d'Estelle Berry prononçant ce mot, et son gros derrière s'éloignant en direction des fichus jasmins. *Je n'ai jamais eu d'amie comme Nola. Elle est digne – mille fois plus digne qu'une femme comme Estelle qui espionne les autres et ne s'attache qu'aux signes extérieurs.* Maintenant, Gilbert sait que si l'extérieur de la maison est négligé, ce qu'elle contient est beau. *Les gens qui tordent le nez parce que vous n'avez pas de jolies choses, je connais.*

Gilbert soulève une housse comme on soulèverait une jupe de femme. Sulie frissonne.

« Il y a également des vêtements. Venez voir. » Lui prenant la main, elle l'entraîne vers un porte-habits roulant sur lequel les robes, tels des objets de musée, remontent le temps.

« Elle m'a fait essayer sa robe de mariage. Elle est là, je vais vous la montrer. Vous n'imaginerez jamais de quelle couleur elle est : noire. Du velours noir. Et vous savez quoi ? Elle me va comme un gant. Quelle surprise de découvrir qu'elle était aussi grande que moi dans sa jeunesse. »

Gilbert s'arrête pile pour soulever un chapeau d'homme, que Sulie a déjà vu. C'est un feutre ordinaire, crème, avec un ruban rouge sombre. Nola l'a rangé au rayon chapeaux situé près de la fenêtre nord.

« Gilbert », lui dit Sulie.

Nola est derrière elle. Elle va vers Gilbert et lui prend le chapeau des mains. Elle le tient dans les siennes, et tous deux le regardent comme s'ils étaient amoureux de cet objet. Toutefois, ce n'est pas le couvre-chef que Nola contemple avec amour. C'est le visage recréé de qui était jadis dessous. « Mon mari le portait le jour de notre mariage, dit-elle.

– Je suis sûre qu'il était beau avec, dit Sulie.

– Il ne l'a plus jamais remis par la suite. Il trouvait que c'était un accessoire de dandy rentier.

– Vous vous êtes mariés en 1925 », dit Gilbert. Ce n'est pas une question, c'est une affirmation. Sulie le regarde, ébahie. Comme une enfant soumise, Nola lui rend le chapeau. Il le retourne, regarde quelque chose à l'intérieur, et hoche légèrement la tête comme si son hypothèse s'avérait. « Vallon et Argod, dit-il. Exposition universelle 1925. » Il caresse sa moustache et pose le chapeau sur sa tête. Il lui va comme un gant.

« Avez-vous déjà songé à le vendre, Nola ? Je sais où vous pourriez en tirer cent dollars. » Une veine bat sur son cou. Il en vaut mille cinq cents, au bas mot, se dit-il.

Nola, redevenue elle-même, reprend le chapeau et le pose sur l'étagère en brossant avec une douceur quasi amoureuse un grain de poussière inexistant. Elle se tourne ensuite vers Gilbert : « Je ne m'en séparerai jamais », lui assure-t-elle, comme si cela allait de soi.

« Gilbert, nous avons besoin de votre avis », lui crie Sulie à travers la porte grillagée. Elle lui a fait peur. Elle l'a vu sursauter et hausser les sourcils avant de se lever pour ouvrir. Il lui pose un baiser sur la joue sans sembler remarquer la saleté de son bleu de travail.

« Nola a un problème : elle s'inquiète pour les placages de certains meubles. Il fait très chaud, là-haut, et il n'y a pas de ventilation. Elle dit que quand le bois passe d'un endroit frais à un endroit sec et chaud, il se craquelle. Il faut donc le traiter.

– Elle a raison. Les placages vont sauter, admet-il en souriant.

– Que faire alors ? On ne peut pas l'aider ? Je sais qu'elle n'utilisera plus jamais ce qu'elle a stocké là-haut, mais si elle le voit se déliter lentement sous ses yeux, elle en mourra. En allant vider ma poubelle, je l'ai vue, plantée devant chez elle, un poinsettia mort et une théière à la main. Elle pleurait. Elle me charge de vous demander que faire. Frotter le bois à l'huile de lin, ou quoi d'autre ? »

Sulie ne peut déchiffrer l'expression de Gilbert. *Elle m'a dit : « Il faut que vous me compreniez, mon chou. Ce qui est là-haut est tout ce que j'ai depuis la mort de mon mari. Pourriez-vous demander l'avis de votre compagnon ? » Ça m'a fait tout drôle de me rendre compte qu'elle croit que nous vivons ensemble. Je lui ai dit qu'il ne fallait pas se fier aux apparences, et que nos appartements étaient totalement indépendants.*

« Bien sûr qu'il y a quelque chose à faire, dit Gilbert. Pas forcément utiliser de l'huile de lin. Cela dépend de l'épaisseur du placage à traiter. (Un silence.) Il faut que je voie. »

Ils frappent à la porte de Nola, qui les fait monter en tenant devant elle son énorme trousseau de clés comme la lampe de Diogène, quand celui-ci cherchait un homme. *Elle doit passer sa vie à enfermer et à ressortir les objets.* Quand elle ouvre la porte du grenier, une bouffée d'air brûlant leur saute au visage, comme si on ouvrait la porte d'un four.

« Tout d'abord, il faut faire des courants d'air pour ne pas suffoquer », déclare Gilbert. Il traverse la pièce et ouvre la fenêtre nord. « On ouvre aussi l'autre », dit-il en remontant le châssis de celle côté rue. « Maintenant, voyons ce qu'il en est. »

Son visage se plisse d'attention, comme celui d'un médecin, en examinant une table basse dont la marqueterie en bois sombre travaillé avec du bois clair forme un motif floral. Sulie est touchée de sa sollicitude. Il sait tout sur les antiquités et a toutes les réponses quant à la façon de les préserver. Sulie prend hâtivement des notes au dos d'une enveloppe à l'intention de Nola.

Avant de quitter le grenier, Gilbert referme la fenêtre sur la rue après avoir brossé les mouches mortes desséchées qui en parsèment le rebord. Sulie et Nola commencent à redescendre quand la première, du coin de l'œil, le voit faire une chose stupéfiante. Gilbert va vers la fenêtre nord, mais, avant de la fermer, il prend le chapeau, le tient un instant dans le vide, puis le lâche. Sulie suppute qu'il atterrira deux étages plus bas, dans la haie de troènes située derrière le garage de Nola.

Si je dois absolument le faire, à qui rapporter ce que j'ai vu ? Faut-il que j'aille à la police en tant que témoin ? En tant que complice ? Est-ce à moi, qui suis en liberté conditionnelle, de jeter la première pierre ? Le même soir, Sulie frappe à la porte de Nola. Pas de réponse. Elle attend un bon moment : toujours rien. Puis elle entend parler près de la haie située au fond, près des poubelles. Elle écoute un moment, dissimulée derrière un buisson près du compteur d'eau. Puis elle le voit, mais seulement car elle sait qu'il est là, derrière Nola et Gilbert engagés dans une conversation, niché comme un oiseau blanc dans les troènes et presque complètement dissimulé par leur feuillage.

« Une de mes assiettes Fiesta Ware, une céramique Arts déco signée par Homer Laughton. Cassée en deux », gémit Nola, de son côté de la haie, en frappant nerveusement du poing le couvercle de la poubelle.

Une main posée sur la clôture, Gilbert est beau et grand comme un acteur de cinéma. *Et il m'a offert le Golden Gate Bridge.* Elle a posé le presse-papiers sous la lampe, près de son lit, où il fait comme un petit globe de lumière. Quand tous deux étaient couchés sur le tapis orange, il passait les mains sous son pull d'angora moelleux. Elle en sent encore la douceur sur sa peau.

« En tout cas, *il* a du goût. C'est toujours ce que j'aime le plus qu'il vise, poursuit Nola.

– Comme vous dites, il sait exactement comment vous toucher. Il est fou. »

Exactement ce que Nola souhaite entendre. Les larmes aux yeux, elle tend la main vers lui et lui enserre le poignet.

Je n'ai jamais souhaité me faire prendre. Jamais. Je ne voulais pas finir là-bas. Pourtant, c'était dur de savoir à qui je faisais du mal quand je volais. Lorsque j'ai dit ça à la psychothérapeute du groupe de réinsertion, elle a hoché la tête en gardant un visage impassible, mais une autre femme du groupe, une blonde qui tirait sur sa cigarette et secouait tout le temps la tête pour chasser la mèche de cheveux raides qui lui tombait dans les yeux, m'a dit : « Tu vois, mon chou, moi, je sais à qui je fais du mal, mais je m'en tape. »

Sulie a été engagée pour repeindre en bleu ciel une maison au nord de la ville, dans un voisinage plus jeune que celui où elle vit actuellement. Prête à aller travailler, elle charge peinture et rouleaux dans sa camionnette quand quelqu'un lui touche l'épaule par-derrière. Nola porte une blouse de soie verte enfilée sur une combinaison en lambeaux, et elle est chaussée de pantoufles. Ses cheveux dénoués sont plus longs qu'on ne l'aurait cru.

« C'est arrivé, dit-elle.

– Qu'est-ce qui est arrivé ?

– Il a trouvé son chemin jusqu'au grenier.

– Comment le savez-vous ? demande Sulie, qui pique un fard.

– Vous vous souvenez du feutre de mon mari ? Celui qu'il portait pour notre mariage. Il a disparu. Le mettre en pièces *lui* aurait ressemblé davantage, mais *il* s'est contenté de le voler. »

Dans l'un des palmiers dattiers de Nola, une colonie de moineaux bavards picorent les fruits mûrs.

« Excusez-moi, Nola, mais il faut que j'aille travailler. Ce soir, en rentrant, je viendrai vous aider à le retrouver. »

Nola ne semble pas l'entendre. « *Il* lit dans mes pensées, dit-elle. Ce chapeau, justement, j'y pensais. Alors, bien sûr, il s'y est attaqué. J'ai peur de quitter la maison, maintenant. J'ai même peur de tourner le dos. »

Sulie fait deux fois le tour du pâté de maisons puis revient se garer devant chez elle. Aujourd'hui, elle ne se sent pas de travailler en haut d'une échelle. Assise sur son lit, les bras croisés sur l'estomac, elle écoute Gilbert se déplacer de l'autre côté du mur.

Il le garde dans une armoire en laque de Chine placée près de la cheminée. Dans la journée, il la ferme et prend la clé avec lui. Il l'a dans sa poche et la touche si souvent que le cuivre étincelle. La nuit, il le porte, passant à pas de loup du miroir de la chambre à celui du salon. Ou il ouvre la porte de l'armoire et il le contemple, cet unique objet éclipsant tout le reste. Il n'en a jamais douté : ce chapeau lui revient de droit. Il est sien, tellement parfait que les autres objets de la pièce le deviennent par contagion.

Sulie, qui était au travail, apprend le soir par Estelle la venue des deux voitures de police et de l'ambulance. Apparemment, Nola a appelé les secours d'urgence en se plaignant de palpitations. Ils l'ont trouvée couchée, en larmes, un bonnet de fourrure sur la tête. Elle est à l'hôpital.

« Il paraît qu'elle a un fils, dit Estelle. Quelque part là-haut, dans l'Idaho ou l'Iowa. Il est divorcé. Ils l'ont appelé et il a dit qu'il arrivait par le premier vol.

– Que va-t-il se passer, maintenant ? demande Sulie, la gorge serrée.

– J'ai dit aux policiers qu'il fallait prévenir le fils de l'état dans lequel il allait trouver la maison. Ils m'ont dit après qu'il s'était montré très compréhensif. Évidemment, il est loin de se douter que sa mère clochardisait. Quand elle quittera l'hôpital – si elle le quitte jamais – il la mettra dans une maison de retraite. C'est la meilleure solution. J'imagine qu'il fera nettoyer la maison. Par la suite, il la fera peut-être retaper pour la vendre. »

Estelle et Sulie regardent ladite maison. Autour des fenêtres du pignon habité par les oiseaux, les branches du lierre s'agitent comme des bras sous le poids léger des moineaux qui s'y perchent. Sans Nola dedans, le lieu paraît totalement différent à Sulie.

Sur les deux fenêtres en façade, celles du rez-de-chaussée, on a cloué des planches, si bien que la maison semble aveugle. Sulie part tôt le matin sur son chantier de peinture et rentre le soir le plus tard possible. Mais il lui faut bien rentrer. Un samedi après-midi, elle voit quelqu'un coiffé d'un feutre descendre de l'autobus. Cet homme qui s'apprête à rentrer chez lui, c'est Gilbert. Il s'arrête devant la maison aveugle de Nola et, en souriant, les yeux fixés dans ceux de Sulie, claque des talons et porte deux doigts au bord de son chapeau. Elle se détourne.

Le soir même de son forfait, il m'a parlé, tout gentil et innocent. J'attendais cachée près du compteur à eau parce que je les avais vus converser par-dessus la haie. Nola avait les larmes aux yeux quand elle lui a pris la main et lui a encerclé le poignet en lui faisant comme un bracelet d'os.

Elle va rentrer pour mettre ses affaires dans des boîtes. On trouve des appartements à louer au nord de la ville. Elle laissera le pull rose brodé de perles bien plié sur les faïences Arts déco de la salle de bains et posera le presse-papiers dessus. Plus tard, elle pensera à ces choses abandonnées là-bas qui attendent d'être trouvées par quelqu'un. Elle n'emportera que ce qui lui appartient en propre. À la fin du mois, dans aucune moitié de cette maison ne restera rien de cher à son cœur.

Espèces menacées

Il est peut-être déjà trop tard pour les pandas, dit le commentateur du reportage télévisé. Quand les Occidentaux découvrirent ces bêtes, ils furent si fascinés qu'ils ne pouvaient s'arrêter de les tuer ; maintenant, il n'en reste plus que quelques-uns et, malgré tous ses efforts, la science semble incapable de les amener à se reproduire. Mis en couple dans les cages de zoo, ils se tournent le dos et s'ignorent. On dirait que la totalité de l'espèce souffre de la terrible tristesse du renoncement devant la façon dont elle est traitée. Grace ne les blâme pas. Elle est assise dans le lit à côté de son mari, toute droite, les bras fermement croisés sur la poitrine. L'émission qu'ils regardent présente l'extrait d'un vieux film dans lequel des hommes chaussés de cuissardes de cuir sortent de la forêt de bambous en brandissant devant la caméra des peaux de pandas tendues sur des cadres en bois. Ce spectacle, avec ce qu'il suppose de cruauté gratuite, lui donne des frissons. Ces petites bêtes écorchées lui évoquent des peluches d'enfants piétinées.

« On ne devrait pas dire aux gens qu'il est déjà trop tard, note Randall. S'ils le pensent, ils s'en ficheront.

– Mais c'est vrai, objecte Grace. C'est la même chose pour les océans, la couche d'ozone et tout le reste. Quand ils commencent à s'en préoccuper, ils découvrent que les dégâts sont encore plus importants qu'on ne le croyait.

– Faux. Il y a toujours quelqu'un, quelque part, qui sait d'emblée qu'une situation est dangereusement irréversible. Le problème, c'est qu'on ne le dit pas pour ne pas affoler le public. Or il n'est jamais trop tard pour s'affoler. » Il regarde Grace, quêtant son assentiment. Pour lui, il y a toujours de l'espoir. C'est ce qui crée entre eux un fossé infranchissable.

« J'aimerais que Jacob voie ça », dit-elle. Les garçons sont au lit. Les espèces menacées sont la passion de l'un de ses fils. Sa chambre est tapissée d'affiches montrant toutes les variétés de baleines. Quand Grace vient prendre des chaussettes entassées dans un grand bocal du genre aquarium, elle se retrouve environnée d'images qui lui fond sonder l'ampleur de la détresse océanique. Jacob connaît par cœur tous les chiffres : tant de tigres restants, tant de gorilles de montagne.

« C'est la dernière chose au monde à lui montrer », objecte Randall, persuadé que son fils va trop loin.

Grace voudrait que l'émission finisse, mais elle juge indigne d'éteindre le poste, car ce serait tourner le dos à la vérité. Une scientifique chinoise mesure les pousses de bambous sur un petit lopin de terre. « Il faut des hectares de cette plante pour garder un panda vivant, explique-t-elle, et on les a presque toutes coupées pour laisser la place à des rizières. » Grace éprouve une certaine lassitude qu'accentue le bruit de balles de mitraillettes de la pluie qui martèle le toit. Demain, elle devra faire cent soixante kilomètres en voiture pour emmener les garçons déjeuner en famille, avant d'assister, le surlendemain, à l'office religieux. Mais il n'y a qu'un seul week-end de Pâques par an et ce déplacement ne devrait pas la contrarier à ce point. Randall lui répète que sa famille lui fait peur, ce qui, bien sûr, est faux : elle redoute simplement de devoir conduire tout ce trajet. La tempête s'est installée sur toute la zone centrale du Kentucky, et elle sait que ce sera difficile.

« Régulièrement, poursuit la scientifique asiatique, les bambous d'une colline entière meurent sur pied, et les pandas traversent une terrible période de famine. Jadis, ils pouvaient se déplacer pour trouver de la nourriture, mais aujourd'hui, ils n'ont plus d'endroit où aller. » Un autre extrait de film montre les corps émaciés de ces pauvres bêtes jonchant le sol des forêts. Leurs cadavres ressemblent à ces fauteuils mous italiens du genre *sacco*, sauf que les bosselures sont ici pathétiques. Grace enserre ses genoux de ses bras croisés pour résister à la tentation habituelle de se lever pour voir si les garçons respirent. Dix ans auparavant, quand ils étaient encore bébés, elle avait tenté de convaincre Randall de la réalité de la mort subite chez les nourrissons. Aujourd'hui, elle sait qu'il est foncièrement irrationnel de sa part d'aller une douzaine de fois par nuit regarder la poitrine de ses gosses monter et descendre imperceptiblement sous les couvertures. « Tu es une anxieuse », lui répète Randall. Fort de toutes les émissions télévisuelles consacrées à l'addiction, il a tout récemment décrété qu'elle était une « accro » au malheur.

Le bulletin météo de la première heure a annoncé que la tempête durerait tout le week-end. Pour l'instant, cependant, ne tombe qu'une pluie fine qui tend à geler sur le pare-brise. Le sol est probablement glissant, mais il est impossible d'en avoir la certitude tant qu'on n'aura pas donné un coup de frein. Dans l'obscurité qui s'étend devant elle, les feux arrière des voitures vacillent et sautent comme les étincelles d'un feu de bois.

« Qu'est-ce que vous allez vous mettre pour l'office religieux ? » demande-t-elle aux garçons. Randall lui serine qu'ils sont assez grands pour préparer leur sac seuls. Elle essaie de se convaincre qu'il a raison.

« Nos meilleures chemises et nos jeans », dit Matt. Elle sourit dans le rétroviseur aux deux têtes dont elle ne voit que le haut des cheveux coupés en brosse. « Meilleures chemises », cela signifie couleurs agressives du genre turquoise et fuchsia. Matt porte des baskets vertes à languettes rouges. Elle s'imagine ses deux fils fleurissant sur les bancs de l'église, parmi les gosses de paysans en costume brun, telles des asclépiades aux couleurs vives dans un champ de haricots à écosser. Leur grand-mère serait très contrariée s'ils manquaient la messe, mais elle mourrait si elle les voyait attifés ainsi. Il leur faudra emprunter des vestes aux enfants de Rita.

Les garçons sont des compagnons faciles en voyage car ils peuvent lire sans avoir mal au cœur. Jacob a apporté son nouvel atlas *National Geographic* consacré aux condors. Mattew, qui a un an de moins, s'applique à dessiner un brontosaure, que les scientifiques n'appellent d'ailleurs plus ainsi. Grace a oublié son nouveau nom, que Matt connaît certainement. Sa passion, ce ne sont pas les baleines mais les dinosaures – l'espèce éteinte la plus spectaculaire. Elle éprouve un choc en se rendant compte que la légère différence d'âge séparant ses deux fils s'effacera totalement en grandissant. Leurs propres enfants verront à leur tour les baleines comme des sortes de dinosaures – des créatures mythiques plus que des animaux dont on déplorerait la disparition. Ils ne croiront jamais que ces cétacés aux allures de poissons peuplaient encore les mers aux Temps modernes, quand les gens conduisaient des Hondas et retiraient de l'argent aux caisses automatiques.

Ils arrivent tard. La cousine de Grace garde le déjeuner au four depuis deux heures. Grace ne s'est même pas souciée de l'heure ; elle a oublié l'habitude campagnarde consistant à prendre le repas principal au milieu de l'après-midi. Elle conduit en hâte ses fils vers la table dressée pendant que les hommes vont chercher des chaises supplémentaires à la cuisine. Elle a également oublié les plats qui constitueront ce repas : jambon au four à l'ananas et aux marshmallows et tranches de pain blanc industriel circulant à la ronde dans une corbeille. Sa grand-mère Naomi accuse sa petite-fille de prendre des grands airs depuis qu'elle a quitté Clement, sa ville natale, mais Grace n'a jamais sciemment tenté d'oublier le passé. De grands pans de son enfance se sont simplement effacés tout seuls. Chaque fois que Naomi et Rita mentionnent des événements familiaux notables – maladies, ou vacances prises en commun –, elle a le sentiment qu'une autre petite fille les a vécus à sa place.

Dès que Naomi a récité le bénédicité, le silence fait place au tapage. La tablée est importante : Naomi, Rita, Donnie, son énorme mari et leurs trois enfants, Clarence, le cousin célibataire de Grace, un homme grand et osseux. Durant toute leur adolescence, Rita et Clarence ont joué le rôle de grande sœur et de grand frère pour Grace. En effet, leur père, l'oncle Val, a perdu une main dans la ramasseuse-presse et leur mère s'est adonnée au whisky. Il est difficile de comprendre comment ils ont pu passer toutes ces années ensemble sous un même toit. Après la concentration qu'exigeait ce long trajet en voiture sans incident, Grace se sent un peu débordée par toute cette agitation et la valse des plats. Ses fils semblent chez eux. Ils parlent avec Donnie et Donnie Jr. du match de basket Kentucky contre Louisville. À sa droite, Rita est en train d'évoquer ces moments d'inattention qu'on pourrait regretter toute une vie : à la laverie automatique, elle a assisté à un accident horrible. Une femme s'est retournée une seconde pour prendre le produit assouplissant ; son bébé est tombé dans la machine avec les draps et s'est noyé.

« Absence de force électrostatique », s'écrie Donnie Jr., qui est maintenant assez grand pour travailler dans une station-service.

– Boo Boo Hardrick s'est pété le doigt avec un M-80, dit Caren, la fille de Rita. À la récré, il a enlevé la bande pour me montrer : plus rien. » La façon dont parlent les enfants de Rita choque Grace. Peut-être se sent-elle supérieure à sa famille, comme le lui reproche Naomi.

« Caren, si tu n'as rien de plus agréable à raconter, tu te tais, dit Rita. C'est Michael ou Bruce Hardrick, dont tu parles ? se ravise-t-elle.

– Le grand. Bruce.

– Le doigt était arraché net, chérie ?

– Jusqu'à l'os, il dit. »

Grace remarque que les cheveux de Rita sont plus foncés que l'année précédente. Elle commence à couvrir ses cheveux blancs. Elle et son frère se ressemblent davantage en vieillissant. Ils sont maigres comme des épouvantails. Randall, le mari de Grace, est, lui aussi, grand et maigre, mais d'une façon plus plaisante. Et il a de belles mains et de beaux pieds.

« Je n'en reviens pas de voir combien les gosses ont grandi, dit Grace à sa cousine. Donnie Junior qui travaille… Nos bébés ne sont plus des bébés.

– C'est vrai ça : les tiens grandissent derrière mon dos puisqu'il n'ont pas mis les pieds ici depuis sept ou huit ans, intervient Naomi.

– Grand-mère, c'est faux. Les garçons viennent vous voir tous les ans », crie-t-elle. Comme tout le monde crie en s'adressant à Naomi, elle en déduit que sa surdité a empiré.

« Que devient Randall ? » s'enquiert Donnie. Le mari de Rita parle peu, mais, quand il le fait, sa voix résonne comme une grosse caisse ; rien qu'en l'entendant au téléphone, on sait qu'on a affaire à un homme grand et fort.

« La routine. Tu sais, souder l'avant d'une voiture à l'arrière d'une voiture environ cent fois par jour. » Randall travaille à l'usine automobile de Louisville, et il aime son boulot. « Il voulait venir, ment-elle, mais il n'a pas pu se libérer.

– Par ici, pratiquement tout le monde travaille dans l'industrie automobile, dit Clarence. Les Japonais ont implanté une usine Toyota à Campbell. Personne ne semble plus pouvoir vivre de sa ferme.

– C'est vrai, approuve Rita. Les hommes sont obligés d'aller trouver du boulot ailleurs. Maintenant, dans la journée, il n'y a pratiquement plus ici que les femmes et les enfants. N'importe quel fou ayant des vues sur Clement n'aurait qu'à s'amener pour se proclamer dictateur.

– Tu viens avec moi demain assister à l'office à la Première Église méthodiste ? » demande à brûle-pourpoint Naomi à Grace.

Rita se penche en avant pour lui crier : « Je te l'ai déjà dit, grand-mère. Grace et moi voulons aller à l'église baptiste de Woods. (Grace n'était pas au courant de ce projet.)

– Qui est le pasteur, là-bas ? demande Naomi sans lever les yeux de son assiette.

– Elle le sait parfaitement, et elle meurt d'envie d'aller sur place pour le voir de ses yeux, mais elle est trop fière pour ça, confie Rita à Grace. C'est le fils Beltrain, répond-elle très fort à la vielle dame.

– Ah oui, c'est vrai, dit Naomi en tendant le bras vers la corbeille à pain.

– Grace, tu te souviens de Nestor Beltrain, n'est-ce pas ? demande Rita. Il a habité un certain temps Polk Street, pratiquement la porte à côté de chez nous. »

À la façon dont les hommes sourient à leur assiette, Grace devine qu'il y a de la blague dans l'air. Toutefois, elle ne se souvient pas du fils Beltrain. Si, pour sa part, le fait d'être devenu pasteur était un événement notable,

Rita le lui aurait appris, car elles correspondent. De son écriture cursive légèrement penchée à droite, Rita apprend à Grace tout ce qui se passe à Clement. Quand elle lui annonce une catastrophe, celle-ci est curieusement minimisée par la rondeur de ses *o* et les boucles de ses *g*. Elle a également gardé le contact avec les parents de Grace qui vivent dans un terrain à caravanes à Tucson, dans l'Arizona. Un contact plus suivi que celui que Grace entretient avec eux, ce que Rita ne manque jamais de lui rappeler. Grace se force à la compréhension, s'agissant de sa cousine ; ce doit être dur de grandir chez les autres parce qu'on n'a pas eu de mère digne de ce nom.

Tous regardent Grace, qui subodore quelque secret.

« Je ne vois pas qui c'est, déclare-t-elle. Désolée.

– Tu ne peux pas avoir oublié Nestor, dit Rita. Rappelle-toi : son père était le colonel Beltrain, qui faisait partie du conseil d'administration de l'école. Il avait sa place réservée devant le palais de justice. Nestor souffrait d'asthme, ou quelque chose dans ce genre. C'était un vieux petit garçon tout maigre avec des oreilles en chou-fleur, ou en poignées de soupière, si tu préfères. Les profs passaient leur temps à les lui tirer tellement il était cancre. »

Les hommes rient.

« Taisez-vous, leur ordonne Rita. Ce n'est pas si drôle.

– Tu devrais t'en souvenir Gracie, dit Clarence. Il aurait bien voulu te pendre… »

Rita l'interrompt pour dire à son plus jeune fils :

« David, arrête de faire des mines et avale ce que tu as dans la bouche. » Grace n'est pas sûre d'avoir compris ce que vient de lui dire Clarence.

« J'aime pas ça. C'est dur comme du caoutchouc et c'est trop salé, pleurniche David.

– Chéri, c'est du bon jambon du Kentucky. Le même que celui que tu as mangé avec plaisir l'année dernière.

– Je me souviens au moins du nom : Nestor Beltrain. Mais je ne me souviens pas du visage. Que dis-tu qu'il aurait aimé me faire ? » demande Grace à Clarence.

Rita jette à son frère un regard de mise en garde, mais il n'y prête pas attention.

« Il aurait bien voulu te pendre du haut d'un arbre. »

Grace touche instinctivement son cou. Elle regarde Jacob et Mattew, mais tous deux semblent absorbés par le contenu de leur assiette. « Que veux-tu dire par “me pendre” ?

– Rien de plus que ce que je dis. Te pendre au vieux mûrier, là-dehors. » Il désigne la fenêtre comme si l'arbre était là alors que ce n'est pas la même maison.

« Je me souviens du mûrier », dit Grace.

« Tu étais toute petite. Nestor t'a fait monter sur une chaise, t'a placé le nœud coulant autour du cou et t'a dit de sauter quand tu te sentirais prête.

– Tu parles de la fois où il a essayé de la pendre à l'arbre ? intervient Naomi. Rita et toi, Clarence, vous n'étiez pas là pour assister à ça. Moi oui. Grace, ta mère et moi on venait de s'installer à la cuisine pour faire les conserves de haricots, quand ta mère s'est précipitée à la fenêtre et s'est mise à beugler. (Naomi reprend son souffle.) Elle a attrapé une de ses marmites neuves en acier inoxydable et, de la porte de derrière, elle la lui a lancée dessus. Elle l'a pas loupé, crois-moi. Et j'avais jamais entendu des mots si malpolis sortir de sa bouche. »

Apparemment, il s'agit de l'anecdote que Rita ne voulait pas qu'on évoque mais, maintenant, elle en rit. « Elle a dû lui flanquer la trouille de sa vie, dit-elle. Il n'a jamais remis les pieds dans votre jardin, il me semble.

– Il t'embêtait constamment, Grace, poursuit Naomi. Il t'emmenait derrière les lilas pour te montrer des revues avec des photos cochonnes, et ta mère passait son temps à le chasser, mais je ne l'avais jamais vue dans cet état avant le jour où il a essayé de te pendre. Tu n'avais que trois ans.

– Excuse-moi de te contredire, Rita, mais il est revenu, dit Clarence. Toi, moi et lui, on...

– Clarence, je crois que tu ferais mieux de la boucler et de finir ton assiette, l'interrompt Rita.

– Vous faisiez quoi ? » demande Grace. Elle sait que ses deux cousins étaient souvent chargés de la garder l'après-midi, car sa mère faisait du repassage chez les gens. C'était Rita, la plus grande, qui était responsable, un rôle de chef qui lui convenait si bien qu'elle ne l'a jamais abandonné, se dit Grace. Elle se dit aussi qu'elle devrait se rappeler cet incident, ou que quelqu'un aurait dû le lui rappeler bien avant.

« Regarder des revues, ça ne fait de mal à personne, Rita, rétorque Clarence. Aussi, pas la peine de monter sur tes grands chevaux. »

Grace aimerait savoir de quoi ces deux-là parlent. Un souvenir lui revient lentement. Une odeur, tout d'abord : celle d'aliments pour volailles. Puis le carton plein de canetons posé dans un coin de sa salle de classe. Des canetons un jour retrouvés morts. Nestor n'était pas dans sa classe car il était plus vieux qu'elle, mais il était venu un soir peindre les oiseaux à la gouache. Le lendemain matin, ils étaient tous morts, le bec ouvert, leurs plumes peinturlurées toutes raides.

« Ça y est. Je me souviens de lui, dit-elle. Son père était chef scout.

– Chef de camp d'entraînement militaire, tu devrais dire, corrige Donnie en se resservant de jambon. On a tous quitté les scouts à cause de lui. Nestor était le seul à supporter le traitement qu'il nous faisait subir. (Il avale une bouchée.) Mais il n'avait pas le choix, je suppose. Le colonel le tirait du lit pour lui faire prendre une douche froide, puis il l'obligeait à courir pieds nus dans la neige.

– Je pense que ce sont des ragots, corrige Rita. Les pieds nus dans la neige, du moins. Mais il menait son fils à la dure, ça c'est sûr. On l'a vu faire, n'est-ce pas Clarence ? Dès l'aube, ils étaient sur le trottoir en pardessus, à faire les pantins à courir autour du pâté de maisons. Nous, on était assis sur le siège au-dessous de la fenêtre de devant en faisant semblant d'enfiler nos galoches avant de partir à l'école, pour mieux les regarder.

– *Houn-Dé, Houn-Dé* », aboie Clarence en une imitation forcée du père. Lui et Rita rient.

Rita repousse ses cheveux sur son front de la paume de la main. « C'était avant la folie du jogging, dit-elle. On n'avait jamais vu ça. Ils faisaient huit ou neuf fois le tour du voisinage et on entendait Nestor haleter, la respiration sifflante. On pensait qu'il allait tomber raide mort. Et le vieux colonel était derrière lui, à faire claquer sa badine. »

Clarence fait une grimace censée le faire ressembler au colonel. « C'est marche ou crève, fiston. C'est marche ou crève », parodie-t-il.

Grace se souvient d'une cuisine chaude, du cacao et des toasts beurrés. De là où elle était assise, elle pouvait voir, par la fenêtre embuée donnant sur la rue, les deux silhouettes grises courir sur le trottoir. Cela, on ne le lui a pas raconté. Sa mère était debout devant cette fenêtre, les bras croisés et les lèvres serrées de pitié, ou de colère. Mrs Beltrain, disait-on, avait une maladie osseuse. Voilà qui expliquait ses bleus, et les plâtres avec lesquels elle semblait vouée à vivre. « La moindre pression sur l'avant-bras, et il casse comme du verre », murmurait-on. Durant des semaines, on ne la voyait pas sortir de chez elle.

Les plus petits commencent à s'agiter. « Maman, pourquoi on n'a pas de la dinde ? pleurniche David. Je déteste le jambon.

– Moi aussi, déclare Caren. C'est trop long à mâcher.

– La dinde, c'est pour Thanksgiving. À Pâques, on mange du jambon, affirme Rita. Si vous n'aimez pas ça, allez vivre ailleurs. Chez vos deux cousins, par exemple. »

Grace se sent mal à l'aise. « Matt, Rita me dit que Donnie Jr. a un jeu informatique sur les dinosaures. Pourquoi tu ne vas pas le regarder ? » Les enfants semblent heureux de quitter la table.

« Le colonel, déclare Naomi, ça, c'était un homme.

– Il est mort, dit Rita à Grace. Je te l'ai écrit. On dit qu'il a trépassé, un soir, juste après avoir reposé le couteau avec lequel il coupait son steak. Mrs Beltrain, elle, semble avoir pris un nouveau bail avec la vie. Elle a mis la maison en vente, puis elle est partie s'installer dans une maison de retraite de l'armée, je ne me rappelle plus où.

– Nestor a craqué après la mort de son père, dit Clarence. Il est allé vivre dans une communauté.

– Tu te trompes, je te jure, objecte Rita. Il n'est pas allé chez les hippies, mais chez des moines, quelque part en Georgie. Il y est resté… oh, je ne sais plus, mais très longtemps, puis il a séjourné dans un séminaire baptiste, dont les pères l'ont nommé ici, à Woods Baptist Church.

– À mon avis, ils ne l'ont pas bien regardé avant de lui filer le poste. Il porte une barbe et parle des langues étrangères, dit Clarence.

– C'est vrai, approuve Rita. Si les gens vont à son office, ce n'est pas pour servir Notre-Seigneur. Je te le dis, Grace, c'est le cirque. Il parle hébreu, ou je ne sais quoi. J'y suis allée dimanche dernier avec Sue Carey, et on n'en croyait pas nos oreilles. L'assistance de fidèles est très réduite, maintenant. Il ne reste pratiquement que les vieux. Les pauvres, ils n'arrêtent pas de tripoter leurs appareils auditifs en les réglant au plus fort dans l'espoir de comprendre ce que leur raconte le pasteur. Je vous jure que ce Nestor est resté le teigneux qu'il était. »

Le silence règne maintenant autour de la table. Grace entend les enfants parler dans l'autre pièce – à voix basse, car ils sont concentrés –, et le bip régulier du jeu vidéo. En regardant sa famille, elle a l'impression de regarder un spectacle. Elle se sent un peu comme les gens qui voient leur propre corps sur la table d'opération avant de revenir à la vie.

« Le problème avec ce garçon, dit Naomi, c'est que son sang est corrompu. Ils ne l'ont pas fait bouillir.

– Qu'est-ce que tu nous chantes là ? crie Rita à Naomi.

– Sa mère a failli mourir en couches, et le bébé est né très anémié. Ils ont dû lui faire une transfusion. Vous savez où l'hôpital se procure ce sang. (Son regard fait le tour de la table, où les convives adultes ont perdu leur entrain.) Chez les criminels. Ils vendent leur sang dans les rues de Lexington et de Louisville quand ils sont à bout de ressources. L'hôpital le cache, mais, ici, c'est un secret de polichinelle. »

Il y a un long silence.

« Qu'est-ce que tu veux dire par "pas fait bouillir" ? s'enquiert Rita.

– Ben oui, bouillir, c'est ce qu'ils font d'habitude pour le purifier de l'élément criminel. Mais, ce jour là, ils étaient tellement occupés qu'ils ont oublié. »

Au milieu de la nuit, Grace fait un rêve dans lequel elle voit les vieux de Clement assis sur des chaises pliantes autour du mûrier. Ils attendent patiemment leur tour, et Nestor leur passe un nœud coulant autour du cou tout en leur disant en hébreu, avec un sourire, qu'il va les pendre.

Elle s'assied brusquement, avec ces images si nettes dans sa tête qu'elles lui semblent plus réelles que le lit étranger dans lequel elle est – celui de la chambre d'amis de Rita, de fait. À trois ans, on ignore la loi de la pesanteur. Il lui a affirmé que ce serait drôle. Quand elle sauterait de la chaise, elle se balancerait gentiment dans le vide. Elle est restée un moment debout sur sa chaise en anticipant le plaisir promis, les yeux levés vers la voûte de ce mûrier qui ombrageait leur jardin et celui, contigu, des Beltrain. Elle regardait le vent jouer dans les feuilles. Elle sentait le nœud contre sa mâchoire et les yeux de Nestor sur elle, une petite fille vivante et docile qui se prépare à mourir. Ce souvenir, qui lui revient avec la force d'une tempête de neige, la paralyse jusqu'au tréfonds d'elle-même. Elle est rigide de rage. Si sa mère n'avait pas regardé par la fenêtre… Si, plus tard, sous la « surveillance » de ses deux cousins, elle n'avait pas eu la chance de survivre à ce que Dieu seul sait qu'on lui a fait subir, elle ne serait aujourd'hui plus qu'une enfant qui sourit sur une image. Sa photo serait accrochée chez ses parents, ou rangée quelque part dans une boîte. On finit par oublier même les tragédies. Grace se lève et titube en se tenant aux murs jusqu'à la chambre où dorment ses fils.

Du seuil, dans la semi-obscurité, elle distingue Mattew de Jacob grâce aux motifs différents de leurs sacs de couchage posés par terre. Celui de Matt a des dinosaures, et celui de son frère des avions. Ils n'ont pas pu trouver d'espèces menacées. Un temps, on voyait des affiches de baleines, de loups et d'aigles partout, et même des autocollants représentant des bébé phoques sur les pare-chocs des voitures. Maintenant, c'est passé de mode. Randall a raison : quelqu'un sait immédiatement quand une situation devient critique. Il a sans doute également raison quand il dit qu'il faut se révolter. Toujours à la porte, elle ne quitte pas des yeux les sacs de couchage jusqu'à ce qu'elle perçoive le rythme lent de leur respiration sous le tissu épais. Elle a les mains qui tremblent. Elle n'a jamais su compter, comme on compte les moutons ou les grâces divines, les jours de sa vie qui auraient pu être les derniers.

Le lendemain matin, Rita et Naomi s'activent à la cuisine tandis que la première jacasse sur un ton criard. « En définitive, c'était le cancer », dit-elle en cassant des œufs dans un poêlon. « Un cancer de l'ovaire gros comme un cantaloup. Sue dit qu'on l'a juste recousue et renvoyée chez elle pour qu'elle puisse se mettre à jour avec son Créateur. Pauvre femme, après ce que Standford lui a fait passer…

– Quoi d'autre, à part son alcoolisme ? Ça, l'alcool, je sais.

– Le reste, tu le sais aussi : je parle de cette entraîneuse d'équipes de basket de Campbell qui a la moitié de son âge. »

Grace est assise à la table de la cuisine, en train de boire sa troisième ou quatrième chope de café. On dirait qu'elle essaie de noyer avec ce liquide, comme on noierait un chaton orphelin, la rage qui l'habite encore. Rita la sermonne :

« Grace, mon chou, si tu n'arrêtes pas de boire du café, tu auras envie de pisser avant que ton ami Nestor en arrive à l'invocation. En latin, naturellement. Ne me dis pas que je ne t'ai pas prévenue. Les gosses sont levés ? Si on les laissait faire, ils pionceraient pendant toute la durée de l'office. On se demande pourquoi. Quand ils étaient bébés, on avait beau leur promettre la lune, ils refusaient de faire la grasse matinée le dimanche.

– Tu ferais mieux de les remuer un peu. Le catéchisme commence à neuf heures, dit Naomi.

– Les garçons et moi, nous n'y allons pas », dit Grace sans lever les yeux. Elle sent un changement dans l'air.

« Vous n'allez pas à la messe le dimanche de Pâques ? s'écrie Naomi.

– Je ferais bien d'aller écouter le bulletin météo pour voir si la tempête va éclater. Je veux savoir ce que le temps nous réserve puisqu'on reprend la route ce matin. » Rita la regarde avec des yeux ronds, mais Naomi a la politesse de se retourner pour s'occuper des saucisses. Grace se lève, rince sa chope et la pose sans ménagement dans l'égouttoir. En ce début de matinée, tout lui est revenu. Les revues cochonnes de Nestor et de Clarence, pour commencer. Les choses laides que ces deux-là connaissaient. Elle sait que d'autres souvenirs lui reviendront. Elle pourrait leur pardonner leurs actes, mais pas leur mentalité, car cela, ça ne change jamais.

« Les garçons n'ont pas apporté les vêtements qu'il fallait pour l'église », dit-elle à Rita et Naomi en quittant la cuisine.

Le présentateur du bulletin météo télévisé est blagueur et agaçant. Il ne semble pas se soucier du fait que le mauvais temps puisse perturber la vie des gens. Coinçant ses pouces sous ses aisselles, il bat des coudes dans son petit costume gris ajusté en disant : « Beau temps pour les canards ! »

Quand elle rejoint l'*Interstate* ouest, elle constate elle-même que le ciel est nettement plus dégagé dans cette direction. Louisville n'est donc pas au cœur de l'orage. À cette heure, Randall, pieds nus sur le trottoir sec, doit aller à la boîte aux lettres pour y prendre le journal du dimanche. Rassemblant ses forces pour la route, elle va vers la lumière.

Vaudou

Jericha se croyait déjà orpheline car sa mère était sous terre quand elle avait commencé à marcher. Perdre son père ne lui parut donc pas un événement exceptionnel. C'était du moins la théorie des bonnes sœurs pour expliquer l'indifférence de l'enfant à la sympathie qu'elles lui témoignaient. Elles l'attribuaient également au fait que son père n'était pas mort, mais seulement rentré chez lui en Angleterre, où on disait les hôpitaux meilleurs, pour s'y remettre de sa maladie. (Elles disaient « sur le continent », comme si l'Angleterre, elle aussi, n'était pas une île.) Pour venir à Sainte-Lucie, le bon docteur avait traversé deux mers, l'Atlantique et la mer des Caraïbes, pour tirer contre leur gré la maladie du corps des habitants. Le pauvre, il n'en avait pas été récompensé, car, ayant attrapé les fièvres, il s'était mis lui-même à trembler. De l'opinion d'observateurs qualifiés, ce retour de bâton était une cruelle ironie divine.

La bilharziose est une maladie véhiculée par le ver trématoïde. Il l'avait établi clairement en traçant des diagrammes du cycle vital du schistosome – un cercle fermé partant de l'eau pour aller au foie humain pour revenir à l'eau –, dans le but de dissuader sa fille de se baigner dans les rivières séductrices pleines d'enfants nus comme des grenouilles et de femmes frappant leur linge coloré sur les cailloux. C'était même dangereux de marcher sans souliers dans le jardin de derrière, où des ennemis invisibles aussi inlassables que le chant des criquets étaient tapis dans l'herbe mouillée. Mais, en secret, Jericha enfonçait ses pieds dans la terre meuble, tel le ver de terre retrouvant son élément naturel. Elle se couchait aussi sur la mousse des bancs de la rivière pour regarder les petits poissons se faire gober par les oiseaux chasseurs. Pourtant, ce ne fut pas elle qu'on enveloppa dans des couvertures pour l'expédier à Londres, mais son père, un homme éduqué et croyant, obligé de laisser sa fille, non sans mille recommandations écrites purement symboliques, aux bons soins des sœurs de Saint-Antoine.

Le couvent, un bâtiment vieux de plusieurs siècles aux murs dévorés par le lierre, ne se trouvait pas à Soufrière même, mais assez près pour que Jericha ne se souciât pas trop de l'odeur qui y régnait. Franchement, il fallait se boucher le nez car cela puait comme dans un poulailler quand une mangouste a souillé les œufs. Sœur Armande, qui se faisait une spécialité des enfants difficiles, l'emmena en ville et lui fit escalader les pentes du volcan pour tenter de la convaincre que ce n'était pas le couvent ni la ville même qui émettaient cette odeur, mais quelque chose de phénoménalement important né du tréfonds de la terre. Sœur Armande mit tout son cœur dans cette sortie, extrayant de sa manche noire la pièce de douze *cents* nécessaire pour visiter les bains sulfureux que Louis XVI avait fait aménager au profit de son armée. La religieuse et la petite fille ne se tenaient pas la main. En face des grands rochers déchiquetés, elles serraient leurs tickets en regardant bouillonner l'eau noire, et Jericha se demandait comment les hommes du roi de France, à qui un simple bain d'eau normale devait sembler un privilège, pouvaient se plonger dans ce magma qui sentait l'œuf pourri.

Armande et ses sœurs de voile étaient natives de France et d'Irlande, mais elles vivaient à Sainte-Lucie depuis longtemps. Prendre en charge les détresses les plus extrêmes était devenu pour elles une routine. Cependant, avec Jericha, elles étaient tombées sur un bec. Les plus généreuses, ou les moins perceptives d'entre elles, ne pouvaient manquer de le noter. Jericha leur donnait un mal fou. Elle hurlait de rage quand on la faisait changer d'habits, et son énergie peu commune la poussait à passer la plus grande partie de sa vie à courir partout, vêtue d'un pantalon en lambeaux soustrait à la poubelle des textiles non récupérables de l'économat. Sa seule chevelure, une meule de cheveux blond-blanc, était déjà un défi. La très inventive sœur Josepha avait trouvé une solution à ce problème : elle les avait disciplinés en huit tresses serrées qu'il ne fallait refaire qu'une fois par semaine, un honneur que toutes se disputaient en tirant à la courte paille. Les enfants de l'orphelinat surnommaient leur camarade Anansi l'araignée, le petit héros d'un conte ivoirien qui recueillait leurs suffrages, mais Jericha s'en fichait. Elle semblait aussi avide d'insultes que le mendiant l'est de pain.

Elle ne désirait qu'une seule chose au monde : une bicyclette. Le volcan crachant le soufre l'avait laissée froide, mais la ville de Soufrière, en revanche, si proche du couvent, l'attirait comme un aimant. Comme elle demandait si peu pour une enfant qui semblait avoir des besoins si massifs, les religieuses se laissèrent convaincre. Elles consultèrent le ciel en priant pour que la puberté domestiquât enfin leur protégée, puis elles lui offrirent l'objet de sa convoitise. Jericha ne put tout d'abord en croire ses yeux, puis elle se mit à le bichonner comme si elle l'avait toujours possédé – plus exactement, comme si elle avait compris qu'il exigeait une attention continue. Tout aux cours d'anglais avec lesquels se débattaient les autres orphelins, les religieuses ne remarquèrent pas l'absence de Jericha. L'anglais était sa langue maternelle et, de plus, aucun verrou n'aurait pu la retenir à l'intérieur.

Ainsi, presque tous les après-midi, on la laissait libre de pédaler dans les rues pentues pavées de briques de la ville, tant dans les bidonvilles que dans les beaux quartiers aux villas nichées dans les bougainvilliers écarlates. À tout moment, sans s'y attendre, elle pouvait tourner dans une rue et se retrouver en face des Pitons, deux montagnes pointues qui plongeaient dans la mer comme des suicidés soumis à l'attraction fatale de la baie couleur d'émeraude. Quand cela arrivait, Jericha mettait pied à terre, elle montait sur le muret censé empêcher les enfants de tomber et écartait les bras en se persuadant qu'elle pouvait voler.

Jericha n'était pas plus consciente de sa solitude que de la bizarrerie de son apparence. Elle ne se rappelait pas avoir été autre que solitaire au cours d'une petite enfance peu commune mais indéniablement privilégiée. Durant les sept années pendant lesquelles elle avait vécu à Vieux-Fort avec son père, elle n'avait connu que Mr Ledmond, son précepteur anglais ; Sebastian, le jardinier, qui élevait des lapins mouchetés (un homme que son père traitait de Noir intolérablement superstitieux) ; et une poignée d'enfants nettement plus jeunes qui nageaient comme des poissons et couraient sans peur sur les plus hautes branches des arbres. Plus que de camaraderie avec ces gosses remarquables, on pouvait parler d'une coexistence teintée d'un mépris mutuel. Pour être née dans ce pays, elle savait comment les prendre.

Soufrière, toutefois, offrait une plus grande variété de gens que Vieux-Fort. On voyait des étrangères vêtues de couleurs pastel marcher le menton en l'air dans les rues de la ville, un minuscule sac à main accroché au poignet comme un bracelet. Elles achetaient des paniers tressés décorés de coquillages, ou des épingles à chignon en corne de bouc. Des Blanches, dont les voix tout à la fois assurées et nonchalantes indiquaient une parenté avec les Occidentales qui habitaient dans les belles demeures du haut de la ville, celles qui claquaient des doigts pour appeler leurs domestiques, suçotaient des glaçons et regardaient leurs enfants jouer sur des pelouses aussi grandes qu'un terrain de cricket.

Sur sa mère morte, Jericha ne savait rien. Mais elle savait que, dans ce pays, il y avait deux types de femmes : les riches et les pauvres. Les pauvres chargeaient les bateaux dans les ports. Elles avaient des bras bruns et minces, une démarche dansante, et on les voyait monter en file indienne, dans un alignement impeccable, les passerelles des bateaux pour déposer leur fardeau dans les cales réfrigérées.

Cachée dans les crotons et les poinsettias, Jericha savourait la richesse des couleurs. Celles des robes de lin et des fleurs de janvier, celles des perroquets encagés et nerveux, celles des larges bandes de soleil couchant qui semblaient peintes au-dessus du port. Très en retard, elle avait vraiment manqué la messe d'Épiphanie quand elle se décida à reprendre son vélo pour rentrer au couvent. C'était le jour du carnaval.

La fête religieuse, elle l'avait oubliée. Il lui faudrait donc payer le prix pour avoir manqué l'office, car même une Jericha devait se plier aux attentes modestes de Dieu. Elle tâchait de ne pas y penser quand elle entendit le tambour d'un orchestre de steel band suivi de danseurs. Leurs bras et leurs jambes étaient enveloppés de bandelettes de papier crépon rose et vert. Au centre, le danseur principal – le « sauteur » – tournoyait sur lui-même, enduit des pieds à la tête d'un blanc de chaux dont l'épaisseur formait des craquelures dans ses cheveux, autour de ses yeux et de sa bouche. Sa danse consistait à se jeter au sol, puis à se relever en alternant sans fin. Son visage se tordait en une grimace impressionnante ; de sa bouche, sortait un cri muet quand il retombait pesamment sur un pied ou l'autre. Les longs rubans de tissus blancs noués autour de ses genoux et de ses coudes volaient au vent formant des cercles semblables aux hélices d'un avion lorsque le moteur s'emballe.

Les autres danseurs chantaient en créole : « *Doudou chéri ki ka pa'ti, helas helas, c'est pou'toujou'.* » Le petit orchestre, venu de Soufrière, avait pris la même route que Jericha pour donner l'aubade aux religieuses, aux enfants et à deux boucs qui les regardaient de leur enclos. Elle l'observait de loin. Chaque année, pour l'Épiphanie, elle assistait à ce carnaval miniature, mais d'habitude, c'était dans la journée, et l'orchestre se réduisait à un unique tambour. Quant aux danseurs, c'étaient d'habitude des Noirs déguisés à l'intention des enfants de la ville dont ils attendaient quelques pièces des parents. Là, à la tombée de la nuit, le spectacle lui semblait différent.

Il s'achevait, cependant. Les enfants applaudirent de leurs mains couleur de terre, et le joueur de tambour entonna une chanson plus entraînante pour le chemin du retour. Les pieds nus des danseurs martelaient la grille installée sur la route pour empêcher les boucs de la franchir au cas où ils s'échapperaient de leur enclos. La petite troupe s'approchait de Jericha, qui aurait bien voulu se cacher. Mais le « sauteur » l'avait déjà vue. Derrière la grimace féroce qu'il faisait pour la galerie, elle distingua quelque chose de plus authentique : il l'avait reconnue.

Le visage blanc aux paupières de tortue peinte s'approcha du sien, et elle sentit sur sa peau son haleine chaude. « L'enfant du docteur de Vieux-Fort », dit-il d'une voix rauque. Jericha ressentit la même oppression que lorsqu'elle faisait un cauchemar. « J'ai besoin de toi, poursuivit-il. Je reviendrai. Tu seras ici. » Il se détourna si brusquement que ses rubans blancs fouettèrent le visage de l'enfant.

Elle pédala furieusement jusqu'au couvent, le souvenir des lanières sur sa figure lui brûlant encore les joues, et ses roues passèrent sur la grille dans un bruit d'enfer. Une fois dans l'enceinte du jardin envahi d'ombres, elle s'arrêta pour attendre que les battements de son cœur se calment. Elle jeta une pierre à un bouc noir de jais nommé Maximilien qui broutait sous le manguier. Le caillou manqua l'œil visé pour atteindre une corne qui brillait dans l'obscurité. L'animal bêla.

« Les sœurs vont te cuire, Max, lui dit-elle. On va te manger en ragoût. Tu es le prochain sur la liste. »

Elle revit plusieurs fois le « sauteur », mais en rêve. Il lui apparaissait ailé et descendu du ciel. Il lui ordonnait de s'accrocher aux serpentins qui prolongeaient ses plumes blanches. Ils volaient tous deux au-dessus de la baie en direction des pitons, vers un territoire situé au-delà qu'elle pressentait comme un chez-soi. Ils volaient si haut au-dessus du port qu'elle ne voyait pas les gens qui s'y affairaient, les femmes noires chargeant les bateaux, par exemple. Elle ne voyait que le sommet des arbres qui bordaient le rivage et des colonnes de fourmis s'engouffrant sous la peau craquelée des mangues. Voilà ce qu'elle voyait dans ses rêves : non pas des humains s'activant dans un paysage, mais des fourmis, quelque chose de vivant qu'on pouvait piétiner.

« Pas ici », dit le « sauteur » alors que leurs deux ombres se mouvaient sur l'eau pour tomber sur les toits de tôle ondulée de la ville basse. « Pas ici », répéta-t-il quand ils passèrent au ras des collines pleines de bougainvilliers peuplées de femmes suçant des glaçons. Quand l'obscurité de la jungle avala leurs ombres, il dit encore : « Pas ici. On va plus haut, on va plus loin. »

Le temps passait, et, apparemment, il n'avait pas tenu sa promesse de revenir la voir. Elle ne savait pas si elle en éprouvait soulagement ou regret.

Il le fit pourtant, neuf semaines après leur rencontre. Jericha rentrait de nouveau de Soufrière, de nouveau en retard, en pédalant debout pour tenter d'avaler avant la nuit les huit kilomètres qu'elle avait à faire. La lune se levait sur la montagne, déjà plus haute qu'un soleil couchant ressemblant à une poule rouge perchée sur la mer. Pour se tenir compagnie, elle chantait la chanson d'Anansi l'araignée.

Elle vit soudain la chose étalée de tout son long en travers de la route, ondulante et vénéneuse, avec sur la tête cette croix qu'on avait appris à tous les enfants des île du Sud à reconnaître : le fer de lance. Le serpent qui ne pique qu'une fois. La peur lui serra la gorge, puis lui ramollit les jambes. Elle freina très fort sans parvenir à s'arrêter. Quand la roue-avant le heurta, le serpent s'évanouit comme une ombre dans la poussière.

Planté au bout de l'ombre, sur le bas-côté de la route, il y avait un bâton et, à côté du bâton, un homme. Dans la lumière déclinante, son visage était d'un noir argenté. Jericha vit immédiatement la similitude existant entre le visage enduit de blanc de chaux et ce visage-là. Le « sauteur » était l'homme qu'elle avait vu avant, à Vieux-Fort, et il s'appelait Benedict Jett. Sebastian, le jardinier de son père, un lapin pris au collet dans chaque main, lui avait désigné l'homme qui les espionnait, debout derrière le frangipanier. « Tu vois, lui, c'est le sorcier », lui avait-il dit.

Maintenant, l'homme sur le bas-côté ne se contentait pas de la regarder. Il lui parla :

« Garçon ou fille ? demanda-t-il.

– Garçon.

– Ah-ah. Comment tu t'appelles ?

– Jeri.

– Bon, Jeri. Écoute bien ce que je vais t'expliquer. On a un boulot à faire, toi et moi. »

Elle regarda son bâton. Le bois noir noueux dépourvu d'écorce était luisant.

« Quelle sorte de travail ? demanda-t-elle.

– Ça, je te le dirai plus tard. Le temps venu. Tu sais pourquoi je suis venu vers toi ?

– Non.

– Un Obi, tu sais ce que c'est ?

– Non. »

L'homme se retourna vers les arbres et dit ;

« La science que les gens d'ici appellent "magie blanche", tu sais ce que c'est ? »

Elle hocha la tête. De fait, elle ne savait pas.

« Quand les gens sont malades, ou qu'ils font de mauvaises affaires, ou quand ils ont des peines de cœur (il rit, d'un rire sonore qui fit vibrer le silence), ils viennent me trouver. »

Les mains de Jericha étaient moites sur les poignées en caoutchouc de sa bicyclette. « Je ne suis pas malade, dit-elle. (Il la scruta.) Il faut que je rentre. Le sœurs vont envoyer quelqu'un à ma recherche car la nuit va tomber.

– Ça, c'est pas sorcier, comme prédiction. » (Il sourit, et elle le trouva un peu plus humain.) Je vais dans la même direction que toi. Marchons ensemble. »

Ils se mirent en route, Jericha tenant son vélo par le guidon, les yeux fixés sur la route au cas où il y aurait eu d'autres serpents.

« Ton père, c'est le docteur blanc de Vieux-Fort, dit-il calmement. Je n'ai jamais eu affaire à lui mais il me traitait de charlatan. Il disait aux gens de ne pas croire en mes remèdes, que c'était de la superstition d'homme noir. Il te l'a dit ?

– Non.

– Mais moi, je te le dis. Il est allé dans la boutique de l'herboriste de Vieux-Fort, où j'envoyais les gens acheter leurs remèdes, et leur a dit de ne plus vendre mes poudres. Qu'elles ne marchaient pas. Qu'il ferait fermer la boutique. Il voulait qu'on utilise ses remèdes à lui. »

Pour la première fois depuis plusieurs mois, Jericha pensa à son père, cet homme à lunettes aux mains propres.

« Il était médecin, dit-elle.

– Écoute, certains croient qu'un docteur blanc peut vous guérir à tous les coups. C'est pas vrai. C'est comme quand on demande quelque chose à Dieu – parfois Il veut, parfois Il veut pas. Alors, c'est plus malin de prendre une poudre pour mettre toutes les chances de son côté.

– C'est pour ça qu'il est tombé malade, mon papa ?

– Je t'ai dit qu'il marchait sur mes plates-bandes. Il prétendait avoir plus de pouvoir que moi. Tu me crois idiot ?

– Non.

– Et c'est lui qui est tombé malade, pas vrai ?

– Oui.

– Voilà ! »

Ils marchèrent un instant en silence, puis il lui dit soudain : « Tu es un enfant solide et vigoureux. Je vais te dire le boulot qu'on a à faire. Tu sais ce qu'est un zombie ? »

Jericha se contenta de hausser les épaules.

« Écoute, petite, d'abord, arrête de me raconter des sornettes. Un garçon, tu parles ! Ensuite, si tu sais ce qu'est un zombie, ne mens pas.

– Je ne sais pas.

– Un zombie, c'est comme un sauteur. C'est quelqu'un qui revient des morts. On l'appelle pour faire un boulot, puis on le renvoie sous terre après. Mais, des fois, il vous joue des tours et ne veut pas redescendre. Tu comprends ?

– Oui. »

L'ombre s'épaississait au sommet des arbres. Jericha regardait les oiseaux se mouvoir sans bruit, nerveusement, sur les branches hautes. Elle savait qu'il y avait des serpents dans les arbres.

« Tu as peur ? lui demanda-t-il.

– Non. Pas du tout.

– Alors, je veux que tu viennes dimanche à Laborie. Tu connais Laborie ? C'est plus loin sur la route, après le couvent des sœurs. Il y a d'abord Choiseul, puis Laborie, puis Vieux-Fort. Tu vois ? » Il parlait gentiment, d'une façon tout à fait banale, comme s'il l'invitait à prendre le thé. Comme un ami, se dit-elle, si tant est qu'elle en eût jamais eu.

« Je connais le chemin », dit-elle. En fait, elle n'avait jamais exploré la route au-delà de Choiseul. À bicyclette, elle allait toujours de l'autre côté, vers Soufrière.

« Alors, dimanche tu viens à Laborie. Tu me trouveras dans la grand-rue, dans la maison à côté de chez Cato, la boutique où on vend du rhum. C'est près de l'église. Tu demanderas Benedict.

– Il faudra que j'aille à la messe avant. Si je n'y vais pas, les sœurs le sauront.

– Entendu, va à la messe avant. Tiens, prends ça, et porte-le sous ta chemise. » Il lui tendit un sachet noué d'une ficelle. Jericha cessa de pousser son vélo pour l'examiner.

– Je dois le porter tout le temps, ou juste à la messe ? demanda-t-elle.

– Tout le temps. Ne le perds pas. Et aussi à la messe. Autre chose : tu connais l'eau bénite ?

– Ben, oui.

– Tu t'en mettras sur la tête avant de partir pour Laborie. N'oublie pas tout ce que je viens de te dire. » L'Obi leva très haut son bâton dont l'ombre cessa de se projeter sur la route. Elle se demanda s'il allait s'envoler sous ses yeux.

« Eh bien, qu'est-ce que tu attends ? File, maintenant », lui cria-t-il. Jericha monta en trébuchant sur sa bicyclette et s'éloigna à toute allure.

Le vendredi, elle ne parvenait déjà plus à croire à l'existence du sorcier ou à celle d'une ville nommée Laborie. Mais le sachet rempli de feuilles sèches et odorantes était bien réel. Elle le portait autour du cou jour et nuit. Des rêves colorés dont elle ne pouvait se souvenir au matin la tourmentaient. Le samedi, en guise de test, elle demanda à sœur Armande si elle l'emmènerait un jour à Laborie.

« Qu'est-ce qu'une petite fille irait faire à Laborie ? » lui demanda la sœur qui, ayant juste fini de tresser les cheveux de Jericha, s'occupait de ses orchidées, qu'elle nommait les « petites fantaisies du Bon Dieu ». Des enfants en haillons les rapportaient de la forêt pour les lui vendre un *cent* pièce, et elle les faisait pousser sur une planche enchaînée aux montants de la véranda.

« C'est loin, Laborie ?

– Pas du tout. C'est juste après Choiseul », dit sœur Armande dont les mains agiles s'activaient autour des bulbes.

Jericha décida qu'elle irait. Le dimanche matin, avant la fin de la messe, elle s'aspergea d'eau bénite, s'agenouilla, et traversa le jardin du couvent en pédalant à toute allure. Seul Maximilien la vit partir.

La route, qui montait raide le long du versant de Gros-Piton, exigeait quelques efforts avant de redescendre sur Choiseul. Jericha actionnait vigoureusement son grelot et criait aux enfants et aux boucs bruns de dégager pour qu'elle puisse continuer sur sa lancée. « Ils laissent les boucs devenir des animaux sauvages, dans ce pays, lui disait son père. Ces gens mangent des feuilles alors qu'un bon repas potentiel, occupé à grignoter le rideau, les attend à la porte de la cuisine. »

Laborie, à la grande surprise de Jericha, était tout près de Choiseul. De larges vallées plantées de bananiers s'ouvraient de part et d'autre de la route. Oublieux du repos dominical, des hommes et des femmes enfoncés dans la terre jusqu'aux chevilles récoltaient pour l'exploitant blanc des fruits cueillis à la machette. Plus loin, l'océan semé de bateaux miroitait. Elle était rendue.

Elle trouva facilement l'église, le seul bâtiment de quelque importance, et le magasin de spiritueux Cato, dont l'enseigne au barbouillage agressif était immanquable. La porte à côté, une femme vêtue d'une longue robe fourreau étendait sa lessive devant la maison.

« Je cherche Benedict », lui dit Jericha.

La femme ôta une pince à linge de sa bouche et lui désigna la ruelle d'angle. « Se reposer près des autres, ce n'est pas son fort. Tu le trouveras là-bas – tout seul. »

Sa bicyclette sur le dos, elle remonta à pied une impasse très raide qui sentait le poisson séché, et elle trouva Benedict assis contre le mur, à l'ombre de l'arbre à pain planté en plein milieu. Il portait un chapeau cabossé et fumait une pipe en os sculpté.

« Bonjour », lui dit Jericha, surprise de son allure tout à fait ordinaire. Un Obi, lui ?

« Qu'est-ce que tu fais ici ? lui demanda-t-il d'un ton rogue.

– Mais vous m'aviez demandé de venir…

– Tu l'as dit à quelqu'un ?

– Non.

– Où es ton gri-gri ? »

Elle hésita, puis, sortant le sachet de sa chemisette, elle le lui montra, le sourcil levé en signe d'interrogation.

« Bien. Tu as fait ce que je t'ai dit. Viens t'asseoir près de moi. On a largement le temps », dit-il en désignant le sol en terre battue aussi lisse qu'un revêtement de trottoir. Jericha obéit et s'appuya contre le mur exactement dans la même position que lui.

Ils restèrent silencieux un long moment, Benedict scrutant le fourneau de sa pipe et Jericha l'arbre à pain, avec ses feuilles semblables à des mains où des petits merles luisants attaquaient la peau verte des gros fruits à fossettes pour arracher des filaments de chair pâle.

« Alors, on va faire ce que vous avez dit ? s'enquit Jericha.

– De quoi parles-tu, petite ? demanda-t-il en lui jetant un regard oblique.

– Tuer cette chose. Le zombie.

– On ne peut pas tuer ce qui est mort, dit-il en inspectant furtivement l'allée.

– Alors, on fait quoi ?

– Patience. Tout viendra en son temps, Jericha. » Elle détourna les yeux, ébahie de voir qu'il connaissait son nom. Cet homme savait. Ils regardèrent ensemble les oiseaux, dérangés par une bouffée de vent, s'envoler tous ensemble de l'arbre à pain frissonnant.

« C'est moi qui ai poussé ton père à partir, dit-il. Tu sais ça ?

– Il avait la bilharziose. »

Benedict leva brusquement la tête.

« Qu'est-ce que c'est ? demanda-t-il.

– Vous ne le savez pas ? (Ton méprisant.) C'est la maladie que vous transmettent des petites bêtes dans l'eau. Les pauvres l'ont. Quelquefois, c'est aussi grave pour eux que pour mon père, mais neuf fois sur dix, ça les rend juste paresseux.

– Pauvres et paresseux, hein ? Qui t'a dit ça ? Moi, je vais te dire avec quoi on attrape cette cochonnerie : en marchant dans le *fwedi*, le chou poivre. Ceux qui l'ont, ce sont ceux qu'on emploie dans les plantations agricoles, qui sont payés à la journée pour travailler pieds nus dans la terre humide. Va dans les plantations de bananes et tu verras des *fwedi* à la pelle. Je n'ai jamais autant vu cette maladie que depuis que l'homme blanc est devenu le maître de toutes les plantations.

– Vous ne l'avez jamais eue ?

– Moi ? Non. Je sais me protéger.

– Et mon père ?

– Il l'a attrapée, non ? Il s'est protégé ?

– Il a pris des médicaments.

– Il avait un gri-gri ?

– Non.

– Alors, c'est un imbécile. »

Jericha regarda les ongles noirs de l'Obi.

« Je ne vais pas te mentir, lui dit celui-ci. Le zombie a travaillé contre ton père. C'est moi qui l'ai appelé. Mais maintenant, il ne veut plus redescendre.

– Comment vous le savez ?

– Je le sais. » Il palpa la grosse bourse pendue à son cou par une chaîne d'acier. L'intérieur de ses bras était constellé de plaies rouges. Jericha ne dit rien.

Au bout d'un moment, l'Obi pointa son index vers la mer, au bout de la ruelle. « Tu sens ça ? La pluie. »

Jericha renifla. En vain. Elle secoua la tête.

« Ferme les yeux. »

Elle obéit. L'odeur de sel et de vase emplit ses narines. « Ça y est ! Je sens. »

Elle ouvrit les yeux, saisie. L'Obi lui frotta l'épaule en riant.

« Garde ton nez pointé vers la mer, petite, et tu ne te feras jamais saucer. » Il reprit un air sérieux pour ajouter : « Tu sais, il y a un remède contre le zombie. La racine de maweepoui. Tu la bois en tisane, et ça te protège si le zombie vient. » Il sortit de sa poche un flacon empli d'un liquide brun fermé par un bouchon de feuilles roulées serrées par du raphia. « Ne le perds pas, et n'oublie pas d'en boire un peu tous les jours.

– Ça a mauvais goût ? » Jericha avait quelque expérience des médicaments.

L'Obi la tança de l'index : « La mort et la vie, c'est pas du sucre d'orge, dit-il. On ne sait jamais ce qui peut arriver. Maintenant, va t'en. Fais ce que les sœurs te disent, mais garde ton gri-gri sur toi. Reviens ici dimanche prochain, après avoir fait pareil qu'aujourd'hui. »

La nuit était tombée quand elle regagna le couvent. Des gerbes d'étoiles brillaient entre les monceaux de nuages venus de l'océan. Dans la plantation désertée, les fossés d'irrigation emplis d'eau infectée brillaient comme une armée de serpents lumineux en marche vers la mer.

Avant de « faire le boulot » avec l'Obi, elle retourna trois fois à Laborie à l'insu des sœurs qui, par chance, étaient occupées par le Carême et les pénitences qu'il impliquait. Pâques approchant, elles parlèrent de faire une fête dans laquelle Maximilien jouerait un rôle important.

Loolai Thérèse, une gamine noire minuscule affligée d'un pied bot, était effondrée à cette perspective. Elle n'osait pas en parler aux sœurs, mais elle confia son chagrin à Jericha.

« Elles veulent le manger », lui dit-elle un après-midi. Elles étaient toutes deux dans le jardin, Jericha assise sur la plus basse branche du manguier auquel le bouc était attaché.

« Je sais.

– Mon Max joli. » Elle lui caressa le nez, puis leva vers Jericha ses yeux bruns et humides comme ceux d'un animal. « Ça ne te fait pas de peine ?

– Non. » Jericha lança, en la loupant, une mangue mûre sur l'arrière-train de la bête. « C'est juste un vieux bouc noir.

– Mais il va mourir. Si les sœurs le gardaient, il pourrait nous donner du lait.

– Seules les chèvres donnent du lait, l'informa Jericha. J'en suis sûre. »

Loolai Thérèse réfléchit. « Bon, mais alors, plutôt que le manger, on pourrait l'utiliser autrement, dit-elle. Lui faire tirer une charrette, par exemple.

– Que tu croies ! C'est stupide. En Angleterre, on mange les boucs, et aussi tout ce qu'on veut, chaque fois qu'on veut. » Elle jeta une autre mangue sur Max, cette fois sans le manquer.

Elle alla pour la dernière fois à Laborie le vendredi saint. Suivant les instructions données, elle partit tout de suite après l'office du soir. Ce n'était pas une vraie messe, lui avait appris sœur Armande, car Jésus était dans les limbes, attendant la résurrection qui n'aurait lieu que le dimanche suivant ; on ne pouvait donc pas faire appel à Lui dans l'intervalle. Ce qui arrangeait Benedict.

Celui-ci l'attendait où il le lui avait dit. Dans un camion ou, plutôt, une moitié de camion : une cabine sur roues sans la remorque. En tout cas, cette caisse marchait. Ils roulaient dans la jungle, sur un chemin boueux, entre les halliers sombres d'ébène vert et de calebassiers. On voyait luire de petits yeux dans les branches.

Tout en conduisant, Benedict sortit de sa poche une gourde en fer-blanc qu'il déboucha en laissant ses mains sur le volant. S'en échappa l'odeur du cherry brandy de sœur Mary Matthieu. Il but, puis passa la gourde à Jericha. La première gorgée lui brûla l'intérieur de la poitrine, mais elle persista.

« Ça va me protéger, moi aussi ? » demanda-t-elle. La tête lui tournait un peu.

« Les sœurs ne te donnent pas ça, hein ? lui dit-il en riant.

– Non », dit-elle en retrouvant son souffle.

Il posa la gourde entre eux sur le siège, à côté d'un panier couvert d'un linge dont, trouvait Jericha, s'échappait une senteur d'église.

Benedict alluma ses phares. La piste était maintenant éclairée, mais ses abords s'évanouirent dans l'obscurité.

« Comment vous l'avez fait sauter ? » s'enquit Jericha. Au cours des semaines précédentes, Benedict était devenu plus causant à propos du zombie.

« C'est facile, de *la* faire sortir. C'est une âme tourmentée qui voulait faire du mal à l'homme blanc.

– Pourquoi ?

– Parce que c'est une femme qui a été utilisée par un jeune soldat blanc à Vieux-Fort. Il lui a fait un bébé puis l'a abandonnée. Elle a essayé de se débarrasser du bébé avec du buisson de saint Jean. Tu connais ce buisson ?

– Non.

– Tu fais infuser les feuilles et l'eau devient rouge comme du sang. Après, tu le bois. Mais elle a attendu trop longtemps avant de le faire. Elle a saigné, saigné, puis elle est morte. Voilà pourquoi elle est tourmentée. C'est pas une morte paisible.

– Vous croyez qu'elle veut me faire du mal, à moi aussi ?

– Tu as ton gri-gri ? Tu as bu la potion que je t'ai donnée ?

– Oui. »

Le sol rouillé du camion était plein de trous par lesquels on voyait défiler la piste. « Ce remède est mauvais, alors, puisqu'il a fait saigner la dame au point de la tuer, objecta-t-elle.

– Je t'ai dit qu'elle avait attendu trop longtemps. Et ce n'est pas la magie qui l'a tuée, c'est le soldat blanc. Tu ne comprends pas ça ? »

Elle secoua la tête.

« Non. C'est le mauvais remède qui l'a tuée.

– Je veux que tu apprennes quelque chose : rien n'est bon ni mauvais. Les sœurs et le docteur ont peut-être dit le contraire, mais c'est pas vrai. »

Ils s'arrêtèrent. Devant eux, s'ouvrait une petite clairière qu'éclairaient les phares du camion. Il les éteignit, et les arbres qui les environnaient semblèrent bondir soudain en avant comme autant de mendiants se pressant autour de l'habitacle.

« Je veux rentrer maintenant », dit-elle.

L'Obi lui tendit la gourde, mais elle secoua la tête. Il la regarda, puis posa la main sur sa tête aux tresses multiples. « N'aie pas peur, lui dit-il. Elle ne te fera pas de mal. Elle et moi, on a travaillé ensemble sur le docteur, mais après on a regretté. On ne voulait pas le faire tomber malade. »

Elle fixait obstinément le sol à claire-voie de la cabine.

« Elle le regrette, tu comprends ? »

Jericha, voyant combien il voulait être cru, hocha la tête. Elle devinait l'importance de son assentiment en un pareil moment. Il la regardait toujours, avec les mêmes yeux que ceux qui l'avaient épiée de derrière le frangipanier, le jour où elle était dans le jardin avec Sébastien. Elle ne dit rien.

« Elle ne nous fera pas de mal parce que tu es l'enfant du docteur. Une gentille enfant avec personne pour s'occuper d'elle. »

L'Obi posa sa main sur son épaule. Elle sentait ses doigts, sa peau, le sang qui battait dessous.

« Tu comprends ? lui répéta-t-il.

– Pas vraiment. »

L'Obi prit le panier puis descendit. Il se dirigea vers la clairière. Jericha le suivit, ses souliers alourdis de boue. Le ciel était noir, sans lune. La forêt se referma sur eux, puis s'ouvrit de nouveau quand ils se retrouvèrent dans une seconde clairière. Elle devina plus qu'elle ne vit

Benedict poser le panier au sol. Ils s'assirent tous deux sur leurs talons, côte à côte.

« Tu vois ce très grand arbre, là ? C'est un fromager. L'arbre de Dieu, ou l'arbre du diable. »

Elle scruta l'obscurité dans la direction indiquée. La forme sombre devint progressivement un arbre. À ses pieds, il y avait une autre forme, grosse et ronde. Une femme. Jericha retint son souffle.

« C'est la zombie ? » demanda-t-elle.

La forme bougea, rit, et se leva. Benedict, lui aussi, rit un peu.

« C'est ma maman, dit-il.

– La vôtre ? » Elle était sidérée qu'un homme de son âge pût avoir une mère.

La femme pressa son nez contre la joue de Benedict, puis elle vint vers Jericha et s'accroupit devant elle, son visage très près de la petite fille. Celle-ci pouvait voir le motif du tissu de sa robe : des bateaux et des pavillons. « Regardez moi cette petite-là. Une bonne petite », dit-elle en riant de nouveau. Son rire, sa voix, étaient chauds comme un câlin. Elle parla en créole à son fils, puis sortit quelque chose du panier. Un petit pain et du poisson séché. Elle dit ensuite à Jericha :

« Cet arbre, c'est celui duquel tu dois faire descendre la zombie. Elle sera très bien, ici. Elle pourra enfin se reposer. » Elle ouvrit un petit pliant qu'elle avait apporté avec elle et s'y assit pour manger le pain et le poisson. Elle ne les quittait pas des yeux mais ne leur parla plus.

« Quelqu'un t'a parlé de cet arbre ? demanda Benedict à Jericha. (Elle secoua la tête.) C'est l'arbre qui a le plus de pouvoir. Tout en lui est toxique. Tu vois ce serpent enroulé autour de la branche ? Il s'appelle Grosse Maman. Elle vit là. Cette branche est sa maison.

– Il est venimeux, lui aussi… euh, elle ?

– Grosse Maman n'est pas un vrai serpent. Elle est comme un homme, mais plus forte. Elle te surveille tout le temps.

– Comme Jésus ?

– Oui, comme Jésus. »

Il prit un brûleur à encens dans le panier. Il alluma un morceau de charbon, souffla pour activer la braise et versa l'encens dessus. Jericha le regardait faire, elle qui aurait tellement voulu être enfant de chœur. La fumée lui chatouilla agréablement les narines.

« Suis-moi », lui ordonna l'Obi après avoir tourné une fois autour d'elle en agitant l'encensoir. Il tourna ensuite plusieurs fois, en cercles concentriques, autour de l'arbre en chantant en créole.

« *Hoc est corpus meum* ; Anansi est une araignée », chanta Jericha en écho. La tête lui tournait et elle aurait bien bu une autre gorgée de cherry brandy, mais elle suivait l'Obi en posant ses pieds dans les traces laissées par ses pas.

En s'en rapprochant, on commençait à distinguer les caractéristiques de l'arbre. Son tronc blanc était tacheté d'épines noires d'aspect ciré qui luisaient comme les cornes de quelque minuscule animal. À sa base, il s'évasait pour former des ailes triangulaires évoquant les voiles d'un bateau.

Ils cessèrent de tourner.

« Approche-toi de l'arbre, ordonna l'Obi. Et arrête-toi quand je te le dis. »

Jericha fit un pas, puis deux, puis trois.

« Stop ! (Elle obéit.) Reste où tu es. Ne touche aucune partie de l'arbre. Il est puissant. »

Il chanta encore et, cette fois-ci, elle comprit deux mots en créole. *Sauvé/pé'du* : Sauvé/perdu. Ce que tu as perdu, quelqu'un l'a sauvé pour toi. *Donna nobis pacem*, chanta-t-elle en écho.

Elle vit alors une tache blanche. Les étoiles, se dit-elle, ou l'éclat argenté d'un nuage bas. Mais cette lumière venait de l'arbre : un tapis blanc qui flottait en bas du tronc en bougeant doucement, comme de l'eau. Elle le sentit sur ses pieds.

« Quelque chose me tombe sur les pieds, dit-elle, sans oser bouger.

– C'est du kapok. Il est tombé depuis longtemps, ne t'inquiète pas. Mais tu le vois seulement maintenant.

– Il m'a touché les pieds, cria-t-elle. Et vous m'avez dit que c'est du poison. » L'air s'emplit de bruits et d'ombres glissantes progressant sur les branches au-dessus de sa tête.

« La ouate ne te fera pas mal. Demande une faveur à Grosse Maman : demande-lui de nous pardonner », dit l'Obi.

Une myriade de fourmis sorties du sol monta à l'assaut de ses chevilles. Jericha se mit à crier en se donnant de grandes claques pour les chasser. Les insectes se désagrégeaient sous ses mains comme des poignées de terre. Ce n'était que de la boue.

« Ça m'est égal, sanglota-t-elle avec rage en se baissant pour étaler la boue sur sa peau. Ça m'est égal, ce que le zombie et vous avez fait à mon père. » D'un geste circulaire, elle frotta de boue ses genoux, puis ses bras, puis son visage mouillé de larmes. Et cette seconde peau était tiède, tout comme l'autre.

« Chut, lui dit l'Obi, qui s'était approché d'elle.

– Je m'en fiche de mon père, dit-elle avec un calme censé tarir ses larmes. Ce qui me manque, c'est… c'est maman.

– Prends ça, dit-il en refermant la main de Jericha autour de quelque chose d'ovale et frais. C'est un œuf de poule. Son œuf du vendredi saint. Offre-le à Grosse Maman. »

La main posée sur son épaule la guida doucement vers l'arbre, puis se retira. De la boue plein la bouche, elle leva la tête vers les branches en tentant de distinguer la forme, les yeux du serpent. Elle se baissa ensuite vers la base ailée semée de ouate du tronc pour déposer l'œuf dans un creux de racines. Le kapok sous ses pieds devint nuage. Dans l'île qu'elle avait survolée en rêve avec l'Obi, il y avait maintenant des montagnes et des ports, des femmes noires chargeant des bateaux – des femmes, et non plus des fourmis. Il y avait aussi d'autres mondes – des mondes qu'elle n'avait pas vus parce qu'elle n'avait pas pensé à regarder en haut. On a toujours quelque chose au-dessus de la tête. On n'est jamais au fond, ni au sommet, mais au milieu de toutes choses.

Dans le camion, elle s'assit entre Benedict et sa maman en serrant les dents pour pleurer sans larmes. Les cahots la projetèrent contre une épaule au confort de laquelle elle s'abandonna, un bras se glissa autour de sa taille pour gentiment l'attirer, et c'est sur des genoux qu'elle fit le trajet de retour. L'encensoir, dans le panier posé au sol, cliqueta doucement tout du long.

Elle se réveilla quand on la souleva du camion pour lui faire franchir le portail de pierre du jardin. Sa bicyclette avait suivi.

Le dimanche de Pâques, Jericha se leva avant l'aube. Se glissant hors de son lit, elle enfila en courant les divers corridors, pieds nus pour ne pas faire de bruit, et elle sortit dans le jardin. Elle détacha la corde autour du cou de Maximilien et le chassa hors de l'enclos en lui fouettant légèrement les pattes de derrière avec un rameau. Au portail du couvent, il hésita une seconde puis, franchissant d'un pied sûr la grille de la route censée le piéger, il fila vers la jungle.

Rose-Johnny

Rose-Johnny avait les cheveux coupés comme un homme et elle terrifiait les petits enfants. Je refuse de croire que c'était là son intention. En réalité, elle nous inspirait simplement de la curiosité, mais c'étaient nos mères qui s'emparaient de notre fascination pour la transformer, grâce à leurs mises en garde répétées, en une terreur délicieuse. À les croire, Rose-Johnny était comme ces vieux puits, recouverts par des planches pourries et envahis par les mauvaises herbes, qui attendaient derrière les granges pour nous engloutir. Nos mères nous recommandaient sans cesse de ne pas nous approcher d'elle, sûres néanmoins que nous le ferions.

Ma propre mère ne faisait pas partie de celles qui s'étendaient sur ce sujet, mais Walnut Knob était une assez petite ville pour qu'on ne fût pas obligé de dire directement les choses. Quand j'eus pour la première fois l'occasion de vraiment voir Rose-Johnny – de la voir de près, s'entend –, j'avais dix ans, et je compris pleinement l'importance de cette rencontre.

Cependant, ce qui m'importait le plus à l'époque, c'était qu'il m'arrivât enfin quelque chose dont ma sœur n'eût pas déjà fait l'expérience. Elle était mon aînée de cinq ans et, en conséquence, tant mes hauts faits que mes vêtements avaient d'abord été ceux de Mary Etta. Malheureusement, étant donné les circonstances, je ne pouvais parler à personne de ma rencontre avec

Rose-Johnny. Ainsi, pendant près d'un an, je fus tourmentée par le fait de ne pouvoir exploiter ma propre importance. Je me répétais inlassablement l'histoire à moi-même, ce qui, au lieu de calmer ma surexcitation, l'accroissait.

Contrairement à ce que nous avions entendu dire, elle n'était pas l'une de ces créatures païennes mi-mâle mi-femelle dont, par un montage choquant, on transfère parfois les torses nus sur des corps d'animaux. En réalité, j'avais été stupéfaite par sa normalité. Il est vrai qu'elle portait comme mon père les solides brodequins de travail *Red Wing* et quelque chose dans son visage n'était pas très féminin, mais n'importe quelle autre femme aurait eu le même air avec une coiffure pareille. Ses cheveux noirs comme du charbon étaient coupés si ras que, lorsqu'elle baissait sa tête ronde, on voyait la tache claire de son cuir chevelu au sommet de son crâne.

Pour le reste, elle ressemblait à n'importe laquelle de nos mères avec sa grande robe à fleurs qui ne marquait pas la taille et les deux zones usées sur le devant, là où sa poitrine frottait contre le comptoir quand elle se penchait pour rendre la monnaie ou dépoussiérer.

On dit que tout ce qui est important ne vous arrive jamais sans raison. On m'avait envoyée au magasin d'aliments pour animaux (là où j'ai parlé à Rose-Johnny et ou une pièce de vingt-cinq *cents* est passée de ma main dans la sienne) parce que c'était la saison des foins, et que j'étais petite pour mon âge. Je n'étais pas trop petite pour aider au repiquage des pieds de tabac au printemps – de fait, j'étais meilleure que Mary Etta, qui rouscaillait parce qu'elle se tachait les mains – mais je ne l'étais pas encore assez pour jeter les balles de foin dans le camion à plateau. C'était la période de l'année où papa se plaignait de ne pas avoir de fils. Ce jour-là, maman lui avait dit de ne pas se donner la peine d'aller en ville acheter les aliments pour volailles car Georgeann pourrait le faire en revenant de l'école. Georgeann, c'est moi.

Maman m'avait dit de demander à tante Minnie si celle-ci pourrait me prendre à l'école et me ramener en voiture à la maison. « Dis-lui que c'est pour rendre service à ta maman. Tu lui demanderas bien poliment de t'arrêter au magasin de Lester Wall, où tu ne feras qu'entrer et sortir. Voici vingt-cinq *cents* pour acheter cinq livres de pâtée pour poules pondeuses. »

Je mis la pièce dans ma poche en jetant un regard furtif à Mary Etta, pour voir si elle avait saisi l'importance de la mission qu'on m'avait confiée. Une fois, elle m'avait dit que je ne valais pas mieux que le parasite de la pomme de terre et que toute la famille mourrait un jour de faim à cause de ma paresse. C'était l'un de ces jours d'été où, à genoux dans le potager, nous enlevions un à un les doryphores des plants pour les jeter dans des bidons remplis de kérosène. Elle ne pourrait pas aller en ville regarder les robes avec tante Minnie tant que nous n'aurions pas fini. Plus exactement, elle m'avait dit que si je ne travaillais pas plus vite, c'était moi qu'elle jetterait dans le kérosène. Plus tard, elle a prétendu qu'elle ne le pensait pas, mais je comptais bien m'en souvenir.

Tante Minnie enseignait au cours préparatoire et elle avait une « Dodge 1951 ». Elle prononçait cela comme si c'était un seul mot chaque fois qu'elle parlait de son auto. Aucun des membres de notre famille n'en avait une aussi récente, sauf peut-être les cousins Wilcox, de Knoxville, qui étaient un jour venus nous voir dans une Ford censément achetée à sa sortie d'usine. J'avais vu cette auto, mais je la trouvais beaucoup moins impressionnante que celle de tante Minnie, qui était toute blanche et immense et étincelante. Elle payait un jeune garçon pour la nettoyer un samedi sur deux.

Le jour où elle m'accompagna chez Wall, elle m'attendit dans la voiture pendant que j'entrai dans le magasin, la pièce serrée dans mon poing. C'était la première fois que j'y allais. Je savais ce qu'on y vendait pour être passée mille fois devant, mais je ne m'imaginais pas combien les odeurs mêlées de pâtée, d'animaux et de blé de semence pouvaient être grisantes. La poussière blanche recouvrait tout comme un fin voile de mariée. Rose-Johnny était dans le fond avec un arrosoir, penchée sur l'une des cuves à poussins. Le métal bruissait de la rumeur des oisillons, et l'ampoule électrique placée dans la cuve éclairait son visage d'une lueur blafarde. Mr Wall, le papa de Rose-Johnny, était à l'avant du magasin en train de parler à deux hommes à propos d'un cheval. Il ne me vit pas me glisser vers le comptoir. Ce fut Rose-Johnny qui vint vers moi.

« Qu'est-ce que ce sera pour vous, miss ? » me demanda-t-elle.

Je me dis qu'elle ressemblait exactement à la mère de tout le monde. J'avais envie de tendre la main pour toucher sa robe à fleurs. Les deux hommes me regardaient.

« Ma maman veut cinq livres de pâtée pour poules pondeuses et elle m'a donné de quoi l'acheter, dis-je en tapant la pièce contre le comptoir.

– Très bien, miss. » Elle me sourit, et repartit d'un pas fatigué, ses bottes heurtant lourdement le sol. Tel un canard vers la mare, elle marcha lentement vers les rangées de casiers de graines alignés contre le mur. Elle mit plusieurs pelletées de pâtée dans un sac en papier et le pesa, puis jeta la pelle dans le coffre. Un petit nuage de poussière monta jusqu'à la fenêtre. Je l'observais du comptoir.

« Ta maman ne sait pas qu'elle gaspille ses sous avec la pâtée ? N'importe quel stupide poulet mange du grain. » Je sursautai quand l'homme s'adressa à moi. Mr Wall n'était plus là, mais c'était un des deux qui discutaient précédemment avec lui. Ils se tenaient si près de moi que je devais lever la tête pour voir leurs visages.

« Non, monsieur. C'est de la pâtée qu'il leur faut, murmurai-je aux bottes de l'homme.

– Répète voir, dit le grand, celui qui parlait tout le temps.

– Il leur faut de la pâtée, répétais-je plus fort. Pour pondre les beaux gros œufs qu'on vend. Un peu de pâtée mélangée à du grain. Maman dit qu'il y a de la coquille d'*hître* pilée dedans.

– Sans blague ! Tu entends ça, Rose-Johnny ? La gamine dit que tu mets de la coquille d'*hître* dans ta pâtée. C'est vrai ? »

Rose-Johnny s'avança vers la caisse, les yeux ronds d'étonnement. Elle enregistra rapidement l'achat puis poussa le paquet vers moi sans un mot, comme si elle avait perdu la parole.

« C'est toi qui les récoltes, les *hîtres*, Rose-Johnny ? À Jackson Creek, dans la rivière, c'est ça ? » Il rit. L'autre homme se taisait.

Rose-Johnny regarda autour d'elle, puis leva les yeux au plafond. Elle se gratta furieusement la tête, comme un chien qui a des tiques.

Après le départ des deux hommes, je me haussai sur la pointe des pieds vers le comptoir pour me rapprocher d'elle : « Vous les récoltez vous-même ? » chuchotai-je.

Elle planta ses yeux dans les miens comme le mors se place dans la bouche de la mule : exactement comme il faut. Ses yeux étaient du bleu le plus pâle que j'eus jamais vu. Puis elle renversa la tête en arrière et partit d'un éclat de rire si énorme que je vis ses dents de derrière, larges et plates, qui pourtant ne me firent pas peur.

Quand je quittai le magasin, les deux hommes arpentaient le porche, leurs bottes raclant lourdement le plancher. Le plus petit me demanda :

« Combien tu as payé cette femme pour la pâtée, petiote ?

– Vingt-cinq *cents*. »

Il me mit une pièce dans la main. « Tiens, prends ça. Maintenant, tu rentres à la maison et tu dis à ton papa de ne jamais envoyer ses petites filles au magasin Wall. Qu'il y envoie ses fils, s'il en a, mais pas ses filles. » Il avait ôté son chapeau et ses cheveux étaient collés en arrière en mèches rousses et humides. Une ligne blanche régulière séparait le haut de son front du cuir tanné rougeâtre de son visage. Ce visage aurait pu être celui de mon père.

« Non, monsieur, je ne peux pas lui dire ça puisque mon papa n'a pas de garçons.

– C'est la gosse de George Bowles, Bud, intervint le grand. Il n'a que deux filles.

– Alors, qu'il vienne lui-même », dit Bud. Comme il avait le soleil en face, ses yeux avaient l'éclat jaune d'une paire de pennies.

Tante Minnie ne le vit pas me donner la pièce car elle se regardait dans le rétroviseur extérieur de la Dodge. Tante Minnie était plus vieille que maman, mais tout le monde la croyait plus jeune car elle s'arrangeait. Et, bien sûr, parce que maman était une femme mariée. Ma mère disait que si tante Minnie trouvait un homme, elle se comporterait enfin comme une femme de son âge.

Quand je montai dans la voiture, elle était en train de s'arracher des cheveux blancs au niveau de la raie. Elle prétendait en avoir parce qu'elle était maîtresse d'école, mais je savais que, du côté de maman, on grisonnait tôt.

Elle sursauta quand je claquai la portière. « Ça y est ? me demanda-t-elle.

– Oui mam'zelle. » Elle remit son petit chapeau rouge sur sa tête et planta lentement dedans la longue épingle avec laquelle elle le fixait. J'en frissonnais encore quand elle démarra. Elle rit.

« Tu en fais une tête, dit-elle. Quelqu'un a marché sur ta tombe ?

– Je n'ai pas de tombe. Je ne suis pas encore morte.

– Ça, je sais. C'est simplement ce qu'on dit quand les gens ont le grand frisson que tu viens d'avoir. » Elle sourit. La plupart du temps, j'aimais bien tante Minnie. Au bout d'une minute, elle ajouta :

« Je ne crois pas qu'il s'agisse d'une vraie tombe, avec toi dedans. Juste de l'emplacement où l'on creusera ta tombe, dans très, très longtemps. »

Je réfléchis un moment à cela. Je tentai, sans succès, de me représenter l'endroit. Puis je repensai aux deux hommes du magasin Wall, et demandai à tante Minnie pourquoi les garçons pouvaient faire des choses qu'on trouvait blâmables de la part des filles.

« Oh, pour toutes sortes de raisons, répondit-elle. À quoi penses-tu précisément ?

– Par exemple, aller au magasin Wall.

– Qui t'a dit qu'il ne fallait pas ?

– Quelqu'un. »

Tante Minnie se taisait. Je finis par dire :

« C'est à cause de Rose-Johnny, c'est ça ? »

Tante Minnie leva imperceptiblement le menton. Je me demandais si c'était un « oui », ou si elle vérifiait tout simplement son rouge à lèvres dans le miroir.

« Pourquoi ? demandai-je.

– "Pourquoi" quoi ?

– Pourquoi c'est à cause de Rose-Johnny ?

– Je ne peux pas te le dire, Georgeann.

– Pourquoi pas ? Dis-le-moi », insistai-je d'un ton geignard.

L'auto passa avec un fracas de tonnerre sur une grille destinée à empêcher le bétail de traverser la route. En arrivant au croisement, tante Minnie donna un coup de frein violent qui nous projeta toutes deux en avant. Elle me regarda. « Georgeann, Rose-Johnny est libanaise. Je ne t'en dirai pas plus. Tu comprendras mieux quand tu seras grande. »

En arrivant à la maison, je déposai la pâtée dans le poulailler. Les poules, déjà juchées sur la plus haute poutre, gloussaient doucement dans leurs plumes et se balançaient d'une patte sur l'autre sur leur perchoir. Comme tous les jours, je ramassai les œufs et les portai à la maison. N'ayant pas encore décidé que faire de la pièce de vingt-cinq *cents*, je la gardai sur moi jusqu'au dîner.

Mary Etta descendit en retard. Elle avait beau s'être lavée et changée, elle était blanche comme un fantôme d'avoir aidé aux foins toute la journée. Elle ne dit pas un mot et mangea très peu.

« Allez, les filles, dit maman, finissez-moi toutes les deux ces patates. Ça vous aidera à grandir.

– J'en ai pas besoin. J'ai déjà grandi tout ce que je pouvais, dit Mary Etta.

– Ne réponds pas à ta maman, dit papa.

– Je ne "réponds" pas. Je dis juste la vérité. » Elle regarda maman. « C'est vrai, lui affirma-t-elle.

– Mange encore un peu, Mary Etta. Ce n'est pas parce que tu rentres dans la même robe depuis un an que tu ne grandiras plus.

– Je suis aussi grande que toi, maman.

– Bon, comme tu veux. » Maman gratta le plat de purée et déposa son contenu dans mon assiette. « Je suppose que tu vas me dire que, toi non plus, tu ne veux plus grandir ?

– Non, m'dame, je ne dirai pas ça. » Effondrée, je lorgnai du coin de l'œil la robe chemisier rose que je comptais hériter en même temps que les rondeurs dont j'espérais un jour pouvoir la remplir. Je sais maintenant que j'étais condamnée à garder ces vêtements et à vivre dans mon corps anguleux. Contrairement aux Wilcox avec leur auto, j'étais, moi, vouée aux choses de seconde main. Je mangeai ma purée sans rien dire. Le dîner était presque terminé quand papa me demanda si j'avais rapporté la pâtée pour les poules.

« Oui, m'sieur. Je l'ai mise au poulailler. (J'hésitai.) Et voilà ton argent. Mr Wall ne m'a pas fait payer.

– Pourquoi ça ? » demanda maman.

Mary Etta me fixait avec des yeux de morte-vivante. Même ses cheveux avaient l'air fatigué : ils pendouillaient derrière sa chaise comme une longue ombre noire.

« Parce que je lui ai donné un coup de main, dis-je. Rose-Johnny n'était pas là – elle est malade. Alors Mr Wall m'a dit que si je pouvais l'aider à rincer les poubelles, à épousseter les rayons et à donner à boire aux poussins, j'aurais la pâtée pour rien.

– Et tante Minnie t'attendait pendant que tu faisais tout ça ?

– Ça lui était égal. Elle avait des magazines à lire. »

C'était le premier gros mensonge que je faisais de ma vie. Persuader ma famille que j'avais gagné la pâtée avec un travail honnête, ça, c'était du pouvoir, et c'était grisant.

Je me surpris moi-même par mes capacités à poursuivre mon histoire. Je ne pouvais plus m'arrêter. « Il m'a proposé de revenir l'aider la prochaine fois qu'on aura besoin de quelque chose, affirmai-je.

– J'espère que tu ne lui as pas dit qu'on ne pouvait pas payer la pâtée ? me demanda sévèrement papa.

– Non. J'ai posé tout de suite la pièce sur le comptoir. Mais il avait besoin d'aide. Rose-Johnny est très malade. »

Il me regarda comme s'il lisait en moi. Il avait le même air que s'il avait trouvé le trou dans la clôture du poulailler par lequel s'insinuait la couleuvre noire. Mais il se contenta de me dire : « Très bien. Tu peux y aller si ça ne dérange pas tante Minnie de t'attendre.

– Tu n'as pas besoin de lui en parler, dis-je. Je peux rentrer à la maison à pied comme je le fais tous les jours. Cinq livres de pâtée, c'est rien à porter.

– On verra », dit maman.

Ce soir-là, folle d'excitation, je m'endormis longtemps après Mary Etta. Je me retournais sous mes couvertures en me racontant les deux versions de mon histoire – la vraie et la fausse. À miss Regina, la grosse poupée, offerte par grand-pa et grand-ma Boyles, dont j'adorais les boucles blondes et la petite couronne en fil de fer posée dessus, je confiai : « Rose-Johnny n'est pas vraiment malade, tu sais. Elle est libanaise. »

Après l'école, je cherchai le mot dans le dictionnaire de la Bible de tante Minnie. Prétendant m'intéresser à saint Jean Baptiste, je feuilletai le livre à rebours pendant qu'elle essuyait le tableau et me ruai sur le *L*. Mon cœur sauta dans ma poitrine quand je le trouvai, mais je relus le passage plusieurs fois et il ne m'éclairait pas. Il disait seulement : « Libanais : un peuple de marins qui construisaient des bateaux en cèdre. » Je ne pouvais croire que, même grande, je serais capable, comme me l'avait promis tante Minnie, de faire le lien entre ça et la Rose-Johnny que j'avais fréquentée. Je n'en étais pas moins déterminée à comprendre. Le semaine suivante, je retournai au magasin, certaine que le poids de mon mensonge le ferait rouler sur sa lancée.

Rose-Johnny me reconnut aussitôt. « Cinq livres de pâtée pour poules pondeuses », m'affirma-t-elle et, cette fois, je la suivis jusqu'aux casiers d'aliments pour animaux. Elle avait de la poussière blanche dans les cheveux.

« C'est vrai que vous venez d'au-delà des mers ? » lui demandai-je à voix basse quand elle se pencha pour plonger la pelle.

Elle rit en roulant des yeux. « Beaucoup te diront que je viens de la lune », me dit-elle. Je n'avais qu'une peur : qu'elle se tût soudain, comme la dernière fois, en regardant partout comme un animal traqué. Mais, quand elle eut fini de remplir le sac en papier, elle me dit : « Je suis née à Slate Holler. C'est le plus loin où je suis allée et où j'irai jamais.

– C'est là que vous prenez les *hîtres* ? » demandai-je. Les yeux baissés sur les particules colorées composant la pâtée, je me demandais lesquelles pouvaient bien être de la coquille de cette chose.

Rose-Johnny me regarda longtemps puis éclata de nouveau de son gros rire.

« Mais, mon petit chou, tu ne sais pas que les huîtres viennent de la mer ? »

Elle fit cliqueter la caisse enregistreuse en y tapant vingt-cinq *cents*, mais je me gardai bien de la regarder.

« C'est tout ce que tu veux, n'est-ce pas ? »

Je me penchai sur le comptoir en essuyant des larmes qui ne venaient pas. « Je ne peux pas payer, dis-je. Mon papa m'a dit de vous demander si je ne pourrais pas faire des petits travaux pour vous – nettoyer, ou ce genre de choses.

– Ton papa t'a dit de me demander ça ? Attends voir, ma choute, on va bien te trouver de la besogne. Et comment s'appelle cette petite mignonne ?

– Georgeann.

– Moi, c'est Rose-Johnny. » Je ne lui dis pas que, tout comme les autres enfants, je savais son nom depuis quatre ou cinq ans, quand je l'avais pour la première fois aperçue en ville, même que j'avais été obligée de demander à maman si c'était un nom de garçon ou de fille.

« Enchantée », lui dis-je.

Notre arrangement resta entre nous. Je venais chaque semaine l'aider à nourrir les jeunes poules, et je rapportais à la maison mes cinq livres de pâtée. Mr Wall non plus n'était pas au courant, pourtant, ça ne lui aurait fait ni chaud ni froid. Il était si rarement au magasin qu'il n'aurait même pas remarqué ma présence. Il restait au fond, là où Rose-Johnny et lui habitaient.

C'était elle qui tenait boutique, qui s'occupait de la comptabilité et des commandes. Elle me montra comment nourrir et faire boire les jeunes poules et les canetons, puis enlever des cages ceux qui étaient malades. Plus tard, j'appris à peser les paquets de graines et à mélanger les différentes sortes de pâtée. Des listes clouées au mur indiquaient combien de maïs concassé, combien d'avoine et combien de gruau il fallait mettre. Je suivais les prescriptions avec grand soin, ajoutant peu à peu, dans le sac posé sur la balance, d'infimes quantités jusqu'à ce que l'aiguille tombât pile sur le chiffre souhaité. Bien qu'elle fût patiente avec moi, je me sentais lente comparée à Rose-Johnny, qui ne regardait jamais les listes et n'utilisait la balance qu'après avoir rempli les sacs, juste pour vérifier. Selon moi, elle savait faire plus de choses que quiconque de ma connaissance, homme ou femme.

Elle savait aussi les noms de tous ses clients, même si elle leur parlait rarement. Parfois, quand il y avait des hommes dans le magasin, son attitude était tellement différente que je n'arrivais pas à démêler si elle avait vraiment perdu la parole ou si elle faisait semblant. Mais après, elle me disait leur nom, et tout sur eux. Une fois, elle me parla d'Ed Charney Sr. et de Bud Mattox, les deux que j'avais rencontrés la première fois. D'après elle, Ed avait une vieille mule rousse qu'il avait l'habitude de maltraiter. Elle ajouta : « Pourtant, la mule d'Ed est mieux lotie que sa femme. » Je me demandais comment elle savait tout ça.

Quand elle dit « Bud Mattox », je me rappelai les yeux jaunes semblables à des pennies tout en faisant le rapprochement avec les fils Mattox de l'école. Auparavant, il ne m'était jamais venu à l'idée que les yeux, comme les cheveux blancs, étaient une affaire de famille.

De temps à autre, un groupe d'enfants noirs venait au magasin, toujours après l'heure de la fermeture. Rose-Johnny leur ouvrait. Elle appelait chacun par son nom et lui demandait des nouvelles de tout le monde et des poules pondeuses de leurs mères.

L'aînée, qui s'appelait Cleota, avait la même silhouette de grande fille que Mary Etta. Ses cheveux raides et hérissés sentaient la citronnelle qu'on met dans les bougies anti-moustiques. Les plus jeunes des filles portaient des macarons tressés en poignées de soupière. Les robes de plusieurs d'entre elles étaient taillées dans le même rouleau de tissu, mais elles n'étaient pas sœurs. Rose-Johnny faisait une facture distincte à chaque enfant.

J'observai sans parler. La peau striée de leurs talons et de leurs paumes était aussi claire que la mienne. Une fois, après leur départ, je demandai à Rose-Johnny pourquoi ils ne venaient au magasin qu'après la fermeture.

« Les gens se débrouillent comme ils peuvent », me dit-elle. Puis elle m'énuméra de nouveau le prénom de chacun, de Cleota jusqu'au plus petit. Elle me regarda droit dans les yeux. « Quand tu les rencontreras dans la rue, tu leur parleras, tu m'entends ? Et en les appelant par leur *nom*. Et peu importe si on vous regarde. »

On me permit de passer tous les jours après l'école une demi-heure au magasin Wall à condition de ne pas négliger mes devoirs à la maison. Parfois, quand il pleuvait ou qu'il faisait froid, tante Minnie venait me chercher en voiture, mais je préférais marcher. Seule, sans Mary Etta pour m'aiguillonner.

Pour autant que je sache, mes parents croyaient que j'aidais Mr Wall du fait de la maladie de Rose-Johnny. Leurs chances d'apprendre ce qu'il en était réellement étaient minces, mais il y avait toujours un risque : tante Minnie, au lieu de klaxonner, pourrait un jour entrer me chercher, ou papa débouler au magasin pour y faire un achat impromptu et voir de ses yeux que mon amie éclatait de santé. Le printemps venu, ça deviendrait dangereux car il aurait besoin d'acheter des graines de tabac.

Peu après Noël, je fus prise d'un désir de confession irrépressible. Je sentais mes mensonges germer et croître telles des pommes de terre froides et terreuses dans le silo à tubercules. Le soir, je parlais à miss Regina de mon infamie, et de ce qu'elle allait probablement me coûter quand on la découvrirait. Plusieurs fois, accidentellement, je faillis même tout avouer à Mary Etta.

« Qui c'est qui va te tordre le cou ? » me demanda-t-elle en entrant dans la chambre un soir où je la croyais occupée à faire la vaisselle.

« Personne », dis-je en serrant ma poupée contre mon oreiller. Je fis aussitôt semblant de dormir. J'entendais le glissement de la brosse dans les cheveux de ma sœur. Chaque soir, avant de se coucher, elle s'asseyait sur le lit, la jupe retroussée et la tête entre les genoux, et brossait ses cheveux longs jusqu'à toucher le sol. Selon elle, ça activait la circulation et retardait l'apparition des cheveux blancs. Elle commençait déjà à en avoir.

« C'est parce que maman t'a laissée regarder papa tuer les jeunes coqs ? me demanda-t-elle. Tu as eu peur de les voir sauter partout avec le cou rompu ?

– Je n'ai pas peur », murmurai-je. Mais j'avais tellement envie de dire la vérité que je me mis à pleurer. J'étais certaine que quelque chose de terrible allait arriver. J'avais aussi l'intuition que ce serait ma sœur qui en serait la victime et non moi.

« Personne ne te fera de mal », m'assura-t-elle. Elle caressa ma frange raide et dégagea ma queue-de-cheval pour la poser sur l'édredon. « Donne-moi miss Regina et laisse-moi la ranger, autrement tu vas lui abîmer sa belle coiffure. »

Je la lui laissai prendre. « C'est pas les jeunes coqs tués qui me font peur, Mary Etta. Je te le jure. » Sous les couvertures, je traçai de l'index une croix sur mon cœur.

Quand Rose-Johnny tomba malade, je me sentis tellement coupable que j'en vomis. À sa place, je vis Mr Wall derrière le comptoir. Je priai le ciel pour que ce fût ce jour-là que choisirait tante Minnie pour entrer me chercher, mais aussitôt après, je me dis que Dieu me tuerait à cause de ma méchanceté. Je me voyais déjà tomber morte à côté du casier à avoine. Je suppliai Mr Wall de me laisser voir Rose-Johnny.

« Va là-bas au fond, ma petiote. Elle t'attend », dit-il.

Je n'étais jamais entré chez eux. À part les meubles indispensables, il y avait très peu de choses. Je remarquai quelques vieilles photos au mur, toutes de la même femme. Les pièces étaient froides et il y régnait une odeur de maladie et, croyais-je, de remèdes. Comme mon père ne buvait pas, les relents de whisky ne m'étaient pas familiers.

Rose-Johnny, enveloppée dans un peignoir de flanelle informe, était appuyée contre les oreillers. Elle changea d'expression en me voyant, et je me souvins de son visage éclairé par l'ampoule électrique de la cuve à poussins lors de notre première rencontre. Éprouvant un regain de culpabilité, je me jetai contre sa poitrine.

« Pardonnez-moi. Je pouvais payer pour la pâtée. Je n'ai jamais voulu que vous tombiez malade. » À travers mes sanglots, j'entendais des bruits poussifs, stridents, accusateurs, à l'intérieur de sa poitrine. Elle allait chercher son souffle très loin, en faisant de gros efforts.

« Arrête de dire des sottises, fillette. »

Comme les semaines passaient sans apporter d'amélioration à son état, il devenait clair pour moi que mon mensonge était prophétique. Sans Rose-Johnny pour tenir le magasin, Mr Wall avait sérieusement besoin de mon aide. Reconstituer les stocks le plongeait dans l'embarras, et toute demande inhabituelle de la part d'un client le laissait désemparé. On était en mars, le mois le plus actif, commercialement parlant. Je venais d'avoir onze ans, et Mary Etta, une semaine après moi, seize. Je tenais pour un don du ciel ces sept jours annuels où elle n'était mon aînée que de quatre ans.

L'après-midi où mon père viendrait acheter les graines pour le potager et le champ de tabac était pour moi une perspective inquiétante à laquelle je m'étais beaucoup préparée. Quand cela arriva, la confusion d'esprit de Mr Wall donna une telle crédibilité à mon mensonge que je n'avais pas besoin de dire un mot pour m'en faire le champion. Je servis mon père avec dignité, pesant au gramme près ses graines de tabac et allant jusqu'à lui recommander les graines de haricots blancs à rames que Mr Wall avait stockées en trop grande quantité, mais dont papa ne voulut pas.

Plus tard le même après-midi, alors que la lumière d'hiver finissait de s'infiltrer par les carreaux poussiéreux, j'étais seule, occupée à nettoyer, quand Cleota et les autres enfants frappèrent à la vitre. Je les fis entrer. Je les servis et Cleota sortit des pièces d'un mouchoir bleu aux coins noués. J'eus beau compter et recompter, le compte n'y était pas – il en manquait plus de la moitié.

« C'est ce que miss Rose-Johnny nous demande d'habitude pour ça », affirma Cleota. Les plus petits – Venise,

Anita, Little-Roy, James – ne nous prêtaient aucune attention, trop occupés à jouer des coudes pour se bousculer l'un l'autre comme des coqs de combat. Cleota me regardait calmement, sans ciller. Ses sourcils formaient deux arcs parfaits.

« Je vous remercie infiniment », dis-je en rangeant les pièces dans les compartiments appropriés de la caisse.

Cette semaine-là, je découvris que les poussins souffraient de dépérissement. Je dus prendre Mr Wall par la main pour l'obliger à venir voir. La majorité d'entre eux étaient malades.

« C'est parce qu'il fait trop froid dans le magasin, dis-je. Ils n'arrivent pas à se réchauffer. On ne pourrait pas faire quelque chose pour augmenter la température ? »

Mr Wall haussa les épaules en regardant le poêle à bois. Il n'arrivait pas à entretenir un feu, contrairement à Rose-Johnny.

« Nous devons essayer, dis-je. Une seule ampoule électrique ne suffit pas. » Les poussins étaient blottis les uns contre les autres autour de l'ampoule comme les hommes se rassemblaient le matin autour du poêle pour saluer Mr Wall et se réchauffer les mains avant d'aller au travail. Je les voyais en passant devant pour aller à l'école. Sauf que les poussins étaient plus cruels : ils se bousculaient et grimpaient les uns sur les autres, les sains donnant des coups de becs dans les yeux et les pattes des malades, qu'ils faisaient saigner.

Je n'avais jamais remarqué auparavant à quel point Mr Wall était vieux. Quand il se pencha vers l'ampoule, je vis que ses yeux étaient couverts d'un voile. « Comment faire pour les soigner ? me demanda-t-il.

– On ne peut pas. Il faut enlever ceux qui sont malades pour qu'ils ne contaminent pas les autres. Rose-Johnny les met dans cette cuve qui est là-bas. On les fait boire et on les tient au chaud, mais ça ne sert à rien. Ils mourront tout de même. »

Il avait l'air si triste que je tapotai sa vieille main tavelée.

Je passais plus de temps que d'habitude au magasin, mais cela ne me faisait pas particulièrement plaisir. Quand je travaillais dans l'ombre de Rose-Johnny, j'étais le témoin secret d'un rituel magique de comptage, de pesage et de soins. Ensemble, nous faisions des petits paquets qui voguaient tels des bateaux vers toutes les parties du comté pour apporter la vie dans les jardins et les basses-cours de lieux où je n'étais jamais allée. Je me sentais supérieure à mes camarades de classe, car je participais à l'accroissement du nombre des volatiles dans le poulailler familial, ainsi qu'à l'enrichissement du potager de leurs mères. Par contraste, l'impuissance pathétique de Mr Wall augmentait mon sentiment de culpabilité. Il n'en restait pas moins que, tous les jours, je pouvais passer un peu de temps dans l'appartement du fond avec Rose-Johnny.

Il avait couru des bruits au sujet de sa maladie avant qu'elle advienne et maintenant qu'elle était réelle, les rumeurs ne tarissaient pas. Que je pus être à l'origine des premières ne me venait même pas à l'esprit. Si je n'y pensais pas, ce n'était pas par absence d'intérêt, mais parce que trop de contes à dormir debout couraient à Walnut Knob sur Rose-Johnny.

Ceux qui me troublaient le plus concernaient le papa de mon amie. J'avais entendu beaucoup d'adultes dire qu'il était responsable de son infortune, je supposais quant à moi que cela concernait sa coiffure. Mais on disait aussi que c'était un homme de couleur, ce que, connaissant bien Mr Wall, je savais être faux. Je harcelais tante Minnie, qui ne m'offrait toutefois rien de plus : elle affirmait même que, si la décision lui incombait, elle me tiendrait à l'écart des deux. Un avis que j'ignorai. Je commençai à comprendre que ni tante Minnie, ni personne me dirait la vérité sur Rose-Johnny. Au-delà de mots dont je ne comprenais pas le sens, je savais intuitivement que mon amie n'était pas plus masculine que ma mère ou ma tante, et pas plus lesbienne que libanaise. Rose-Johnny était tout simplement elle-même. Et seule contre tous.

Compte tenu de l'image de compétence qu'elle m'offrait, je ne croyais pas qu'elle pût être longtemps malade. Pourtant, avec le retour de la chaleur, elle devint apathique et blême. Sa respiration laborieuse m'effrayait. J'ouvrais mon cartable et, assise au pied de son lit, je lui lisais des passages de mon livre de textes. Les aventures somme toute banales du jeune garçon de mon manuel la faisaient parfois rire si fort qu'elle en perdait le souffle. D'autres fois, elle s'endormait à certains moments de l'histoire, mais, après, elle me faisait relire ce qu'elle avait manqué.

Elle s'inquiétait pour le magasin. Elle me demandait souvent comment Mr Wall se débrouillait avec les clients. « Très bien », l'assurai-je chaque fois. Mais en fin de compte, ne souhaitant pas alourdir encore le fardeau de mes mensonges et incapable de résister à l'orgueil, je lui confessai que j'étais obligée de tout lui dire. « Mr Wall oublie tout. C'est effrayant », lui confiai-je.

Elle sourit. « Avant, il était drôlement futé. C'est lui qui m'a tout appris, assura-t-elle. Après, c'est moi qui t'ai tout appris. Et maintenant c'est toi qui lui réapprends tout. » Elle se renfonça dans les oreillers, ses mains potelées croisées sur l'estomac.

« Mais il est gentil avec vous, non ? » lui demandai-je en comptant chaque souffle de sa respiration difficile. « Il ne vous fait pas de mal, votre papa ? »

Seules ses paupières bougèrent. Elle les ouvrit et me jeta « l'œil », celui qu'on dit mauvais – bleu et glacé. Ses yeux étaient d'un azur si pâle qu'ils en semblaient blancs, comme la glace sous laquelle l'eau court. Je baissai la tête et traçai une croix sur les oies en vol qui formaient un motif triangulaire sur l'édredon. « C'est lui qui vous a obligée à vous couper les cheveux », demandai-je ?

« Il me les a coupés au couteau de boucher. Parfois, il me course jusqu'à la rivière », précisa-t-elle. Elle rit. Un rire rauque de jeune garçon qui exprimait sa vulnérabilité. La même vulnérabilité que chez les veaux d'un an qui, lorsqu'on veut les attraper pour les abattre, sautent la barrière du corral et s'enfuient dans les bois. Je compris à cet instant que Rose-Jonny, elle aussi, connaissait le pouvoir du mensonge.

Ce fut le plus jeune des Mattox qui déclencha la bagarre à l'école, le lundi après Pâques. Comme il était plus vieux que moi et qu'en plus c'était un garçon, personne ne croyait qu'il me frapperait. Mais quand il commença à me traiter de tous les noms d'oiseau et que je fis pareil, il me jeta au sol. Les filles se mirent à crier et coururent chercher la maîtresse. Le temps qu'elle arrive, j'avais déjà le nez en sang, mais j'avais mordu le bras de Mattox avec une sauvagerie qui me soulagea.

Miss Althea me tendit son mouchoir pour que je m'essuie le nez, puis elle traîna Mattox jusqu'au bureau du directeur. Tous les autres enfants s'étaient mis en cercle autour de moi et me regardaient.

« Ce qu'il a dit, c'est pas vrai. Ni sur moi, ni sur Rose-Johnny. C'est pas une perverse et je l'aime, affirmai-je.

– C'est toi la perverse, me dit un garçon.

– Je l'aime », maintins-je en regardant avec incrédulité mon propre sang tremper le mouchoir.

Ce jour-là, je ne pus voir Rose-Johnny. La porte du magasin Wall était fermée à clé. Voyant par la fenêtre que le papa de Rose-Johnny y était, j'entrepris de frapper la vitre du plat de la main. Il ouvrit, et je sentis dans son haleine cette odeur de médicament qui m'avait déjà frappée. « Pas aujourd'hui, ma petite », me dit-il. Sous ses yeux la peau était bleu foncé.

« Il faut que je la voie. » J'étais irritée contre Mr Wall, dont je ne pensais pas qu'il serait de taille à être un obstacle. Mais apparemment, il l'était.

« Pas aujourd'hui, décréta-t-il. Nous sommes fermés. » Il me claqua la porte au nez et tourna la clé.

« Dites-lui que j'ai frappé un garçon et que je lui ai mordu le bras. Dites-lui, Mr. Wall, que je me suis battue avec un garçon parce qu'il insultait Rose-Johnny », criai-je à travers la vitre.

Le lendemain, la porte du magasin était ouverte mais il n'était pas là. J'entrai. L'appartement du fond était dans l'obscurité à part la lampe allumée au chevet de Rose-Johnny. Sur la table de nuit, était posés, si proches qu'ils se touchaient, une fiole emplie d'un liquide brun et un verre. Rose-Johnny semblait endormie mais elle grogna quand je grimpai sur son lit pour m'asseoir à ses pieds.

« Votre papa vous a répété ce que je lui ai dit hier soir ? » demandai-je.

Elle ne répondit pas.

« Votre papa est malade ? insistai-je.

– Mon papa est mort », me dit-elle. Cette nouvelle me surprit tellement que ma gorge se serra. Elle ouvrit les yeux et les referma. « 'Pa va bien, mon chou. Il est juste sorti, j'imagine. » Elle prononça cette phrase en reprenant son souffle entre chaque mot, puis ajouta : « Je ne voulais pas t'effrayer. 'Pa n'est pas mon papa, il est le papa de ma maman. »

Je n'y comprenais plus rien. « Et votre vrai papa, il est mort ? »

Elle hocha la tête.

« Il y a longtemps, dit-elle.

– Et votre maman ? Elle est morte aussi ?

– Hum, hum… fit-elle – une approbation distraite, qui m'évoquait maman quand on lui parlait et qu'elle n'écoutait pas.

– C'est elle, là ? » demandai-je en désignant la photo accrochée près du lit. La femme, à l'exception d'une écharpe en dentelle noire, avait les épaules nues. C'est par-dessus l'une de ces épaules qu'elle vous regardait d'en haut, la tête tournée de côté.

Rose-Johnny leva les yeux en direction de la photo et dit que, oui, c'était sa mère.

« Elle est jolie, dis-je.

– On disait que je lui ressemblais beaucoup. (Rose-Johnny émit son rire rauque, qui la fit tousser.)

– Pourquoi elle est morte ? »

Elle secoua la tête.

« Ça, je ne peux pas te le dire.

– Vous me le direz quand je serai grande ? »

Elle ne répondit pas.

« Mais alors, si Mr Wall n'est pas votre papa, c'est l'homme de couleur qui l'est ? demandai-je en me parlant surtout à moi-même.

– Ils disent ça ? »

Je haussai les épaules.

« Ça m'est égal. Tous les hommes sont de la même couleur, dit-elle.

– Oh ?

– Mon papa était blanc. Quand il est mort, ma maman a aimé un autre homme, qui était noir de peau.

– Qu'est-il arrivé après ?

– Ce qui devait arriver. Ils ont eu un petit bébé nommé Johnny. » Sa voix chantait plus qu'elle ne parlait, et ses paupières étaient si paisiblement closes que j'avais peur qu'elles ne se rouvrent plus. Chaque fois qu'elle respirait, on entendait cent petits oiseaux gazouiller à l'intérieur de sa poitrine.

« Où est-il, ce bébé ?

– Maman Rose et son joli petit bébé Johnny. Rien de mauvais ne pourra leur arriver. Personne n'enlèvera jamais ses bébés à Rose », dit-elle du même ton chantant. Un papillon de nuit argenté entra dans l'abat-jour de la lampe et se cogna contre l'ampoule. Rose-Johnny tendit la main vers la table de nuit.

« Je voudrais que tu me verses un peu de ce qu'il y a dans le flacon. »

Je le soulevai avec précaution et j'emplis à demi le verre. « C'est votre remède ? » demandai-je. Pas de réponse. Je craignais d'entendre une autre histoire sans queue ni tête. « Quelqu'un a pris les bébés de votre maman ? insistai-je.

– Ils lui ont pris son homme, voilà ce qu'ils lui ont fait. Son homme, qu'ils ont pendu du haut d'un arbre. » Elle se souleva lentement sur ses coudes. « Tu sais ce que ça veut dire, "lyncher" ?

– Oui. » Et c'était vrai : avant, je n'en étais pas sûre, mais maintenant, je le savais.

« Les gens te diront que, dans ce pays, on ne lynche que là où les rivières ne gèlent pas. Qu'on ne l'a jamais fait ici, chez nous. C'est faux. Tu connais Jackson Creek, là-haut près de Floyd's Mill ? (Je hochai la tête.) Ils l'ont lynché à cet endroit, et ils ont noyé bébé Johnny dans la rivière Jackson, et je peux te dire qu'elle était plus gelée que tu ne la verras jamais. Ils ont dû creuser un trou dans la glace. (Elle ne détourna pas un instant ses yeux des miens en me disant ça.) Dans cette même rivière. Pauvre maman, ce qu'ils lui ont fait… Et ils lui ont dit aussi ce qu'ils me feraient, à moi, quand je serais plus grande. »

Elle ne but pas le médicament que je lui avais versé. Elle le laissait reposer là, sans le toucher. J'avais peur d'en entendre davantage, et tout aussi peur de la quitter. Je regardai le papillon progresser à l'intérieur de l'abat-jour.

Soudain, en me prenant par surprise, elle se redressa sur le lit. « Mais moi, ils ne m'ont rien fait. Rien du tout », me dit-elle sur le ton qu'elle avait avant de tomber malade – celui qu'elle avait quand elle pesait les sacs de graines. « Et tu sais pourquoi ? (Je l'ignorais.) Je vais te dire ce que maman m'a fait : elle a pris des ciseaux et m'a coupé les cheveux le plus ras possible. Elle m'a dit : *À partir de maintenant, tu seras Rose-Johnny. Je veux que tu sois les deux à la fois*. Puis elle est allée à la rivière et s'est laissé tomber dans le même trou que celui où ils ont jeté bébé Johnny. »

Je restai un long moment avec elle, en tapotant ses genoux sous les couvertures et en m'essuyant le nez de ma manche. « Il faut boire votre remède, Rose-Johnny, lui dis-je. Buvez-le pour aller mieux. Tout ça, c'est fini, maintenant. »

Ce fut la dernière fois que je vis Rose-Johnny. Un mois plus tard, quand je repassai devant le magasin, des planches étaient clouées en travers de la porte. Plus tard, les frères Londroski le reprirent. Certains disaient qu'elle était morte. D'autres, qu'elle et Mr Wall étaient partis vivre dans les Blue Ridge Mountains, où ils avaient ouvert un autre magasin. C'est la seconde histoire que je voulais croire. Depuis, des années durant, chaque fois que j'allais dans cette partie montagneuse du pays, je ne manquais pas d'y admirer les Plymouth Rock, les belles poules pondeuses aux rayures noires et blanches, et les Rhodes Island tigrées de rouge qui grattaient les cours des fermes, ainsi que les plants de tomates qui grimpaient tout autour des portes de derrière.

J'aimerais pouvoir arrêter là ce récit, mais mon passé est trop plein de demi-vérités. Cette histoire, je dois donc la raconter jusqu'au bout.

Quoi que Rose-Johnny et son grand-père fussent devenus, je suis certaine que leur départ était en rapport avec ce qui arriva le même soir à Mary Etta. Et, je le savais avec certitude, ce qui lui arriva par ma faute.

Il était tard quand je rentrai à la maison. Tout en marchant, je tournai et retournai l'histoire de Rose-Johnny dans ma tête, comme le penny de grand'pa Bowles, avec la tête d'Indien gravée sur les deux faces, qu'on ne pouvait jamais s'arrêter de faire sauter dans sa main.

Quand j'aperçus maman plantée comme un fantôme devant la porte, je crus qu'elle allait me gronder. Je me trompais. Elle traversa la cour en courant pour me prendre dans ses bras comme quand j'étais une petite fille et m'emporter à la maison.

« Où est papa ? » demandai-je. C'était l'heure du dîner mais il n'y avait pas de dîner.

« Il est parti te chercher en camion. Comme il ne te trouvera pas, il rentrera directement chez nous.

– Pourquoi me cherche-t-il ? Qu'est-ce que j'ai fait ?

– Georgeann, des hommes ont essayé de faire du mal à Mary Etta. Nous ne savons pas pourquoi, mais nous avions peur qu'ils veuillent t'en faire aussi.

– Non, m'dame. Personne ne m'a fait de mal. Et Mary Etta, ils l'ont tuée ?

– Grand Dieu, non, s'exclama maman en me serrant contre elle. Elle est vivante. Mais ne va pas l'ennuyer avec tes questions si elle ne se sent pas d'en parler. »

Notre chambre était dans l'obscurité et, dans le lit, ma sœur pleurait. « Je peux allumer la petite lampe ? demandai-je, redoutant de ne pas trouver Mary Etta au complet.

– Si tu veux », me dit-elle.

Il ne lui manquait rien. Tout y était : bras, jambes, cheveux. Mais son visage était tuméfié, et elle avait des marques rouges autour du cou.

« Arrête de me regarder comme ça, me dit-elle.

– Excuse-moi. » Mon regard fit le tour de la chambre. Sa robe était posée sur le dossier de la chaise. Sa plus belle robe, celle en lin vert avec les boutons recouverts de tissu et le jupon attaché qu'il lui avait fallu tout l'hiver pour faire. Cette robe était rouge de terre, et le corsage, pratiquement déchiré en deux.

« Je recoudrai ta robe, Mary Etta, lui dis-je. Je ne coupe pas aussi bien que toi, mais je sais raccommoder.

– Elle n'est pas raccommodable », m'assura-t-elle. Puis, en tentant de me sourire avec ses lèvres enflées, elle ajouta : « Mais tu peux m'aider à en faire une autre.

– Qui t'a mis dans cet état ?

– Je ne sais pas. » Elle se tourna vers le mur pour regarder le papier peint. « Plusieurs hommes. Trois ou quatre. Parmi eux, il y avait peut-être un garçon de mon âge, mais je n'en suis pas sûre car ils avaient quelque chose sur la figure.

– Quelle chose ?

– Je ne sais pas. Des foulards, ou ce genre de trucs. » Elle ajouta à voix basse, comme si elle parlait au mur : « Tu te rappelles la drôle de couleur qu'ont les yeux des Mattox ? Eh bien, je crois avoir vu ces yeux-là. Mais ne le dis pas, Georgeann. Jure-le-moi. »

Me souvenant quel effet plaisant ça m'avait fait d'avoir le bras de Roy Mattox sous les dents, je ne promis rien.

« Tu les as frappés ?

– Non. J'ai crié et Mr Dorsey est sorti.

– Qu'est-ce qu'ils t'ont dit, avant que tu cries ?

– Ils ont seulement répété : "Tu es la fille Bowles ? Tu es la fille Bowles ?" Puis ils m'ont battue en me disant de vilaines choses.

– C'est moi qu'ils cherchaient », dis-je. Rien n'aurait pu m'en faire démordre. Je me couchai et refusai de manger ou de parler à qui que ce fût. Ma convalescence fut plus longue que celle de Mary Etta. C'est durant cette période que je pris les ciseaux à coudre de ma sœur et me coupai les cheveux avant de faire pareil à miss Regina. Je soutenais que je m'appelais Mary Etta, et ma poupée, Rose-Johnny.

Pour l'essentiel, ma famille supporta patiemment ma détresse. Ma mère me recoupa les cheveux aussi proprement qu'elle le put quoiqu'il n'y eût pas grand-chose à faire. Chaque fois que je me regardais dans la glace, j'étais surprise et secrètement satisfaite de voir à quel point j'avais l'air d'un petit garçon. Maman me dit que, quand je retournerais à l'école, je devrais expliquer moi-même la raison de mon geste. Tante Minnie, elle, disait que je traversais une crise et que me gâter ainsi n'était pas bon.

De toute façon, il ne me restait qu'un mois à faire en classe avant les vacances. Mon père me permit, ainsi qu'à Mary Etta, de rester à la maison pour aider au champ de tabac. À la fin de l'été, mes cheveux avaient suffisamment repoussé pour que je n'eusse pas d'explication à fournir. Comme on pouvait s'y attendre, les cheveux de miss Regina, eux, ne repoussèrent pas.

La « rouge »

Bueno. Si on m'acculait dans un coin je pourrai encore, mais tout juste, lever l'armée des ombres. Je me battrai, c'est sûr. Pourtant, je n'ai pas un physique de catcheuse. Si vous pouviez me voir, vous comprendriez à quel point cette affaire est ridicule – Tony, mon aîné, est déjà plus grand que moi, et il n'a que onze ans. Pourquoi avez-vous si peur de moi que vous me vouliez en prison ? Je vais vous le dire.

Primo : à cause de cette grève. Jamais aucune n'a mobilisé autant de vieux amis *chingândose* – du moins ici, à Bolton. Et on ne peut pas l'éviter car la société Ellington ne se contente pas d'exploiter la mine, elle est propriétaire de nos maisons, de l'eau qu'on boit, de la poussière sur nos souliers et, je dirais, de tout l'État du Nouveau-Mexique. Donc, tout ce qui respire est dans un camp ou dans l'autre. Dans une ville telle que celle-ci, ça a de l'importance car tout le monde se connaît, fréquente la même église, garde les gosses de l'autre, ce genre de trucs. Tout le monde se connaît, quoi.

Ma sœur s'est installée à Las Cruces, au Nouveau-Mexique, où elle a trouvé du travail. Pas moi. Je suis restée ici et j'ai épousé Junior Morales. Junior a été ma seule grosse erreur. Mais j'aimais Bolton. De loin, l'endroit ressemble à une décharge : comme si on avait balayé la rue après une fête et poussé les ordures dans le canyon. Nos maisons sont toutes sur le même modèle, mais les gens les ont peintes en jaune, rouge, etc. – des couleurs pas croyables pour des habitations ouvrières. Chacun reconnaît la sienne de loin, quand il redescend le Big Dipper (les Montagnes russes), qui porte bien son nom. La mine de cuivre est en haut du canyon et les rues sont raides ; certaines, on ne peut pas les faire en voiture car il y a des escaliers ; il faut monter *pedibus*. Oliver P. Snapp, le facteur chargé de la section ouest, en est mort d'une crise cardiaque, terrassé en pleine côte dans son short bleu. Le nouveau facteur refuse de monter distribuer. Les gens qui ont des maisons perchées doivent aller chercher leur courrier à la poste.

Quant à cette affaire entre moi et Vonda Fangham, je ne me souviens même pas comment elle a commencé. Je n'ai jamais rien eu contre elle, pas plus moi que d'autres, d'ailleurs. Mais on était déjà dans la quatrième ou la cinquième semaine de grève, et tout le monde savait qui la faisait et qui forçait le piquet. Il ne faut pas bien longtemps pour distinguer les rats et le fromage, et, tous les soirs, il y avait des bagarres à Big Dipper. Des amis intimes et même des frères en venaient aux mains. Ça, et pas la moindre paie à rapporter, vous imaginez un peu ?

Un samedi. Moi et Corvalis Smith on est piquets. Assis devant la baraque de grève, on passe le temps. Corvalis est un *tipo.* C'est un immense Noir haltérophile avec des cheveux tressés genre épis de maïs qui lui retombent dans le dos, et des bouts de feuilles d'aluminium enroulées au bout. Beau gosse à sa façon. Je suis sortie avec lui juste une fois, pour donner aux gens une bonne occasion de cancaner. Ça n'a pas loupé : ils s'attendaient tous à ce que j'accouche d'un môme mixte, à pois bruns et noirs. Ici, au Big Dipper, pour tomber enceinte, on n'a qu'à boire deux bières avec un homme – c'est dire à quel point il faut faire gaffe.

« Alors, t'as des nouvelles de Junior ? » il me demande. C'est une blague. Tout le monde me pose la même question, même mes amis. Vous voyez, Manuela n'était née que depuis une minute et Tony était encore dans les langes quand Junior m'a dit : « Vicki, dans cette ville je ne trouve même pas un coin pour pisser. Je vais aller à Tucson et je t'enverrai plein de sous. » Ha, Ha. C'est comme ça que j'ai commencé chez Ellington. Nourrir mes gosses en travaillant au Frosty King en petite jupette, c'était pas mon genre. Ça, c'était il y a huit ans. J'ai commencé aux rails qu'il fallait poser pour permettre l'accès aux véhicules qui descendent dans la mine. Maintenant, je suis grutier. Bon, je les conduis pas, je les guide. Vous voyez, quand Junior m'a plaquée, je suis montée là-haut et j'ai fait un tel cirque qu'ils n'avaient plus qu'à m'engager ou me fusiller. Je réponds tout de même à Corvalis :

« Oh, Junior, j'ai à peu près autant de nouvelles de lui que du facteur Oliver P. Snapp. » Ça, c'est la seconde partie de la blague.

La matinée a du mal à démarrer. Cecil Smoot est censé nous relayer au piquet mais il n'est toujours pas là. Même au Jugement dernier, il sera en retard. Il expliquera sûrement à l'ange Gabriel qu'il a dû graisser sa Datsun avant de venir.

« Vise-moi ça, me dit Corvalis. Les dames rappliquent. » Au début de la grève, les épouses ont fondé l'association des « Épouses de travailleurs ». « Club des jaunes », elles auraient dû l'appeler vu que leurs maris sont des briseurs de grève. Elles sont six à monter la côte, serrées comme des sardines dans la Lincoln climatisée du papa de Vonda Fangham. Vonda gare sa voiture près de la mienne, une Buick qui totalise plus d'années que mes deux enfants mis ensemble mais qui me mène là où je veux qu'elle me mène.

Elles restent à nous fixer une minute ou deux. Sous ce cagnard qui nous colle les T-shirts à la peau, on n'est pas vraiment pomponnés pour un thé dansant : moi, je porte mes bottes de travail et Corvalis, baraqué et coiffé comme il est, attire forcément le regard des dames. Tout d'un coup, toutes les vitres de l'auto se baissent en même temps, à cause du gadget électrique.

« Temps exquiiis, hein ? En plus, c'est jour de paye », dit Doreen Carter. Celle-là, elle est allée passer trois semaines chez sa sœur à Laurel, au Mississippi, et elle en est revenue avec l'accent traînant du Sud. Son mari est le pasteur de Saint's Grace, l'église qui est devenue le quartier général des jaunes. J'ai cessé d'assister à l'office religieux. On m'a élevée dans l'amour de Dieu et du syndicat, mais si les choses se gâtent, je sais qui d'entre nous ne retrouvera pas les pneus de sa voiture crevés.

« Belle journée, c'est vrai », approuve une autre. Elles s'éventent toutes avec quelque chose en papier. Corvalis et moi on regarde bien pour voir ce que c'est : c'est la paye de leurs maris.

Je n'ai pas été payée depuis juillet. Mon fils n'a pas pu aller à Morse avec son équipe de base-ball vendredi soir parce qu'il lui fallait trois dollars pour dîner au MacDonald. Trois foutus dollars.

Les femmes sont prêtes à repartir car les vitres de l'auto remontent. J'ai le temps de crier : « Vonda Fangham, *vete al infierno*. »

Les vitres redescendent.

« Qu'est-ce que tu as dit ? me demande Vonda.

– J'ai dit que je suis surprise de te voir là-dedans avec les traîtresses. J'ignorais que tu avais épousé un jaune pour que ces pétasses t'admettent dans leur club. »

Corvalis rit. Vonda, elle, me regarde d'un sale œil. Elle a un petit nez pointu, des cheveux jaune paille et trop de dents pour sa bouche. Au lycée, elle faisait sa chochotte et il fallait qu'elle soit la reine en tout : pompom girl en chef, l'héroïne de la pièce de théâtre – tout, quoi. Et c'était pas au mérite, croyez-moi.

Je soutiens son regard, prête à lui damer le pion au cas où. La chaleur monte de ce grand capot bleu comme d'un lac en ébullition. Je lâche :

« Ce que je t'ai dit, Vonda Fangham, c'est d'aller au diable.

– J'entends toujours pas. Tu vois, d'habitude, la saleté, ça ne parle pas.

– Cette saleté-là va se coucher le soir la conscience tranquille, vu qu'elle n'a escroqué la paye de personne. Si tu veux vraiment voir des saletés, *chica*, monte ici à l'heure du roulement et regarde qui sont les merdes qui forcent le piquet de grève. »

Les merdes en question sont les maris des autres femmes. Les vitres se lèvent de nouveau et elles se tirent. En manœuvrant précipitamment pour sortir, Vonda manque de tomber dans le fossé.

À vrai dire, je savais que Vonda était fiancée à Tommy Jones, un jaune. Elle va l'épouser. « Au moins, elle ne sera bientôt plus que Vonda Jones », disent les gens. Parce que Fangham, c'est *feo* – cette famille-là ne nous la joue pas en mineur. Le drugstore est à son père, qui y a accroché une enseigne tape-à-l'œil, des fois qu'on oublierait à qui il appartient. On est bien obligés de s'y servir parce qu'autrement, il faudrait aller à Morse, qui est de l'autre côté de la montagne, à quatre-vingts kilomètres d'ici.

Que Vonda et Tommy soient fiancés, je m'en tape. Ce qui me fait de la peine, c'est que Tommy soit un jaune. J'avais de la sympathie pour lui. Contrairement aux autres types bien de leur personne, il n'avait pas honte, de temps à autre, de se conduire correctement avec les gens. Lui et moi, au début, on faisait équipe aux rails, et une fois, il m'a sauvé la vie en prenant tout le poids sur lui quand, le poignet tordu, je ne pouvais plus soutenir mon côté de la charge. Par la suite, il ne m'a jamais laissé entendre que je lui devais quelque chose. Les autres gars, eux, passaient leur temps à essayer de m'entraîner derrière le terril pour me sauter. C'était l'enfer. Et quand j'allais au drugstore, Carol Finch, ou une autre, roulait les yeux en me voyant et me disait en se raclant la gorge, d'un air soi-disant gêné : « Ils sont là », en me désignant l'étagère des préservatifs. Juste parce que je suis là-haut toute la journée avec leurs maris, elles croient que je baise à tout va. Imaginez un peu le tableau : dans la boue, avec nos bottes aux bouts de fer qui pèsent bien sept kilos et nos casques sur la tête. Après, ces mêmes types m'ont encore empoisonné la vie quand j'ai commencé à être grutier. Ils disaient qu'une bonne femme n'avait pas à leur voler les boulots bien payés. Allez comprendre.

Tommy était différent. C'était un solitaire. Il n'avait pas grandi ici et n'y avait pas de famille. À Bolton, si un gars s'amène, d'El Paso ou d'ailleurs, on l'appelle encore « l'étranger » cinquante ans après. On dit que c'est pour ça qu'il est devenu un jaune : parce qu'il avait peur de perdre à la fois son boulot et Vonda. Mais on avait tous quelque chose à perdre.

Ce même jour, en rentrant chez moi, je trouve Manuela et Tony assis sur les souliers dans le placard, comme deux pauvres petits chatons apeurés. Tony ne semble pas trop bouleversé, mais Manuela hurle et sanglote en se frottant les yeux à se les arracher. « Ils sont venus te chercher, me serine mon fils.

– Qui ?

– Les jaunes. Clifford Owens, et Mr Alphonso, et même des policiers venus de la ville, ceux avec des revolvers.

– La police de l'État ? (Je n'en crois pas mes yeux.) La police de l'État me cherche ? Qu'est-ce qu'elle voulait ?

– Savoir où tu étais. Maman, je l'ai pas dit. »

Tony est au bord des larmes. Manuela surenchérit :

« C'est vrai, il a rien dit.

– J'étais à la cabane du piquet de grève. N'importe qui aurait pu m'y trouver s'il le voulait. » Ce matin, il m'a d'ailleurs semblé voir la voiture d'Owen passer devant nous.

« Nous, on a dit qu'on savait pas. On a dit que tu avais rien fait de mal.

– Ça c'est vrai. Je n'ai rien fait de mal. Pourquoi vous n'avez pas couru chez l'oncle Manny ? Il est censé s'occuper de vous en cas d'urgence.

– On avait peur de sortir, hurle Manuela. (Elle saute d'un pied sur l'autre, les bras croisés sur la poitrine.) Ils ont dit que si on sortait, ils nous attraperaient.

– Ils ont dit ça ? Ils vous ont menacés ?

– Celui qui avait le revolver a confisqué nos battes de base-ball et nous a interdit d'aller aux assemblées syndicales. Il a dit que notre maman, avec sa grande gueule, elle cherchait les ennuis. »

À la dernière réunion de grévistes, j'étais juchée sur les épaules de Lalo Ruiz, un mégaphone à la main. J'ai vu défiler tous les postes dans mon local, et, à deux reprises, un huissier pour constater qu'il n'y avait pas d'armes – comme le disent les gars, je tolère pas les conneries. Dans la salle de réunion du syndicat, il y a des trophées à la gloire de « Ceux du cuivre ». Lalo m'en a apporté un en me disant : « Toi, Vicki, tu es "Celle de l'acier". Une *mesquite*. Tu casseras net, mais tu ne plieras pas. »

Bon, je veux que mes gosses sachent la vérité. À la rentrée scolaire, si leurs camarades se moquent d'eux en les traitant de pouilleux parce que leurs jeans sont usés, je veux qu'ils gardent la tête haute. C'est pour ça que je les emmène aux réunions syndicales : pour qu'ils comprennent. Aucune loi ne vous empêche de monter sur les épaules de quelqu'un et d'utiliser un porte-voix. Ils m'ont pourtant sans doute photographiée. Je n'en serais pas surprise. Je dis à mes enfants :

« Je n'ai fait que défendre mon syndicat : ce n'est pas un délit, et même les flics doivent se soumettre à la loi. Votre grand-père l'a fait, votre arrière-grand-père l'a fait. Et maintenant, c'est moi. »

En fait, leur arrière-grand-père, on l'a fourré comme une vache dans un wagon à bestiaux parce qu'il était syndicaliste et mexicain. Mes enfants ont entendu cette histoire une centaine de fois. On l'a jeté quelque part dans le désert, sans eau et sans même un chiffon pour se protéger la tête, et il lui a fallu deux mois pour rentrer. Pendant tout ce temps, ma grand-mère et sa fille l'ont cru mort.

Je serre mes petits dans mes bras, puis nous allons tous trois nous barricader. Je dois soulever le montant de la porte pendant qu'ils se démènent pour faire glisser la tige dans l'encoche. Depuis sept ans, cette foutue porte, on ne l'a jamais verrouillée.

Pour nous remonter le moral, on se dit que les briseurs de grève doivent foutre un sacré bordel dans la mine. La majorité d'entre eux ne sont pas d'ici et connaissent mal le boulot. Il paraît qu'il leur a fallu près d'un mois pour arriver à faire démarrer les machines. Juste avant la grève, il fallait remettre dans le bon ordre certains éléments intervertis entre ma grue et la locomotive. Mais comme on n'a pas pu le faire, nous, les jaunes s'en sont chargés – si on peut dire, car ils ont posé les rails à l'envers, ils font fonctionner les convoyeurs trop vite, etc. Rien que d'y penser, j'en suis malade.

On a même entendu dire que le contremaître, Willie Bunford, a démissionné car toutes ces idioties lui faisaient craindre pour sa vie. C'était mon contremaître. Il se moquait de moi car je prononçais son prénom « Weelee ». Pour couper court, j'ai fini par l'appeler

Mr Bunford. J'ai un accent, bon, et après ? Quand j'ai commencé sur la grue, il m'a dit : « Vous allez pas me faire le coup de la grossesse, hein, miss Morales ? Avec le mal que je me suis donné pendant un mois pour vous former, ce serait du gâchis. Je sais que vous, les Mexicaines, vous êtes toujours en cloque. » Je lui ai répondu : « Mr Bunford, côté boulot, vous pouvez me considérer comme un homme. » Forcément, après, j'ai dû m'y tenir. J'ai jamais téléphoné pour dire que je restais au lit le matin parce que j'avais mes affaires. Mais lui, qu'est-ce qu'il a fait ? Il a pris quinze jours de congé maladie à cause d'un prétendu accident de bagnole dans Top Street qui lui aurait fait le coup du lapin. « L'accident », j'y ai assisté. C'était ici, à Big Tipper. Winnie Hask a reculé dans l'avant de sa voiture garée, sans lui dedans. Si un homme peut avoir le coup du lapin dans une voiture pendant qu'il boit des canons de l'autre côté de la route, je veux bien être pendue.

Je n'ai donc pas pleuré sur le boulot perdu de Willie Bunford. Au moins, il a eu le bon sens de partir. Comme aucun de ces jaunes ne sait faire marcher la machine à oxygène, on s'attend tous à ce que la mine pète. Je dis parfois à mes copains : « Allons nous asseoir en haut de la montagne avec une bière pour regarder le feu d'artifice. »

La première éviction dont j'ai entendu parler est celle de Frank Mickliffs, qui habite un peu plus haut que chez moi, de l'autre côté de la rue. Puis de celle de Joe Gomez, d'Alameda Street. Ellington veut récupérer quelques maisons de la compagnie pour les nouveaux ouvriers qu'elle compte engager. Mais qui au juste est sur la liste noire, personne ne le sait. Puis Janie Marley apprend d'une amie qui fait du baby-sitting pour la belle-sœur d'un jaune que certains membres de la compagnie accompagnent les femmes des non-grévistes à la ronde pour qu'elles choisissent les maisons qu'elles veulent. En somme, elles font leur marché en tâtant la marchandise, sauf que les poires, c'est nous.

Le vendredi de la même semaine, je suis dans ma véranda à rêver d'une bière fraîche – un rêve irréalisable en l'absence de fric – quand s'amène une voiture de la compagnie. Elle ralentit en passant devant chez moi avant de remonter très lentement la rue, puis de faire demi-tour. Vonda est au volant. Elle désigne ma maison du menton, et le type assis à côté d'elle écrit quelque chose sur une feuille de papier. Tout ça sans se cacher. Ils en rajoutent même, on dirait.

Je suis furieuse. J'habite cette maison depuis que je travaille pour Ellington – c'est le seul foyer que mes gosses aient jamais eu. Je la garde pimpante, avec l'aide de mon frère Manny qui habite la porte à côté. Elle me plaît : elle est jaune canari, avec une véranda, d'où on peut voir tout Bolton, protégée par une rambarde pour que mes enfants ne tombent pas, et un petit jardin de devant où j'ai mis la mère cane et ses canetons en tôle peinte que mes gosses m'ont achetés chez Fangham pour la fête des mères. Autour, j'ai planté des soucis. Pour rien au monde je céderai cette maison à un briseur de grève.

Mon premier réflexe est de foncer chez Manny. Je pousse la porte et lui dis : « À partir d'aujourd'hui, je t'interdis de tondre ma pelouse, sauf si tu veux faire une faveur à miss Vonda. » Mon frère est sur le point de boire le Coca qu'il vient de décapsuler. Il reste bouche bée, puis dit :

« Oh, non !

– Eh oui. »

Je retourne dans mon jardin. Manny, qui se demande sans doute ce que je compte faire, me suit en sautillant d'un pied sur l'autre pour enfiler ses souliers. C'est mon frère cadet, mais maman lui dit toujours : « *Madre Santa*,

Manuel, garde un œil sur Vicki. » Ce que je vais faire me regarde : j'arrache les canards plantés dans la terre par une tige, puis les soucis plantés autour, que je jette sur le trottoir. S'il faut que j'aille chercher les gosses des voisins pour saccager ma maison, en faire la plus laide de toutes, je n'hésiterai pas.

Le lendemain, je suis en train de boire mon café debout dans la cuisine quand Manny entre, avec un drôle d'air. Il me dit :

« T'as eu une visite de la fée Clochette. »

Qu'est-ce qu'il raconte ? Je sors en trombe et vois des pétunias roses plantés en rond à la place des soucis arrachés. Penser que Vonda s'introduit dans mon jardin comme une voleuse me met en rage. Je dis à mon frère :

« Va chercher les gosses. Ils sont encore au lit. » J'entreprends d'arracher les pétunias. *Primo*, je déteste ces fleurs, leur couleur, leur odeur, leurs racines collantes. Mes enfants m'aident, en pyjama.

« C'est drôle de faire ça, m'man », me dit Tony. Il s'essuie la joue en y laissant une traînée de terre qui lui fait comme une cicatrice.

« C'est pour le syndicat, fils. » Les pétunias rejoignent les soucis déjà séchés sur le trottoir. « Que tout ça meure. »

Après, je passe la matinée sans oser regarder par la fenêtre. Dieu seul sait ce que Vonda pourrait venir mettre dans mon jardinet – encore des fleurs, ou ces flamants roses qu'on vend chez Fangham, rayon jardinage. Vonda est capable de tout.

On pense que, quoi qu'il arrive, on retrouvera notre travail après la grève. C'est ce qui nous aide à tenir. On serre les dents mais, comme pour un accouchement, on essaie de penser au produit de la souffrance plutôt qu'à la souffrance même. Puis Ellington commence à nous envoyer des lettres qui sont le prélude à un licenciement. « Pas la peine de revenir, vous ne récupérerez pas votre poste », ils disent. On sait qu'ils prendront n'importe quel prétexte pour nous renvoyer. Il suffirait de regarder un peu trop fixement un flic, et pouf – on serait accusé d'agressivité en situation de grève. On commence tous à mouiller.

Le siège national du syndicat ne nous aide pas. Il nous dit de reprendre le travail en acceptant la retenue sur notre paie. À la réunion, je fais un éclat. Je leur dis que, si on cède, l'employeur ne se contentera pas de nous retenir de l'argent ; il nous prendra *tout.* « Ellington ne m'aurait jamais engagée si le syndicat n'avait pas fait un souk en leur rappelant que tous les gens sont égaux devant l'emploi. En fait, la moitié d'entre nous – les gonzesses, les gens de couleur – ne l'est pas. Je ne suis pas plus haute que trois pommes, mais quand j'ouvre ma grande gueule, tout le monde se tait. J'en profite pour continuer : « Si mon père avait été un dégonflé comme vous, les gars, je serais ce soir au Frosty King avec un simple petit bout de jupe pour me couvrir le derrière. Et vous, vous seriez au chômage, avec une allocation si minable que vos gosses revendraient de la drogue pour payer le loyer. » Certains rient, mais d'autres n'en ont pas envie.

Les hommes, quand c'est en colère, ça éprouve le besoin de tout casser. « Prenons un camion pour défoncer le portail de la mine et arrêter de force la production », dit Lalo. Ils se lèvent déjà pour préparer leur coup. Corvalis, avec sa casquette de base-ball mise devant derrière, reste assis les bras croisés. Il a l'air de me dire : « Mon chou, ne me regarde pas. » Je suis tellement en colère que je pourrais le tuer. Je crie :

« C'est ça, les gars, allez tout casser. Mais alors, on est morts. La seule chose à faire, c'est attendre. Laisser pourrir.

– Attendre quoi ? Que l'enfer gèle ? » demande Lalo. C'est un type plutôt petit, avec douze tatouages sur chaque bras.

« Attendre qu'ils en aient marre des conneries des jaunes et qu'ils veuillent retrouver le rythme antérieur de production. Si vous foutez tout en l'air, Ellington appellera la garde nationale, et là, on est cuits. »

Je sais que j'ai raison. Dans cette ville, les flics – les brutes, comme on dit ici – sont payés par Ellington. J'en suis pas à ma première grève. À dix ans, j'ai vu un flic envoyer un Mexicain par terre et lui donner des coups de botte dans la figure jusqu'à ce que le sang lui pisse des oreilles. Quand mes camarades jouent les matamores comme s'ils ignoraient tout de cette ville, je me demande si je ne suis pas la seule à être née et avoir grandi à Bolton.

Ellington essaye d'accroître le rendement de la mine. Ils font travailler les ouvriers par roulement de douze heures, sept jours par semaine, comme si Abraham Lincoln n'avait pas aboli l'esclavage. On commence à parler d'accidents. Ce ne sont que des rumeurs car, bien sûr, ce n'est pas écrit dans le journal, vu que le journal appartient à Ellington.

La confirmation de cette rumeur, je l'ai en voyant un jour débarquer chez moi l'héritière Fangham. J'ai pas entendu sa voiture venir, car je passais l'aspirateur avec la radio à fond. J'entends juste frapper à la porte. J'ouvre, et qui je vois ? Vonda. Elle est pâle comme la farine à tortillas. « Ça alors, quelle surprise ! », je lui dis.

Ses bracelets cliquettent tant elle tremble. Elle arrive quand même à bredouiller : « La plus surprise, c'est moi. J'aurais jamais cru faire appel à toi, mais il est arrivé quelque chose à Tommy.

– Oh, non ! »

Certaines des rumeurs en question sont vraiment vachardes : un gars serait tombé dans le haut fourneau ; un autre aurait eu les jambes arrachées par un wagon. J'imagine tout de suite Tommy brûlé ou sans jambes. On reste un long moment comme ça, debout sur le seuil, avec Vonda sur le point de tourner de l'œil. « Bon, entre, je lui dis. Assieds-toi, je vais te chercher un verre d'eau. Y a rien d'autre à boire, ici. » J'enjambe l'aspirateur abandonné sur le seuil de la cuisine, mais je le range pas. Faut pas pousser.

Quand je reviens, je la trouve en train de regarder autour d'elle, l'air fouineur et nerveux. Je baisse la radio.

« Comment vont les gosses ? (Cette question me surprend.)

– Ils vont bien. Dis-moi ce qui est arrivé à Tommy.

– Il a un pied salement abîmé, c'est tout ce que je sais pour l'instant. Arraché, ou à moitié arraché, ils ne veulent pas me le dire. (Elle sort un petit mouchoir de son sac et se mouche un bon coup.) Ils l'ont envoyé à Morse par l'hélicoptère, mais ils ne veulent pas me dire à quel hôpital car je n'ai pas de lien de parenté avec lui. Je leur ai dit qu'il n'avait aucun parent dans la région, et que j'étais sa fiancée. (Elle se remouche.) Mais tout ce qu'ils ont trouvé à me répondre, c'est qu'ils ne veulent pas de lui à l'hôpital de Bolton. Je ne comprends pas pourquoi.

– Parce qu'ils ne veulent pas que ça s'ébruite. Ils cachent systématiquement tous les accidents.

– Mais pourquoi ?

– Vonda, excuse-moi, mais je te trouve un peu gourde : s'ils font ça, c'est pour que nous, les grévistes, on ne sache pas que nous sommes tout près de gagner le bras de fer contre eux. »

Vonda boit une gorgée d'eau. Elle porte une robe bain de soleil qui découvre des bras maigres comme des os semés de taches de rousseur. Elle finit par me dire : « Je sais ce que tu penses de moi. Mais, pour le bien de

Tommy, tu pourrais aller trouver le syndicat pour lui demander de faire quelque chose. Une enquête, tout d'abord, pour que Tommy obtienne au moins un dédommagement. Je sais que tu es très influente au syndicat.

– Ça, c'est pas si sûr. » Je soupire en me renfonçant dans le canapé. Ôtant le bandana que j'ai dans les cheveux, je me gratte la tête. C'est tellement facile de savoir ce qu'il est bien de faire, et tellement difficile de le faire. Je finis par dire :

« Vonda, j'avais une haute opinion de Tommy avant cette foutue grève. Il m'a aidée une fois quand j'étais en danger. (Elle me regarde fixement, détestant probablement l'idée que son chéri et moi, on était amis.) Je suis sûre que Tommy sait qu'il a fait le mauvais choix, mais ça me tue que des gens comme toi nous traitent comme de la merde, puis viennent pleurer au syndicat quand ils en ont besoin que ça les arrange. »

Elle soulève son verre pour essuyer de la main les taches d'eau sur le bois de la table (bien sûr, j'ai oublié de sortir les napperons en papier) avant de me répondre : « Je comprends ton point de vue, et j'essaierai de me faire pardonner mon erreur. »

Tout ce qui me vient à l'esprit, c'est : « Lâche-moi, veux-tu ? » Mais je ne le lui dis pas. Je dis à la place : « Bon, je vais voir ce que je peux faire. Il va bientôt y avoir une réunion syndicale. Par contre, ce que je te demande, c'est de te montrer demain au piquet de grève. »

Vonda fait la même tête que si elle venait d'avaler ses glaçons tout rond. Elle va vers le poste de télé et prend l'une après l'autre la photo de mes deux enfants. Elle les regarde et les pose, puis elle va vers *l'armario,* le buffet fabriqué par mon grand-père.

« Quelle jolie petite statue, dit-elle.

– C'est saint Joseph. Le saint des gens qui travaillent de leurs mains. »

Elle se tourne vers moi, et me dit : « Excuse-moi, pour la maison. Je ne vais pas te la prendre. Ce serait pas bien de ma part.

– Heureuse de te l'entendre dire car, de toute façon, je n'avais pas l'intention de te la laisser.

– Ah bon ?

– Vonda, je me souviens de toi quand on était toutes deux gamines. Ton papa avait déjà le drugstore. Tu étais assise sur un tabouret derrière le comptoir de la buvette et tu avais un bracelet porte-bonheur avec des caniches, des cœurs, et même une petite boîte à pilules qui s'ouvrait pour de vrai. »

Elle sourit.

« Je ne sais plus ce qu'il est devenu. Tu le voudrais, pour Manuela ? »

Je la scrute.

« Tu m'as oubliée, hein ?

– Tellement de gens venaient au magasin… toi, tout particulièrement, je ne crois pas me souvenir. »

– "Je ne crois pas !" Bien sûr que non, tu ne te souviens pas. Les gens de couleur n'avaient pas le droit d'utiliser le syphon à eau de Seltz chez Fangham. On pouvait seulement prendre un gobelet d'eau au distributeur et l'emporter dehors pour le boire. Ça, tu t'en souviens, maintenant ? Moi, je ne comprenais pas pourquoi. J'ai fini par croire que nos germes étaient si tenaces qu'on n'aurait pas pu les ôter, même en lavant les verres.

– Les choses ont changé depuis, non ?

– Ouais. (Je mets les pieds sur la table basse. Après tout, c'est la mienne.) Si les choses ont changé, c'est parce que l'UTU[1], le syndicat des machinistes et la confrérie des chaudronniers, à laquelle appartenait mon père, ont traîné cette société en justice en 1973, voilà pourquoi. Avant, cette maison que j'habite était

1. United Transportation Union.

strictement réservée aux Blancs. Elle le serait toujours si plusieurs syndicats ne s'étaient pas ligués pour forcer Ellington à respecter la loi. »

Vonda regarde vaguement par la fenêtre. Elle se demande sans doute ce qu'elle va faire à dîner. Impitoyable, je poursuis :

« Tu crois qu'Ellington construirait des maisons confortables pour tout le monde si cette foutue entreprise pouvait encore loger la plupart d'entre nous dans les taudis en bas de la rivière – ceux dans lesquels j'ai grandi ?

– Je te remercie, Vicki. Tu as été gentille de m'écouter. Demain, je ferai tout ce que tu voudras, mais maintenant, il faut que je rentre. »

Je sors sur la véranda d'où je la regarde partir, ses talons hauts claquant sur le trottoir. Remarquant qu'elle se tord les chevilles à chaque pas, je lui crie :

« Vonda, pas de talons aiguilles demain, au piquet. Ça vaut mieux pour ta sécurité. »

Elle ne se retourne même pas.

Le lendemain, les gars commencent à prendre les paris sur Vonda : viendra, viendra pas ? Ils sont nombreux à penser que non. Je ris avec eux – bien forcée –, mais je suis sûre qu'elle va se pointer. Le piquet de grève est particulièrement fourni à l'heure de la relève matinale. Les femmes de Solidarité Grévistes pensent que la présence de la fille Fangham remonterait le moral des troupes, qui ont besoin d'un coup de pied au derrière si on veut éviter qu'ils enfoncent le portail d'accès à la mine. Corvalis me confie que certains ouvriers, après la réunion officielle, en ont déjà prévu une autre pour décider des modalités concrètes de l'action. Je sais pourtant que si je me pointe aux deux réunions et que je monte sur les tables en m'agitant et en braillant suffisamment, ils ne le feront pas. Il arrive que les mecs écoutent une femme.

Le soleil vient de se lever sur le canyon. Il fait déjà chaud. Les cigales stridulent si fort dans des *pavolerdes* qu'on les croirait habités par de foutus serpents à sonnette. Moi et Janie Marley, on parle de nos gosses. Elle a un fils à peu près de la taille du mien, et on s'échange leurs vêtements. Elle m'attrape soudain le coude et me dit : « Regarde qui est là. » C'est Vonda, qui sort de la Lincoln. Plus de talons aiguilles, je note. Des tennis, des lunettes en plastique et une batte de base-ball posée sur l'épaule. Elle s'arrête un peu avant la ligne que nous formons et la scrute du regard, attendant sans doute l'apparition salvatrice de la Vierge. Plus personne ne prend les paris. Je m'avance pour lui dire :

« Amène-toi, Vonda. » La prenant par le bras, je la mets entre moi et Janie. « Contente que tu te sois décidée. » Elle ne répond pas, occupée qu'elle est à regarder autour d'elle.

Au bout d'un moment, je lui dis : « Ici, on n'est pas censés porter des battes. Je connais un type qui s'est fait licencier pour une clé à molette dans la poche arrière de son pantalon. Il l'avait oubliée. (Je regarde attentivement Vonda, pour voir si elle m'écoute.) C'était Rusty Cochran. Tu le connais. Il vient tous les deux jours au drugstore de ton père pour acheter des médicaments. Son gosse a un trou dans le cœur. »

Mais Vonda s'accroche à sa batte, déterminée à la garder comme s'il s'agissait du dernier homme restant sur terre. Elle dit : « Si je fais ça, c'est seulement pour Tommy.

– Oui, et alors ? Moi, je le fais pour mes gosses. Pour les faire bouffer. »

Son regard continue à errer pour se fixer cette fois vers la pente abrupte de la route.

Un groupe de gens se met à hurler : « Les dames s'amènent ! » – un cri repris même par le groupe Solidarité femmes. C'est là que ça commence à foirer. Les « dames » sont dans la voiture de Doreen, dont les vitres sont ornées d'autocollants proclamant : « Nous soutenons nos hommes qui travaillent », et autres conneries de cet acabit qui ne valent même pas qu'on les mentionne. Doreen conduit. Elle donne un grand coup de volant à droite pour s'arrêter juste à notre hauteur. Elle fixe Vonda la bouche ouverte, comme si ses mâchoires s'étaient décrochées. Vonda lui rend son regard. L'assistance, fascinée, attend de voir ce qui va se passer.

Doreen fait un demi-tour précipité en manquant de justesse d'écraser Cecil Smoot, et les voilà toutes, comme un vol de chauves-souris échappées de l'enfer, mettant le cap sur la ville. Dix minutes plus tard, on voit la voiture gravir de nouveau la côte. Seulement, cette fois, c'est Milton, le mari de Doreen, qui conduit, accompagné, en plus de sa femme, de trois autres hommes de Saint's Grace. Deux d'entre eux sont des flics. Je dis à Vonda :

« Je ne sais pas ce qu'ils mijotent, mais t'as pas besoin de risquer les emmerdes. » Je lui prends la batte et la mets sur ma propre épaule. Comme elle est blanche comme un linge, je lui tapote le bras en lui disant : « T'en fais pas. » Comment j'ai pu lui dire ça, ça me tue, avec le recul.

Ils s'arrêtent pile devant nous sans descendre de voiture. Tous les cinq se contentent de nous regarder fixement, puis ils repartent comme s'ils avaient obtenu ce qu'ils étaient venus chercher. Va savoir quoi ?

Ça, c'était hier. Le soir même, je suis en train de faire la vaisselle quand j'entends frapper à la porte. Les gosses regardent la télé. J'entends Tony actionner le pêne nase, puis hurler : « Maman, c'est le la Brute. »

Avant même que j'aie eu le temps de poser ce que j'ai à la main pour aller dans le salon, Larry Trevize bouscule mon fils et pénètre dans mon salon. J'arrive en m'essuyant les mains et il me brandit son insigne sous le nez.

« Commissaire divisionnaire, madame », il me dit comme si on se connaissait pas. C'est pas le cas, même que, quand on était au lycée, on est allé ensemble au cinéma voir *Soudain, l'été dernier.*

« Mrs Morales, il reprend, je dois vous remettre une injonction.

– Ah bon ? Peut-on savoir pour quel motif ? »

Tony, qui a éteint la télévision, vient se planter à côté de moi, les bras croisés. Il a l'air si teigneux qu'on a envie de demander une chose au Bon Dieu : ne plus jamais voir son fils de onze ans avec une telle expression sur la figure. Une idée fixe me trotte dans la tête : qu'est-ce que ces gars, hier, ont bien pu trouver contre nous pouvant leur permettre de nous choper.

« Vous avez le droit de le savoir », répond Larry. Il commence à lire le papier en évitant soigneusement de nous regarder dans les yeux. « Parce que vous êtes un danger public. Chefs d'accusation : incitation à l'émeute et comportement violent en situation de grève. » Il marmonne ensuite quelque chose relatif à Vonda Fangham et à une batte de base-ball, que je ne pige pas.

« Qu'est-ce que vous venez de dire, là, tout de suite ?

Il se racle la gorge avant de poursuivre : «... et pour enlèvement de Vonga Fongham sous la menace d'une batte de base-ball. Nous sommes en possession de déclarations sous serment contre vous.

– *Pa'fuera !* » je hurle à Larry Trevizo. Je le fous dehors en lui disant que s'il me croit capable de blesser quelqu'un avec une batte de base-ball, il n'a qu'à fouiller ma maison. Je me fais suffisamment confiance pour savoir que je ne sauterai pas sur ce flic, mais je redoute la réaction de mon fils. Larry sort.

L'injonction m'interdit de participer à une réunion avec plus de cinq personnes sous peine d'arrestation. Le lendemain matin, je retourne tout de même au piquet de grève. Une rangée de flics est déjà placée là, une main sur la matraque, à attendre. Ils savaient que je viendrais, je le vois bien. Ils savaient que je ferais exactement ce qu'il faut faire. Comme le disent les gars : « Vicki rompra peut-être, mais elle ne pliera pas. »

Les flics me passent les menottes et me conduisent à la maison d'arrêt, qui se trouve derrière le siège de la compagnie Ellington. Ils m'enlèvent ma ceinture et mes boucles d'oreilles pour éviter que je me suicide. « Avec une boucle d'oreille ? » je leur demande en riant. Par la fenêtre, je vois un vieux bâtiment en ruine, dont j'ignore l'usage originel mais qui sert maintenant de poulailler. Sûr qu'avec une simple boucle d'oreille, on pourrait se faire la belle en creusant un trou dans le mur pourri. « C'est quoi, cette baraque, là-bas ? La prison des Mexicains ? je demande. Vous feriez mieux de m'y mettre, alors. »

Je suis sûre qu'ils se contenteront de me coller un procès-verbal, comme ils l'ont fait jusqu'alors pour certains de mes camarades. Pas du tout. Ils me gardent, après m'avoir demandé cinq mille dollars de caution. Tous les habitants de la ville mis ensemble ne pourraient pas réunir une telle somme, même en vendant chacun leurs maisons roses, pourpres ou bleues.

Le projet des gars de défoncer le portail de la mine me revient. Je l'avais un instant oublié. Ils vont peut-être le faire, et ça me travaille.

« Écoutez, je dis aux flics (je ne connais pas leurs noms ; ils appartiennent à la police d'État et semblent avoir surgi de nulle part), il faut que je sois sortie d'ici ce soir. Il y a une réunion syndicale, et c'est important que j'y participe. Croyez-moi, si je la rate, vous vous en mordrez les doigts. »

Ils sourient. J'éprouve alors le sentiment horrible et familier qu'on a quand quelqu'un vous sourit en vous regardant droit dans les yeux ; on sait qu'il est en train de poser un piège dans lequel vous serez fait comme un rat.

Qu'est-ce qui va se passer, je n'en sais rien. J'ouvre grand mes oreilles pour capter quelques bribes d'information. Je sais que mes gosses sont avec Manny et qu'ils le rendent fou. Tony a été renvoyé de l'école pour indiscipline après avoir proclamé qu'il préférait avoir une maman en prison plutôt qu'une maman traîtresse.

J'ai aussi appris que Tommy Jones n'a jamais eu d'accident. Un jour, à l'heure du roulement, on est venu le chercher pour l'emmener en hélicoptère à Morse, où on l'a logé pendant cinq jours dans un Howard Johnson, repas fournis et tout, en lui interdisant de donner un seul coup de fil. Aujourd'hui, il a repris son travail. Il est entier, paraît-il.

Vous savez quoi ? Moi aussi.

Table des matières

Achevé d'imprimer en août 2005
par Novoprint (Barcelone)

Dépôt légal : septembre 2005

Imprimé en Espagne